해피 투나잇

해피 투나잇

성은영 소설집

bookin

차 례

애물단지

애물단지

한표는 아랫목에 양반다리를 하고 앉은 채 전화통 너머의 둘째 며늘애한테 제 마음과는 생판 다르게 말을 건넸다.

"모다들 바쁠틴디 뭐드러 와싸."

괜한 말을 뱉어놓았나 싶어 금방 후회가 됐다. 아무리 바빠도 아버님의 생신날에 찾아뵙지 않는다는 건 자식의 도리가 아니라는 며늘애의 말에 그는 안도의 한숨을 내쉬었다.

"워쪄, 암만혀도 쇠갈비는 여그서 끓어놓는 게 낫겄쟈? 그려, 느이 엄니허고 상의혀서 헐틴게 염려말구 야중에 보자. 들어가라이."

송수화기를 내려놓은 그는 웃음기가 그들먹한 얼굴을 손바닥으로 훑었다.

"둘째 전환디, 이번에도 모다들 내려오기루 혔다는구먼. 임자랑 단출허게 멱국이나 끓여먹으면 쓰겄구먼 성가시럽게 뭐드러 해마다 온다고 발싸심인지 원."

아내가 설거지를 하고 있는 부엌 문턱을 그의 달뜬 목소리가 그보다 먼저 넘었다.

"허이구, 저놈에 입에 발린 소리는 평생을 두고 혀두 질리지두 않나 몰러."

곁눈질로 흘겨보며 구시렁거리는 아내의 입꼬리도 이내 귀에 걸렸다.

"읍내 푸줏간 들렀다가 공 한 차례 치고 올틴게 임자는 장볼 것 쫌 생각혀 놓드라고. 마침 낼이 장날이닝게."

"전화는 뒀다 삶아먹을라간디, 섹유지름 달리믄서……. 섭섭이헌티 국거리도 서너 근 끊어놓으라 허슈."

스쿠터를 끌고 대문을 나서는 한표의 뒤통수에 대고 아내가 당부했다.

그는 스쿠터에 올라 타 시동을 걸고 섭섭이네 정육점을 향해 출발했다. 오늘 따라 스쿠터의 속력이 더디기만 했다. 스쿠터를 이참에 바꿔볼까 하는 생각이 불쑥 끼어들었다. 사남매가 생일선물로 내놓을 용돈을 보태면 못 바꿀 것도 없었다. 며칠 전 이장 정씨가 막내며느리감이 혼수로 사준 거라며 새 스쿠터를 타고 와서 으스대는 꼬락서니에 배알이 꼬였던 참이었다. 십여 년 타던 첫 번째 스쿠터를 팔순 때 바꿨으니 두 번째 것도 어느 덧 구 년째였다. 어디 속 썩이는 데라도 생겨야 핑계 삼아 바꿀 텐데, 오 리도 채 안 되는 경로당 아니면 어쩌다 십 리 길 읍내에 다니는 게 전부이니 이놈의 스쿠터는 고장도 나지 않는다.

'허긴 사람이나 탈것이나 팔자가 늘어져 논게.'

그는 자신도 모르게 뱉어놓은 말에 쓴웃음이 나왔다. 돼지비계 둥둥 뜬 시래기국이나마 배불리 먹어보는 게 소원이던 때가 엊그제 같은데 이젠 '쇠갈비'란 말이 무람없이 튀어나와도 어색하지가 않았다. 아홉 살 때부터 똥지게를 지기 시작해서 젊어서는 청상과부가 된 어머니를 비롯해 형님과 동생들 뒷바라지를 하느라 골병이 들었고 장가 들어서는 아들딸을 낳아 기르느라 허리 펼 날이 없었다. 기계와 달리 사람의 몸뚱어리는 닳아 없어지지도 않는데다 재생능력까지 있어서, 그렇게 써먹고도 아흔이 가까운 나이에 멀쩡하게 게이트볼을 치고 스쿠터를 부리니 스스로도 신통방통했다.

평생을 고향땅에 붙박여 살던 벗들도 하나둘 병들어 떠나거나 노망들어 노인병원에 갇히거나 해서 근동에서 최고 연장자 자리를 꿰찬 지가 벌써 여러 해째였다. 군내 게이트볼 대회에 면대표로 나갔다가 최장수상을 받은 게 칠 년 전이었다. 얼굴도 가물가물한 아버지대신 의지했던 형님도 돌아가시고 팔순을 넘긴 동생들도 자식들한테 눈치꾸러기가 된 지 오래였다. 두 내외가 큰 병 없이 살아남아 삼시세끼 제 손으로 끓여먹으며 큰 걱정거리 없이 살고 있는 게 다 몸뚱어리 하나로 고향을 지킨 덕분만 같았다. 고생 끝에 낙이 온다더니 딱 자신을 두고 한 말이지 싶었다.

마을을 벗어나 샛길로 이어지는 농수로다리를 건너려던 그는 문득 스쿠터 머리를 마을 쪽으로 틀었다. 지지리 가난했음에도 떠나지 못했고 떠나지 못해서 더욱 가난하게 살았던 곳이었다. 뒤쪽의 야산이 품을 내주고 앞쪽엔 내가 흐르니 풍수쟁이들의 입맛에 맞아떨어지는 지형이지만 삼십여 가구가 터를 잡고 살기엔 너무 좁았다. 논둑 밭둑은 말할 것도 없고 임자 없는 길둑까지 촘촘하게 농작물을 심어도 사람들은 늘 허기졌다. 모든 게 어제의 일만 같은데 드문드문 남은 여남은 채의 집엔 인적조차 보이지 않아 휑했다.

인건비를 줄인다고 서너 해 전부터 큰며늘애가 제 남편 일을 도우면서 자연스레 살림만 하는 둘째 며늘애가 집안 대소사를 챙겼다. 시댁 일에 군소리 없이 발 벗고 나서는 걸 보면 여간 고마운 게 아니었다. 손도 크고 일도 덤벙덤벙 시원스럽게 하는 큰애에 비해 얌전하고 깐깐한 둘째는 일이 더뎌 아내를 가끔 속 터지게 했지만, 그에 맞게 매사를 살뜰하게 챙길 줄 알았다. 셋째는 어렵게 얻은 딸아이를 친정에 맡기고 맞벌이를 하느라 바쁜 와중에도 가끔 전화를 걸어 콧소리까지 섞어가며 안부를 묻곤 했다. 막내딸 미현만 남우세 안 시키고 살아준다면 더 이상 바랄 게 없었다.

미현은 성가시기만 한 등짝의 성난 종기 같은 존재였다. 그만그만한 신랑 만나 아들 하나를 두고 그럭저럭 사는가 했는데 서너 해 전부터 제 남편을 떼어놓고 아이만 데리고 내려왔다. 애아범은 왜 안 왔냐고 물으면 사업차 해외에 나가 있다고 해서 그러려니 하고 있지만 이혼을 한 게 아닌가 싶어 조마조마했다. 사위는 아이엠에프 때 정리해고 당한 뒤 사업을 한다고 있는 돈 없는 돈 다 끌어들였다가 아파트까지 날린 모양이었다. 미현이 학습지 교사를 하며 근근이 살고 있는 것 같은데 본인도 내색을 안 할 뿐더러 드러낼 일도 아니고 해서 모른 척했다. 단출한 살림에 먹고사는 거야 그렇다 쳐도 동네사람들도 눈이 있는데 매번 서방도 없이 내려오는 걸 모른척한다고 숨겨질까 싶어 영 마음을 놓을 수 없었다. 그렇다고 제 발로 오는 친정걸음에 싫은 내색을 할 수도 없는 노릇이었다. 제 오빠들도 뭔가 알고 있는 눈치지만 마뜩잖은 소식이라도 듣게 될까봐 묻지 못하고 있는 듯했다. 곪아터질 때 터지더라도 미리 건드려 일을 키우고 싶지 않은 게 한표의 솔직한 심정이었다.

'허긴, 요새 시상에 이혼이 뭐 대수라고. 갸가 액맥이를 지대로 허느라고 그러는개빈디.'

팔자에도 없는 쌍둥이를 낳은 것으로 하고 푸닥거리를 했던 생각을 하면 아내 말마따나 자다가도 벌떡 일어날 일이었다. 하지만 언제부터인가 자식들이 무탈한 것이 다 그 애가 액막음을 해준 덕이 아닌가 싶기도 했다. 아내도 나이를 먹어 기력이 쇠한 탓인지 근래 들어통 팔자타령을 입 밖에 내지 않았다. 어쩌면 큰집이랑 작은집의 자식들이 횡액을 입는 꼴을 보고나서 노모가 생전에 했던 말을 믿게 된 건지도 몰랐다.

청상이 된 어머니와 동생들을 자신에게 떠맡기고 서울로 올라가 공무원이 된 형님만 해도 딸 하나를 대장암으로 잃었다. 딸을 떠나보내고 십여 년을 더 살다 삼 년 간격을 두고 돌아갈 때까지 형님 내외는 고혈압과 심장병으로 고생이 이만저만이 아니었다. 바로 밑의 동생도 이 년 전에 둘째아들을 교통사고로 잃었다. 막내인 여동생은 젊어서 남편과 사별을 하고 행상으로 사남매를 키우느라 골병이 들어

몸이 성한 데가 없었다. 그들에 비하면 교회 문제로 고부간에 아웅다웅하는 꼴을 보며 그가 복장터져했던 건 일도 아니었다. 전생과 내생까지 부처님 손바닥 들여다보듯 훤하다는 박수무당을 맹신하던 어머니에게 느닷없이 예수쟁이가 된 둘째 며느리는 청천벽력이었다. 어머니는 집구석이 망조가 들려니까 별일이 다 있다며 입에 거품을 물었다.

"지가 팔자에두 읎는 쌍댕이를 키믄서 응어리진 것을 죽기 전에 좀 풀어뻰질라고 그류. 엄니 같으믄 꿈자리가 뒤숭숭 허겄슈 안 허겄슈. 그러닝게, 지가 예수를 믿든 강 건너 방아꾸를 믿든 내비두란 말유."

"그게 다 니 자식들 액맥이를 허느라 그렇대여. 내 손주들이 살귀씐 조상님덜 죄값음을 헐 팔자랴. 앞서가는 구신은 쇡여도 뒤따러오는 팔자는 못 쇡인다잖여. 어쩌서 시에미 말을 귓등으로 듣는겨."

"하이고 엄니, 뭔 액맥이를 허구많은 자손들 중에 해필 지들헌티만 요렇크름 모지락시럽게 헌대유. 액맥이고 뭐고 인자 지가 지레 죽을 판유."

시어머니 앞에서 쥐죽은 듯 시키는 대로만 하던 아내가 제 목소리를 내기 시작한 것도 미현이 생기고부터였다. 여북하면 꼬장꼬장하던 어머니도 슬그머니 물러서서 아내의 눈치를 봤더랬다. 평생을 으뜸으로 알던 큰며느리 대신 구박데기 둘째 며느리 품에서 눈을 감았던 어머니의 심정도 편치는 않았을 터였다.

한표는 정육점 앞에 스쿠터를 세웠다. 정육점에서 번 돈으로 아이들을 캐나다로 유학 보내고 유세를 떨던 섭섭이는 현지인과 결혼한 자식들한테 마누라까지 빼앗기고 홀아비 신세가 됐다. 조용하던 집에 모처럼 사람 사는 냄새가 나게 생겼으니 좋으시겠다고 덕담을 건네는 그에게 한표가 부러 물었다.

"그보담두 자네 안식구는 여태 안 들어온겨?"

"말두 마세유. 갈라서고 싶지 않으면 당장 나오라고 호통을 쳤더니 괴기 비린내 맡는 것두 넌덜머리가 난다면서 이혼서류를 보냈드란게유. 평생을 뼈 빠지게 괴기 팔어 바치고 이젠 마누라까지 바쳤으니 이런 등신이 어딨대유."

큰아들 수현이 서울에서 직장을 얻지 못하고 빈둥거릴 때 섭섭이는 선친한테서 물려받은 정육점 주인이 되어 떵떵거렸다.

"허어, 자네 선친이 살아계셨으면 한탄을 헐 일이구먼."

하소연하는 섭섭이를 위로하면서도 깨소금 맛이었다. 그는 그런 내심을 들킬세라 서둘러 정육점을 나와 게이트볼장으로 향했다.

게이트볼장에서 한 차례 공을 치고 땀을 흘린 한표는 잔뜩 뜸을 들이며 말했다.

"거, 뭐시냐, 돌아오는 굉일날은 한 사람도 빠지지 말고들 나오도록 혀. 공 한 차례씩 치고 거허니 한잔들 허세."

"뭔 날이간디유?"

평생을 아래윗집에 사는 이장이 그의 생일이 이맘때쯤이라는 걸 뻔히 알 텐데도 물었다.

"이, 딴게 아니고 담주가 내 귀빠진 날인디, 애들이 모다 내려온다

나비여. 지들도 바쁠틴디 상늙은이 귀빠진 날이 뭔 대수라고 해마다 요란들을 떠는지 모르겄어. 내 자식이래두 나이들이 있어논게 내 맘대루 안 디야."

"얼래, 지들이 볼 때는 딱 어르신 맴인 것 같은디유. 모처럼 원님 덕에 나발 좀 불게 생겼네유. 아까 섭섭이네 푸줏간 앞에 어르신 스쿠터 서 있는 거 봤슈."

근동은 물론이고 읍내까지 샅샅이 다니면서 소문을 물어 나르는 이장다웠다.

"이, 쇠갈비로다 넉넉허니 맞췄은게 일찌감치들 나오더라고. 나는 이만 가볼라네."

막걸리를 주욱 들이킨 그는 자리를 털고 일어났다.

대청마루에 잘 차려진 세 개의 상이 펼쳐져 있었다. 한표의 여든아홉 번째 생일잔치 자리였다. 한가운데 상엔 그와 아내를 비롯해 아들들이, 왼쪽 상엔 손주들이, 그리고 오른쪽 상엔 며느리들과 딸이 자리를 잡았다.

"올해도 아버님의 생신을 맞이하여 한 사람도 빠짐없이 내려와줘서 고맙다. 아버님, 어머님이 여태껏 건강하신 것도 우리 형제들의 복이 아닌가 싶다. 앞으로도 부모님의 건강과 우리 형제들의 끈끈한 우애가 지속되길 바라며 다들 건배하자."

수현이 자식들 대표로 건배를 제안했다. 한데 생뚱맞은 소리가 튀어나왔다.

"우애 좋아하네."

셋째 며늘애 옆에 앉은 미현이었다. 다분히 비아냥거리는 투였다. 다들 아무 반응이 없었다. 잔을 든 한표의 손이 떨렸다.

한 사람도 빠지지 않았다는 수현의 말에 미현의 심사가 꼬인거라고 그는 생각했다. 자신이 이혼했다는 걸 아무도 아는 체 하지 않으면서도 대놓고 제 서방을 이 집 식구에서 제외시킨 데 대한 반발인 듯싶었다. 미현 입장에선 파산한 남편과 이혼을 하고 혼자서 아이를 키우는 동안 모른 척 시침 떼고 있다가 이제 와서 아무 일도 없었던 듯 받아들이는 가족들이 서운할 수도 있었다. 이럴 줄 알았으면 근황이라도 좀 물어봐 줄 걸, 하는 후회가 밀려들었다. 아무리 그렇다고 밥상머리에서 감히……. 등줄기에 식은땀이 배였다. 손주들은 심상치 않은 기운을 감지한 초식동물들처럼 귀를 쫑긋 세우고 가운데 자리로 시선을 모았다. 한표는 깊숙이 묻어두었던 것들이 까발려질 것 같은 불길한 예감에 명치끝이 콱 막혔다. 엄니, 지발 저 애 좀 말려주세유. 그는 속으로 오래 전에 떠난 노모에게 빌었다.

"미친년."

수현이 소주병을 집어 들며 내뱉었다. 한표는 애들도 있는데 말조심하라고 호통을 치려다가 그만뒀다. 이럴 땐 모르쇠가 최고였다.

나이차가 스무 살이나 되는 수현과 미현은 평소에도 상극이었다. 대놓고 싸움질을 하는 것을 본 적은 없지만 유달리 튀는 행동거지를 하는 미현을 수현은 대놓고 못마땅해 했다. 미현은 누가 봐도 제 오빠들과는 달랐다. 우선 평범하지 않은 차림새부터가 그랬다. 사내처럼 짧게 자른 머리를 노랗게 물들인 것 하며 마귀할멈처럼 긴 손톱을 얼룩덜룩 칠한 것도 모자라 다 찢어진 청바지에 가슴패기까지 단추를 풀어헤친 남방셔츠하며, 제 아들도 하지 않는 짓거리였다. 저것이 저러고 돌아다니다 제 서방하고 사달이 난 건지, 사달이 나서 허한 마음을 달래려고 저러는 건지 도통 알 수가 없었다.

어려서는 말수도 적은데다 늘 수심이 그득한 눈으로 먼 산 바라기를 해서 타고난 팔자를 알고 저러는가 싶어 한표도 지청구 한 번 못 했었다. 어쩌다 노모가 어린 것이 청승떨고 앉았다고 야단이라도 치면 하도 서럽게 울어대 사나흘은 집안 분위기가 가라앉았다. 고등학교를 졸업하고 서울의 형님 댁에 보냈던 것도 억척스럽질 못하니 전문대라도 나와 시집 가기를 바라서였다. 마침 형님이 선뜻 받아주어 믿고 맡겼는데 대학진학은커녕 변변한 일자리도 잡지 못하고 천덕꾸러기로 있다가 느닷없이 근본도 모르는 놈하고 살림을 차렸다. 이래저래 마땅찮았지만 지 못난 탓이려니 했는데 제 아이가 중학생이 되던 해 저도 야간대학엘 들어갔다. 한표는 일하면서 아이 뒷바라지하기도 버거울 텐데 그러다말겠지 싶어 모른 척했다. 제 오빠들도 같은 생각인지 아무도 아는 체 하지 않아서 잊고 있었는데, 나중에야 졸업까지 한 걸 알고 책값이라도 좀 보태줄 걸 하는 후회를 했었다.

뒤늦게 대학 나온 값을 하고 싶어선지 몇 년 전부터 가족들이 모인 자리에서 미현이 하는 소리마다 예사롭지 않아 남매들 사이에 언쟁이라도 생길까봐 조마조마했다. 삼 년 전 생일 때에도 둘러앉아 뉴스를 보고 있는데 뜬금없이 야만의 시대니, 인권이 침몰했다느니 엉뚱

한 사람들까지 들먹이며 귀신 씻나락 까먹는 소릴 하다가 수현이한테 미친년 소릴 들었다. 자식 가진 부모 마음 다 한가지라고 그도 텔레비전을 통해 속수무책인 채 가라앉는 배를 보며 삿대질 꽤나 했지만 그게 나랏일 하느라 바쁜 양반들까지 욕할 일인가 싶었다.

"그래, 나 미쳤어. 내가 이 집구석에서 안 미치고 배겨? 세상 사람들이 다 죽어나간다 해도 제 일 아니면 눈 하나 깜짝 안 할 사람들하고 피를 나눴다는 게 끔찍해."

"저게 죽고 싶어 환장을 했나."

수현이 마시던 소주잔을 밥상 위에 탁, 내려놨다. 그 바람에 맞은편에 앉은 한표의 국그릇까지 출렁거렸다.

"이혼한 거 소문나기 전에 죽어줬으면 좋겠지? 상피 붙었다고 소문나기 전에 죽어버린 언니처럼."

미현이 빈정거리는 투로 대거리했다. 갈비를 뜯고 있던 아내가 미현을 향해 눈을 부릅떴다.

"저년이 지 아버지 생일상을 지사상으로 맨들라고 작정허지 않고서는 저 지랄은 못헐거구먼."

한표는 아내의 말이 딱 제 맘 같아 눈물 나게 고마웠다. 안 그래도 더 험한 소리 나오기 전에 고함을 지를까 하던 참이었다. 늙으면 자식이고 뭐고 마누라가 최고라더니 그른 말이 아니었다. 그런데 미현이 도끼눈을 치켜뜨고 지 엄마한테 대들었다.

"엄마도 그러는 거 아니지. 아무리 원치 않은 자식이라도 낳았으면 끝까지 책임을 져야 하는 거 아냐. 어릴 적엔 언니한테 엄마 노릇을 대신하게 하더니 어떻게 다 큰 딸을 큰집으로 보내냐구. 나 혹시 밖에서 낳아온 자식이야? 아님 큰집 피 튀긴 떨거지야?"

미현이 나와서는 안 될 말을 자꾸 입에 올리고 있었다. 아내는 말문이 막힌 듯 아이고 내 팔자야,를 되뇌며 갈비 뜯던 손으로 가슴팍을 쳤다.

"큰어머니가 큰아버지와 싸우면서 하는 소리 다 들었어. 언니가 장애아를 낳았는데 할머니가 굶겨 죽이는 바람에 정신줄을 놓고 다니다 연탄가스를 마시고 죽은 거라고. 멀쩡한 처녀애가 그런 애를 낳은 걸 보면 상피 붙은 게 틀림없다고. 재수 없게 불결한 피가 흐르는 집 애들을 자꾸 거두는 걸 보면 약점 잡힐 일이라도 한 것 아니냐고 대들다가 큰아버지한테 뺨까지 맞았어. 나한텐 엄마 같던 언니가 죽은 것도 원통한데 그런 누명까지 씌우는 게 너무 분하고 억울했지만 나는 내색도 못하고 그때부터 큰어머니 눈치를 봤어. 우리 형제들이 자꾸 그 집에서 신세를 지니까 생트집을 잡는 거라고 생각했거든. 내가 잘하면 언니를 더 이상 욕보이지 않겠다 싶어 그때부터 학교도 가는 둥 마는 둥 하며 집안일을 거들었어. 그걸 뻔히 알면서도 모른 척하는 큰아버지가 큰어머니보다 더 원망스러웠어. 큰집 식구들이 벌레 보듯 한다는 걸 뻔히 알면서 꾹 참고 사는 기분 알아? 내가 왜 생각지도 않던 결혼을 했는데. 하루라도 빨리 그 집구석에서 나오고 싶어서였어. 하긴 언니가 죽었는데도 애초에 없었던 사람처럼 여기고 사는데 덤으로 낳은 자식 이혼까지 했으니 오죽하겠어."

수현이 연거푸 소주잔을 비웠다. 둘째와 셋째는 제 식구들을 힐끔거리다가 별일 아니라는 듯이 수저를 들었다. 하지만 며늘애들은 호기심 가득한 표정으로 가운데 상에 주목하고 있었다. 손주들은 이제 부모대의 복잡한 가족사엔 관심 없다는 듯 스마트폰에 부지런히 글자를 쳐 넣었다. 한표는 제발 이쯤에서 진정되기를 간절히 바랐다. 한데 어느 새 소주 한 병을 다 비운 수현이 불콰해진 얼굴로 쥐어박는 소리를 했다.

"미친년, 지 못난 생각은 안 하고 누구 탓을 해."

그는 간신히 사그라들던 불길이 다시 솟구칠 것만 같아 안절부절 못했다. 아니나 다를까, 머리를 떨구고 코를 훌쩍거리던 미현이 상 위에 쥐고 있던 숟가락을 내동댕이치며 악다구니를 썼다.

"못난년은 잘난 식구들한테 힘들다고 하소연 좀 하면 안 돼? 우리 남매들 우애 좋다며. 내가 치사해서 이런 말까진 하지 않으려고 했는데, 그래서 나만 쏙 빼놓고 재산분배까지 한 거야?"

한표의 가슴이 다시 한 번 내려앉았다. 평소 친정 살림에 관심도 없던 미현이 그 일을 어떻게 알았을까. 마을을 벗어나 읍내로 진입하는 신작로 초입에 위치한 다랭이논 댓마지기가 큰돈이 되리라고는 그도 꿈조차 꿔보지 않았었다. 농사일이 힘에 부쳐 거져다시피 도지를 주면서도 팔아치우지 않았던 것은 워낙 헐값인데다 논 가운데 수렁 때문인지 사려고 나서는 작자조차 없어서였다. 마을 주변도 아니고 동떨어진 읍내 근처에 그 명의의 논이 있었던 것은 형님이 서울에서 사업하던 읍장 아들의 세무 업무를 봐주고 대신 받은 것을 절대농지라 어쩔 수 없이 농사꾼인 그의 명의로 해둔 것이었다. 형수는 모르는 것이니 부쳐 먹다 큰딸 옥현이 살림나면 넘겨주라고 했지만 혼인도 하기 전에 비명횡사하는 바람에 형님이 돌아가실 때까지 흐지부지 됐다. 한데 지난 정부 때 읍내를 가로지르는 상하행선 고가도로가 건설됐는데 그의 논 주변으로 우회도로가 뚫렸다. 그러자 지방자치단체에서 도로공사의 지원을 받아 그의 논을 사들여 가운데의 수렁을 파내 작은 연못을 조성하고 간이 휴게소를 만들었다. 지역발전을 위한답시고 한 공사였지만 워낙 보잘것없다 보니 쓰레기 투기만 늘어 골머리를 앓고 있었다. 원래는 더 큰 공사였는데 주관하는 쪽에서 예산을 떼어먹고 공사를 축소한 탓이라는 후문이 나돌기도 했다. 어쨌거나 그 덕에 그는 본의 아니게 제법 큰돈을 손에 쥐었다. 혹여 큰집 조카들이 내막을 알까 싶어 시침 떼고 묵혀뒀다가 수현이 용산으로 가게를 넓혀갈 때 반을 뚝 떼어주고 내친김에 나머지를 둘째와 셋째에게 나눠줬더랬다.

"똑똑헌 척은 혼자 다 허는 년이 출가외인이란 말도 몰르던 개비네."

아내가 미현을 향해 쌀쌀맞게 쏘아붙였다.

"엄마, 지금이 어느 땐데 아직도 출가외인 타령이야. 딸들이 그렇게 싫었으면 차라리 태어나는 족족 굶겨죽이지 그랬어. 그럼 언니도 그렇게 살다 죽진 않았을 테고 나도 오빠들한테 미친년 취급은 받지 않았을 거 아냐. 큰아들이라고 내보내고 둘째는 똑똑하다고 내보내고 이도저도 아닌 딸들은 어떻게 되든 신경도 안 쓰다가 머리 크니까 아들 키워준 집에 식모살이를 보냈냐구요. 그러니까 오빠들도 나를 동생이 아니라 굴러들어온 곁가지 취급하는 거 아니에요."

급기야 미현이 설움에 받친 울음을 쏟아냈다.

"엄마, 그러니까 뭐 하러 이런 델 꼬박꼬박 와. 나는 엄마가 곁가지여도 좋고 업둥이라도 상관없어. 내가 나중에 외가에서 못 받은 대접까지 다 채워줄 테니까 얼른 집에 가자. 내가 운전할게."

지난 해 대학생이 된 미현의 아들이 제 엄마를 부축해 일으켰다. 손주들 중에서 유일하게 수재들만 간다는 대학에 들어간 녀석이었다.

"그러게. 외삼촌 말대로 엄마가 미친년이네."

미현이 눈물범벅인 얼굴로 웃었다.

"너 그러고 집 나스면 빤한 동네에 아무개 생일상 앞이서 자식덜 쌈빡질혔다는 소문이 읍내까지 짜르르할 게다."

아내의 말에 미현이 그렁그렁한 눈으로 제 에미를 노려봤다. 외손주가 한숨을 쉬더니 제 엄마의 어깨를 감싸안고 등을 토닥이며 화장실 쪽으로 이끌었다. 미현이 화장실 문을 부서져라 여닫았다.

"오살할 년, 문 부서지겄네."

미현이 사라진 쪽을 흘겨보며 아내가 구시렁거렸다. 오늘 따라 작정한 듯 어깃장을 놓는 아내의 모습에 노모의 얼굴이 겹쳐졌다. 싫어하면서 닮는다더니 남편을 처지는 자식이라고 홀대한다며 시어머니에게 대들던 아내가 그대로 흉내 내고 있었다.

"쌍둥이 남매가 있었어요? 누군데요? 막내아가씨한테 엄마 같은 존재였다면……. 설마 당신하고……?"

미현이 하는 양을 지켜본 큰며느리애가 제 남편을 향해 물었다. 그런

제 아내를 힐끗 쳐다본 수현이 닥쳐, 하고 냅다 소리를 질렀다. 그 서슬에 큰며늘애 옆에서 무릎을 꿇은 채 해물탕을 뜨고 있던 손주 며늘애가 놀라 손에 든 대접을 제 국그릇 위로 떨어뜨렸다. 대접은 국그릇의 가장자리를 치고 큰며늘애 쪽으로 튕겨져 나갔다. 큰며늘애가 비명을 지르며 벌떡 일어났다. 그 바람에 불 켜진 휴대용 가스레인지까지 올라가 있던 밥상이 들썩하더니 반대편으로 기울어졌다. 와장창 그릇 부딪치는 소리와 며늘애들의 비명소리가 뒤엉켜 대청마루는 순식간에 아수라장이 되었다. 그는 가슴이 벌렁거려 숨도 제대로 쉬어지지 않았다.

"에이씨, 재수 없는 쌍둥이 망령."

수현이 불쑥 내지르곤 밖으로 뛰쳐나갔다.

'엄니, 지가 너무 오래 살었나뷰.'

자리에서 일어서는데 어지럼증이 일어 다리가 휘청했다. 그는 바둣이 안방으로 건너와 아랫목에 누웠다. 하루아침에 십 년은 더 늙은 기분이 들었다. 평생 허튼 짓 한 번 안 하고 집안 체통을 위해 무진 애를 쓰면서도 어머니는 물론이고 형님한테조차 원망 한 번 안 했었다. 그게 다 자식들이 잘 되기만을 바라서였다. 그런데 한순간 모든 게 무너져 내렸다. 집안 체통 지키려다 우리 식구 산통 깨지겠다는 아내의 말을 들었어야 했다. 육십 년도 더 지난 그날의 일이 어제 일인 것만 같았다.

아내가 첫째 수현을 낳고 사흘째 되는 날 밤이었다. 서울에서 공무원 생활을 하는 형님이 가슴에 작은 보퉁이를 안고 불쑥 들어섰다. 가슴패기를 풀어헤치고 갓난쟁이에게 젖을 물리고 있던 아내가 기겁을 하고 이불을 뒤집어썼다.

"아니 성님, 이 밤쭝에 어쩐 일이래유?"

"이 애 좀 부탁한다. 니 형수는 모르는 애다. 다행히 니 애랑 출산일이 얼추 맞다. 대신 니 아들 크면 내가 데려다 공부시켜 주마."

형님은 보퉁이를 그의 품에 안기고는 붙잡을 새도 없이 가버렸다. 그는 얼결에 받아든 보퉁이를 안고 엉거주춤 서 있었다. 보퉁이에선 눈도 안 떨어진 갓난애가 꼬물거리고 있었다. 젖먹이를 떼어내 요에 눕힌 아내가 그의 바짓가랑이를 끌어당겼다.

"그거 이리 내봐유."

아내가 허둥지둥 아이의 사타구니를 먼저 살폈다. 딸이었다.

"시상에, 남세스럽게 이게 뭔 일이래유. 이 지지배를 귀헌 내 새끼랑 한 배로 타고난 걸로 쇡여 키우라는규 시방? 남매 쌍댕이를 하냥 키우먼 상피 붙는다는디. 하이고 숭혀라. 지는 죽어도 그리는 못허겄슈. 엄니, 이리 좀 와봐유. 이 일을 어쩐대유."

아내가 목청을 높여 어머니를 불러댔다. 건넌방에서 자고 있던 어머니가 들어와 쥐어박는 소리를 했다.

"시에미 죽으라고 염불허냐 시방. 어쩌자구 언내 난 여편네가 오밤중에 담 너머로 목소리를 내보내는겨. 지 새끼 점지해준 삼신할매 들으면 어쩔라구."

"참말로 삼신할매가 염불허다 죽을 노릇이네유. 엄니의 귀헌 큰아드님이 뭔짓을 허고 갔는지 똑똑허니 보시란게유."

아내가 보퉁이를 어머니 앞으로 밀었다. 풀어헤쳐진 아이의 사타구니를 살펴보던 어머니의 얼굴이 하얗게 질렸다.

"아니, 이게 뭔일이냐. 멀정허던 내 손주 사탱이가 어쩌다 이리된겨?"

"지 새끼 사탱이는 멀쩡허닌게 염려마시고유. 갸는 잘난 시숙님이 떨궈놓고 간 언낸 게 엄니가 키우든 버리든 맘대루 허셔유. 지는 절대루다 지 새끼허구는 하냥 못키우겄슈."

"큰애가 왔다 간겨? 나를 좀 깨우지 않고. 밥은 멕여 보낸겨?"

그 와중에도 어머니는 큰아들 끼니 걱정을 했다.

"엄니도 참, 이 사람 허는 소릴 듣구도 성님 밥 타령이요."

보다 못한 한표가 냅다 소리를 질렀다. 안 그래도 부들부들 떨던 어머니가 까무룩 넘어갔다.

그 뒤로 어머니는 가뜩이나 귀해 하던 큰며느리한테 절절맸다. 둘째 내외가 제사를 모시는데도 언제나 큰며느리가 우선이었다. 공무원인 남편 뒷바라지나 잘하라며 제사 때도 내려오지 못하게 했다. 그 바람에 졸지에 쌍둥이 엄마가 된 아내만 죽어났다. 불평이라도 할라치면 집안 체통을 지키는 것도 며느리의 본분이라며 입도 뻥긋 못하게 했다.

"수현이 데려다 공부시켜준다고 혔담서. 수현이 갸가 떡허니 출세한 큰아버지 본받음서 공부허면 좀 좋으냐. 사내는 자고로 서울물을 먹어야 크게 되는 벱이여. 이 애가 수현이 앞길을 닦어준다 생각허고 맴 단단히 먹어야 쓴다."

아내가 쌍둥이를 낳았다고 동네방네 소문을 내는 것도 어머니의 몫이었다. 공씨 집성촌인 마을에서 그의 집안이 제일 항렬이 높았다. 덕분에 어머니는 젊어서부터 마을의 어른행세를 했다. 산파가 다녀간 날 아들을 낳았다고 고추 끼운 금줄을 걸 때만 해도 소리 없던 쌍둥이 타령에 의아해하면서도 누구 하나 군말을 달지 않았다. 청상의 몸으로 한눈팔지 않고 사남매나 되는 자식들 건사하며 정절을 지켰다는 위세도 남들이 범접하지 못하는 요소로 작용했다.

한표는 아들을 공부시키려는 욕심에 여자애를 이름까지 항렬에 맞춰 '옥현'으로 지어 호적에 올렸다. 하지만 남매 쌍둥이로 타고난 딸은 제 뱃속으로 낳아도 굶겨 죽이는 마당에 근본도 모르는 여자애를 키우자니 억장이 무너졌다. 남매 쌍둥이를 함께 키우는 걸 금기시하는 풍습 때문에 예사로 딸들을 희생시키던 시절이었다. 그뿐만 아니라 장애아를 낳아도 집안의 수치로 여겨 광목천으로 돌돌 말아 윗목에 밀어놓았다가 숨을 놓으면 야밤에 매장을 시키곤 했다. 워낙에 오지의 작은 마을이다 보니 법보다는 풍속을 더 믿고 따랐기 때문에 소문을 내는 이도 듣는 이도 쉬쉬하면서 덮어주었다. 그래서 더욱 쌍둥이로 알고 자랄 수현이 손가락질을 당하지나 않을까 걱정됐다.

그 뒤로 어머니는 자주 굿당을 드나들었다. 박수무당한테서 무슨 말을 들었는지 집안의 액을 막아줄 것이라며 옥현을 감쌌다. 아내는 평소 아들만 편애하던 어머니가 웬일로 옥현을 싸고돈다며 아니꼬워했다.

맏딸로 자란 옥현은 중학교까지만 겨우 졸업하고 아내의 살림을 도우며 동생들 뒷바라지를 했다. 형수가 부잣집 애보기라도 알아봐줄 테니 서울로 보내라고 했지만 아내는 올려보내지 않았다. 아무래도 품에 끼고 있는 게 마음을 놓을 수 있다는 생각 때문이었다. 알게 모르게 수현과 차별대우를 받으며 자랐지만 타고난 심성이 고운데다 이목구비도 예쁘장했다. 촌에서 거친 일을 하는데도 살결이 곱고 몸매도 호리호리해 근동의 총각들이 일없이 동네를 들락거리게 했다. 옥현도 그들의 눈길을 의식해서인지, 타고난 인물값을 하느라 그러는지 궂은일을 하면서도 늘 옷매무새를 단정하게 하여 그렇잖아도 반반한 인물에 귀티까지 흘렀다. 그럴수록 아내는 동동거렸다. 수현이 중학교를 졸업하고 서울의 고등학교에 입학하기 위해 큰댁으로 갈 때엔 방학이라고 집에 내려올 생각 말고 열심히 공부나 하라고 신신당부까지 했다.

아내는 옥현을 제 품에 단단히 끼고 있다가 수현이 고등학교를 졸업하기 전에 적당한 남자를 골라 짝을 지어주고 싶어했다. 하지만 아내의 뜻과는 달리 상황은 엇나갔다. 옥현의 나이 스무 살이 되던 해봄, 아내가 느닷없이 입덧을 했다. 마흔을 훌쩍 넘긴 나이라 달거리가 끊겼다고 생각했던 그녀로선 우세스런 일이었다.

아내는 자신의 입덧이 잦아들 무렵, 옥현의 몸에도 변화가 있다는 걸 알아챘다. 잘록하던 허리가 몇 달 새 두두룩해진 것이 살이 올라서가 아니란 걸 아이를 셋이나 낳은 아내가 단박에 눈치 챘다. 한표는 고등학교 졸업반이던 수현이 방학 때 내려와 있었던 게 걸려서 가슴부터 내려앉았다. 그렇다고 대놓고 물어볼 수도 없는 노릇이었다. 더 이상 모른 척할 수 없을 정도가 되었을 때 아내가 옥현을 골방으로 끌고 가 잡도리를 했다. 애 아비가 누군지 대라고 아무리 으름장을 놓아도 묵묵부답이었다. 이번엔 애비 없는 자식을 낳을 수는 없으니 병원엘 가자고 구슬렸다. 그러자 옥현이 차라리 날 죽이라며 펄펄 뛰었다. 보다 못한 어머니가 쌀가마니를 짊어진 그를 앞세우고 굿당을 찾아갔다.

"그냥 낳게 하시지요. 그 아이가 대를 이어 귀댁의 횡액을 막아주려는 겁니다. 타고난 팔자가 그런 걸 어쩝니까."

무당의 말을 들은 그는 기가 막혔다. 대체 자식들한테 무슨 횡액이 닥치기에 이런 일을 겪게 하는지 무당의 멱살이라도 잡고 싶은 심정이었다. 그가 이러지도 저러지도 못하고 속앓이를 하고 있을 때 어머니가 옥현을 앞세워 친정나들이에 나섰다. 이웃엔 친정의 조카며느리가 아이를 낳아 산후조리 할 사람이 필요해서라고 둘러댔다. 아내가 그 지경인 애를 남의 집에 보내면 어쩌느냐고 펄쩍뛰었다.

"그럼 두 눈 빤히 뜨고 처녀가 애 낳는 꼴을 보고 있으란 말이냐. 집안 체통을 위해서도 그렇고 니 자식들헌티도 좋을 것 없다. 아무 소리 말고 너는 이번에도 쌍댕이 낳을 준비나 혀라."

"아이고 엄니, 집안 체통 살리다가 지들내외 산통 다 깨지것네유. 차라리 지헌티 죽으라고 허세유."

그러거나 말거나 옥현을 외가에 맡기고 돌아온 어머니는 평소 잘 다니지도 않던 마실을 다니면서 선산 너머에서 솟아오른 쌍무지개가 둘째 내외가 자는 방으로 들어가는 꿈을 꿨다며, 이번에도 둘째가 쌍둥이를 낳을 것 같다는 말을 일삼아 하고 다녔다. 이웃을 통해 사실을 알게 된 아내는 틈만 나면 아이고 내 팔자야, 하며 주먹으로 가슴을 쳤다. 어머니는 수시로 친정을 드나들며 옥현을 살폈다.

아내가 먼저 몸을 풀었다. 아들이었다. 몸에 비해 지나치게 머리통이 큰데다 가느다란 팔다리가 뒤틀려 있었다. 직접 아이를 받은 어머니는 그에게 금줄을 걸지 못하게 했다. 열흘 후 옥현이 낳은 아이가 자정을 틈타 어머니의 품에 안겨 들어온 다음날에야 그는 숯을 끼운 금줄을 걸었다.

아이가 들어오고 사흘 후에 옥현이 반 실성을 해서 돌아왔다. 제 뱃속으로 낳은 자식한테 젖 한 번 물려보지 못하고 빈손으로 돌아왔으니 무리도 아니었다. 아이를 찾는 옥현에게 어머니는 자신의 방에 데려다 놓은 사내아이를 안겼다. 아이를 받아든 옥현이 기겁을 하며 어머니에게 따지고 들었다.

"언내가 왜 이런대유? 뱃속이서 발길질도 잘허고 첫울음도 컸는디유."

"낸들 아냐. 다 삼신할매 뜻이겄지. 이 핼미가 멀쩡헌 애를 뺏어왔겄냐? 다 너를 위해서여. 처녀가 애 밴 것도 기가 찬디 이런 애를 낳다고 소문나면 집안 넘우새는 둘째치고 니 혼삿길꺼정 맥힌다니께. 너는 애를 밴 적도 낳은 적도 없는겨. 알것쟈?"

어머니가 옥현을 구슬리며 아이를 뺏었다.

"안 돼유. 시집이고 뭐고 다 필요없으니께 얼른 그 애 이리 내유."

옥현이 아이의 입에 젖꼭지를 밀어 넣었지만 맥박조차 희미한 아이는 그것을 빨기는커녕 물지도 못했다.

“소용없다니께. 니 에미가 여태 물려봤어야.”

“뭔가 단단히 잘못됐구만유. 뱃속이서 멀쩡허게 뛰놀던 언내가 이렇게 맥아리없이 태어난 것두 그렇고.”

“그러니께 삼신할매 뜻이라잖여. 나도 인자 모르겄다. 니 새끼 쥑이든 살리든 니맘대로 혀라.”

어머니가 쥐어박는 소리를 하곤 서둘러 자리를 피했다. 옥현은 아이의 입에 젖을 짜 넣는다, 손가락을 깨물어 피를 먹인다, 별의별 짓을 다 해보았지만 아이의 명은 그날 밤을 넘기지 못했다. 한표는 어머니가 시키는 대로 작은 단지를 얹은 지개바작을 짊어지고 어둠을 틈타 옥현과 함께 선산에 올랐다. 무당의 지시대로 살인귀가 씌었다는 증조부의 묘 옆에 구덩이를 파고 단지를 묻었다. 이런 속내를 수현에게만은 더욱 비밀로 했다.

그 후 옥현은 선산에 올라가 봉분도 없는 묏자리를 어루만지다 내려오거나 아니면 아내의 품에 안긴 아이를 뚫어지게 바라보다 실성한 년처럼 울다 웃다 했다. 마침 노산이라 젖도 부족한데다 농사일을 하며 아이들 뒷바라지에 바쁜 아내가 혹시나 해서 옥현의 품에 아이를 안겼다. 그때부터 옥현은 어린 미현에게 젖을 물리고 기저귀를 갈아주며 제 자식 잃은 슬픔을 견디어 냈다.

미현이 다섯 살이 되던 해 옥현은 중학교 동창이 다니는 봉제공장에 취직해 홀연 서울로 떠났다. 갑자기 무슨 심경의 변화가 일었는지 떨어지지 않으려고 울고불고 매달리는 미현을 매몰차게 떼어냈다. 공부에 흥미를 잃은 수현도 대학 진학을 포기하고 전파사에 취직을 한데다 교제하는 여자가 있어 한표 내외도 크게 신경 쓰지 않았다.

옥현은 해마다 미현의 생일 무렵에 내려와서는 선산에 올라가 눈물을 쏟아내곤 했다. 그럴 때마다 어머니와 한표 내외는 동네사람들 입방아에 오르내릴까 마음을 졸였다. 빤한 동네에 어머니의 쌍둥이 타령부터 산통이 시작되고 열흘 뒤에나 금줄을 내걸은 것 하며 팔팔하던 처녀가 반 송장이 되어 돌아온 것까지 안 그래도 입방아 찧을 일 투성이였다. 이제 좋은 사람 만나서 아들딸 낳고 살아보라고 해도 소용없었다. 미현만 옥현의 품을 파고들며 좋아할 뿐 가족 누구도 그런 옥현을 반기지 않았다.

미현이 여덟 살이 되던 해 옥현은 자취방에서 연탄가스 중독으로 숨졌다. 하필 함께 살던 친구가 야근을 하던 날 밤이라서 손쓸 겨를도 없었다. 어머니가 노환으로 세상을 등진 다음 해였다. 옥현은 형님의 뜻에 따라 화장하여 봉분 없는 묘 옆의 소나무 밑에 묻었다. 한표는 형님에게 이번 기회에 옥현의 호적을 정리해 달라고 했다. 수현이 결혼을 하면 새 사람에게 죽은 쌍둥이 누이가 있다는 것도, 게다가 처녀 몸으로 애까지 낳았다는 것도 남세스러울 수밖에 없었다. 공무원인 형님이 힘을 써서 호적을 정리하고 일가친척들 입단속을 시키는 과정에서 수현이 반발을 하고 나섰다. 아무리 그래도 어떻게 함께 나고 자란 동기간을 말끔히 지워버릴 수가 있냐는 거였다. 아내가 제발 모른 척해달라고 통사정을 해도 먹혀들지 않자 옥현의 태생을 밝히고 말았다. 수현은 그동안 제가 겪은 수모를 어떻게 할 거냐며 노발대발했다. 분을 삭이지 못한 수현은 그 길로 큰아버지를 찾아가 당장 공무원 생활을 끝장나게 하겠다고 대들었다. 형님은 공직생활이 걸린 문제라 그랬으니 이해를 좀 해주기 바란다면서 그 대신 조그마한 상가를 하나 얻어줄 테니 장사라도 해보라고 제안했다. 애초에 꿍꿍이속이 있었던 게 아닌가 싶게, 펄펄 뛰던 수현이 언제 그랬냐는 듯 수그러들었다. 얼마 후 수현은 다니던 전파사를 그만두고 청계상가에다 가전제품 가게를 열었다. 그 후 청계천 복원공사 때 용산 전자상가로 자리를 옮겨 그런 대로 가게를 꾸려나가고 있다. 무당의 말대로 옥현이 수현의 길을 제대로 닦아준 셈이었다.

'히유, 그까짓 체통이구 체면이구 다 쓰잘데기읎는 짓인디.'

부엌 쪽에선 그릇 부딪치는 소리만 요란할 뿐 그의 앞엔 누구 하나 얼씬도 하지 않았다. 머리맡에서 전화벨이 울렸다. 그는 목청을 가다듬은 다음 전화를 받았다. 이장이었다.

"어르신, 쇠갈비는 언제 뜯는대유? 다들 나와서 지둘리는디유."

자신 못지않게 체면을 중시하는 아내가 알아서 할 터였다.

"이, 곧 출발헐겨. 시방 애들이 채비허느라고 부산허구먼."

한표는 시치미를 뚝 떼고 둘러대는 자신이 징글징글했다. 세상 사람들이 다 죽어나가도 제 일이 아니면 눈 하나 깜짝 안 할 사람들하고 피를 나눴다는 게 끔찍하다던 미현의 말이 귀속을 파고들었다. 순해터지던 그 애가 갈수록 까탈을 부리는 게 수현을 닮아가는 것만 같았다. 설마 아니겠지 싶어 수현한테 직접 확인하고 싶다가도 괜히 긁어 부스럼이 될까 무서워 그만두곤 했다. 돌이켜보면 단 한 번도 툭 터놓고 속엣것을 내보인 적이 없었던 그였다.

'엄니, 지가 여태껏 허깨비에 홀려 살었나비유.'

평생을 끌탕하고서도 괜찮은 삶이라고 허세를 부렸던 자신에게 욕지기가 치밀었다. 그는 자리를 털고 일어나 벽에 걸린 점퍼를 들고 집을 나섰다. 바깥마당에 미현의 차가 서 있는 걸 확인한 그는 후들거리는 다리로 휘적휘적 선산에 올랐다. 봉분 없는 묘에도 잔디가 잘 자라고 있었다.

"아가, 너를 이 가심에 묻고서도 호강에 빠져설랑 잊어뻔지고 살었다. 이 못난 애비를 용서허지 마라이. 그놈으 체통이 그리 중허더냐고 헐란지 모르겄지만 우덜헌티는 목심보다 중요햐. 그건 시방도 그렇고 앞으로도 마찬가지여."

그는 파랗게 돋은 뗏장을 쓰다듬었다. 소나무 밑에서 옥현이 더 이상 제 새끼 눈에서 눈물빼지 말라며 통곡할 것만 같았다.

"내 새끼덜이 니들 모녀땜시 동티를 맞을까비 겁이 나서 그렀던겨. 헌디 갸가 갈수록 더 무서워지니 이를 어쩐다냐. 죗값은 애비가 저승가서 다 치를틴게 니가 갸를 좀 말려주면 쓰것다. 부탁헌다이."

그는 무너져 내리려는 몸을 소나무에 의지하고 평생을 몸담고 살았던 마을을 내려다보았다. 저만치 마을 어귀를 빠져나가는 미현의 빨간 소형차가 뿌옇게 보였다.

냉장고

냉장고

냉장고는 배달기사 둘이 30여 분을 씨름한 끝에 거실의 거지반을 차지하고 자리 잡았다.

"냉장고가 너무 큰 거 아닙니까."

나이가 들어 보이는 기사가 이마에 맺힌 땀을 손등으로 훔쳐내며 볼멘소리를 했다.

"새로 식구가 늘게 돼서요."

나는 정말로 미안해서 머리를 숙였다.

"아무리 그래도 그렇지……."

기사가 새삼 집안을 둘러보더니 머리를 가로저으며 돌아섰다. 나는 지레 주눅이 들어 현관문 밖까지 따라나가 그들을 배웅했다. 방 두 칸에 거실 겸 주방과 화장실이 딸린 17평짜리 빌라에 850리터나 되는 양문형 냉장고를 들여놓았으니 누가 봐도 정상은 아니었다. 엘리베이터도 없는 4층 빌라에 계단마저 비좁아서 그나마도 1층이 아니었다면 엄두도 못 낼 일이었다. 주방의 창문 너머로 배달 트럭이 떠나는 걸 확인한 후에야 냉동실의 칸 받침대를 모두 빼냈다. 받침대를 제거한 냉동실은 신세계로 통하는 게이트처럼 보였다. 나는 줄자로 내부의 치수를 쟀다. 높이 175cm, 폭 55cm, 깊이 47cm. 치수를 메모지에 적었다.

새로 산 냉장고를 들이기 전에 나는 가구 정리부터 했다. 현관문에서 바라보면 오늘 쪽이 작은방, 왼쪽이 화장실, 그리고 안방은 현관에서 마주보는 쪽에 자리하고 있었다. 작은방과 안방 사이에 놓인 싱크대 앞에 2인용 식탁이 있고, 화장실과 안방 사이엔 장식장과 티브이와 구형 냉장고가 놓여 있었다. 나는 구형 냉장고와 안방의 침대를 내다버리고 침대가 있던 자리에 장식장과 식탁을 옮겼다. 티브이는 아이와 함께 쓰는 작은 방으로 뺐다. 새로 산 냉장고는 장식장과 티브이가 있던 자리에 화장실을 등지고 놓았다. 냉장고를 들여놓고 보니 주방 겸 거실은 사람 하나 누울 만큼의 공간밖에 남지 않았다. 하지만 상관없다. 이제 아이와 내겐 냉장고만 있으면 된다. 와인색 바탕에 흑장미 문양의 냉장고는 바라만 봐도 가슴을 설레게 했다. 나는 손가락으로 장미 문양의 가시를 쓰다듬었다. 차고 매끄러운 감촉에 손끝이 저릿했다. 싱크대 서랍에서 새 행주를 꺼내 냉장고의 안팎을 꼼꼼하게 닦았다.

안방 문에 뭔가 부딪치는 소리에 이어 욕지거리가 따라나왔다.

"당장 침대 들여놓지 못해. 싸가지 없는 년. 지 오래비만 있었어도 저년 신세는 안지는 건데……."

치매기를 보일 때부터 입만 열면 오빠타령인 걸 보면 나쁜 기억을

지우기 위해 치매가 온 거 아닌가 싶기도 했다. 나는 행주질을 하며 안방 쪽으로 목을 쭉 빼고 말했다.

"냉장고 때문에 어쩔 수 없다고 했잖아요, 아버지. 그리고 오빠는 이제 안 온다니까요. 그만 잊으세요."

한층 더 지독한 욕설이 터져 나왔다.

"저 오살할 년이 지 오래비 못 들어오게 고사를 지내는구나. 난데없이 멀쩡한 냉장고를 바꾼다고 생 지랄을 하질 않나."

"아버지가 싫어서 나간 오빠를 어쩌겠어요. 그만 포기하고 눈앞에 있는 저한테나 잘하세요, 아버지."

"빨갱이 새끼를 키우는 니년한텐 하루 세 끼도 아깝다, 육시를 해도 시원찮을 년."

가족이라고 해봐야 다 떠나버리고 딸자식 하나 달랑 남았건만 육시를 당해 죽어야 속이 시원할 모양이다. 욕이라면 어릴 때부터 하도 들어와서 무뎌질 대로 무뎌졌다. 나는 못 들은 척하고 냉장실을 정리했다.

아이가 잠옷차림으로 눈을 비비며 방에서 나왔다. 나는 아이와 눈을 맞추며 물었다.

"화장실?"

아이가 머리를 끄덕거렸다. 좀체 입을 열지 않고 몸으로만 말을 하는 아이. 나도 한때는 말을 하지 못하고 살았던 때가 있었다. 나는 화장실 문을 열어주고 아이를 향해 웃어주었다. 아이가 웃는 것도 우는 것도 아닌 어정쩡한 표정을 지었다. 어릴 적의 내가 엄마를 가리키며 아버지 앞에서 지었던 표정 그대로였다.

평생 나라를 위해 몸과 마음을 다 바쳤다는 아버지는 정작 가정을 지키는 데엔 소홀했다.

아버지가 자신이 나라를 지킬 운명을 안고 태어났다고 굳게 믿기 시작한 건 군 입대를 했던 해에 일어난 일련의 사건 때문이었다. 북에서 내려온 특수부대가 청와대를 습격한 사건은 신병이었던 아버지의 군기를 바짝 들게 했다. 자신의 목을 치기 위해 특수부대까지 보낸 북의 도발에 충격을 받은 청와대 주인은 군인들의 사기진작을 위해 군부대 순회를 강행했다. 아버지가 배치된 부대도 예외는 아니었다. 그는 군인들의 어깨를 다독여주고 더러는 포옹을 하며 '본인과 나라의 운명이 제군의 어깨에 달렸다'고 말해주기도 했다. 그가 다녀간 날 저녁 9시 뉴스에 까만 안경을 쓴 그의 품에 안긴 아버지의 사진이 배경화면으로 떴다. 그 사진은 얼마 후 사단 홍보책자에도 실렸다. 평생을 두고 '가문의 영광'이 될 그 사진은 가뜩이나 군기가 바짝 들어 있던 아버지의 애국심을 고취시켰고 직업군인으로 살게 했다. 군인으로 사는 동안 나라에 굵직굵직한 사건들이 터질 때마다 아버지의 애국심은 더욱 두터워졌다. 아버지는 민주화니 자유니 설쳐대는 민간인들의 행동에 분노했다. 나라가 위기에 처해 있는데 처먹고 할 짓이 없어 객기를 부리는 그런 인간들은 '군기'로 다스리는 게 마땅하다고 했다.

아버지는 집에서도 투철한 군인정신을 유감없이 발휘했다. 가장 큰 피해자는 오빠였다. 중학생인 오빠에게 매일 금박액자 앞에서 '국민교육헌장'과 '국기에 대한 맹세'를 외우게 하고 '군가'를 부르게 해서 목소리가 작거나 가사가 틀리기라도 하면 매를 들었다. 보다 못한 엄마는 왜 멀쩡한 애를 잡느냐며 아버지에게 대들었다. 아버지는 여편네가 감히 사내대장부 일에 토를 단다는 이유로 엄마에게까지 주먹을 휘둘렀다. 괴뢰군이 쳐들어오지 않아도 우리 집은 늘 전쟁터였다. 오빠는 모든 게 사진 때문이라고 생각했다. 아버지가 휘두르는 주먹에 엄마의 코뼈가 내려앉던 날, 오빠는 금박액자에서 사진을 꺼내 반으로 찢어선 아버지 얼굴에 내던지고 집을 뛰쳐나갔다. 그 사진은 곧바로 스카치테이프로 붙여져 다시 금박액자에 끼워졌지만 오빠는 끝내 돌아오지 않았다. 그 후 아버지는 자주 술에 취했고 그때마다 엄마를 때렸다. 장차 나라를 지켜야 할 아들 하나 제대로 간수하지 못한 죄였다. 맞기 싫어 도망간 애를 어쩌라는 거냐며 엄마도 지지 않고 대들었다. 아버지는 감히 어따 대고 말대꾸냐며 발길질을 해댔다. 그런 다음 아버지는 방구석에서 부들부들 떨고 있는 내게 묻곤 했다.

"니가 보기에 누가 잘못한 것 같냐?"

나는 부모님이 격렬하게 싸울 때보다 싸움을 멈추고 나의 심판을 기다릴 때의 아버지의 눈빛이 더 두려웠다.

"엄마요."

웃는 것도 우는 것도 아닌 어정쩡한 표정으로 나는 매번 같은 대답을 했다. 차라리 죽이라며 악을 쓰던 엄마는 나의 판정에 거짓말같이 입을 다물었다. 단 한 번도 당신 편을 들어주지 않는 딸을 바라보는 엄마의 절망적인 눈빛을 대할 때마다 나는 세상 밖으로 내동댕이쳐지는 기분이 들었다.

"거봐. 오죽하면 저 어린것도 제 엄마 잘못이라고 하겠어. 아들 하나 제대로 간수하지 못한 주제에 어디서 나대, 나대길. 천하에 나라 망칠 년."

아버지의 횡포는 멍투성이가 된 엄마를 '나라 망칠 년'으로 단정 짓고 나서야 끝이 났다. 나는 아버지가 집에 없는 틈을 타 엄마 편을 들어주지 못해서 미안하다고 말하고 싶었지만 입이 떼어지지 않았다. 차라리 엄마가, 너는 어째서 아버지 편만 드는 거냐며 핀잔이라도 해주면, 아버지가 무서워서 그랬다고, 엄마 편을 들면 아버지가 더 무서워질까봐 그랬다고 말하고 싶었다. 하지만 엄마는 단 한 번도 내게 변명할 기회를 주지 않았다. 오빠처럼 집을 뛰쳐나갈 용기조차 없었던 나는 울지도 웃지도 못하는 아이가 되어갔다. 말과 표정을 잃은 채로 자라면서 폭력을 휘두르는 아버지보다 그 폭력을 견디는 엄마가 오히려 더 미워지기 시작했다. 엄마가 돼가지고 당하고만 사는 모습을 자식에게 보이면 안 되는 거라고, 자식을 위해서도 엄마는 그렇게 살면 안 되는 거라고 어린 나는 생각했다. 차라리 엄마도 오빠처럼 멀리 도망가버리길 바랐다. 엄마는 어른이니까 가능할 거라고 생각했다. 하지만 나의 바람과는 달리 엄마는 내가 고등학교를 졸업하는 날 쥐약을 삼켰다. 나는 엄마의 무덤 앞에서 졸업장을 찢어버리고 집을 나왔다.

화장실에서 나온 아이가 냉장고를 낯설게 바라봤다.

"새로 샀어. 멋있지?"

아이가 무심한 얼굴로 머리를 끄덕였다.

"이 냉장고가 우리를 지켜줄 거야."

나는 아이를 끌어다 품에 안았다. 아이가 나를 밀어냈다. 아이는 좀체 곁을 주지 않는다. 자신을 거부했던 나를 탓하는 것만 같아 가슴이 저릿하다. 가출 후 여러 남자를 만났다. 간혹 내게 주먹을 휘두르는 남자도 있었다. 그럴 때면 나는 미련 없이 남자와 헤어졌다. 함바집에서 일하다 만난 남자는 내가 임신을 하자 아무 말도 없이 종적을 감췄다. 피임은 나 혼자 결심한다고 되는 게 아니었다. 하지만 상대에게 임신은 내 신체의 일부에 생긴 변화에 불과했다. 세 번의 임신과 낙태를 겪으면서 나의 몸과 마음은 만신창이가 되었다. 아이는 네 번째 임신에서 얻었다. 부천의 변두리 식당에서 허드렛일을 할 때 만난 남자였다. 광주에서 농기구 대리점을 하다가 실패해 빚잔치를 하고 올라온 마흔을 넘긴 노총각이었다. 농기구를 고치던 솜씨로 그는 내가 일하는 식당 맞은편 카센터의 보조 수리공으로 일했다. 나는 식당에서, 그는 카센터에 딸린 쪽방에서 기거했다. 그와 내가 지하방으로 세 들어가기까지 그리 오랜 시간이 걸리지 않았다.

임신 사실을 알았을 때 진심으로 반긴 건 그가 처음이었다. 하지만 우린 최악의 삶을 살고 있었다. 그는 대책 없이 아이를 원했지만 나는 낙태를 택했다. 내게도 대책이 없긴 마찬가지였다. 낙태금지법이 발효된 지 얼마 안 된 시기여서 예전과 다르게 산부인과 의사는 몸을 사렸다. 배는 점점 부풀어 올랐다. 아이를 햇볕이 드는 방에서 키울 정도만 돼도 낳고 싶었다. 죽는 한이 있어도 보고 싶지 않았던 아버지에게 기댈 수밖에 없었다. 십여 년 만에 아버지를 찾아가면서 나를 위해 참고 살았던 엄마의 심정을 알 것 같았다. 아버지는 새엄마라는 사람한테 엄마에게 했던 짓을 잼처 하고 있었다. 아버지와의 사이에 자식이 없는 새엄마는 무엇을 위해 참고 사는지 의아했다.

아버지가 그와의 결혼을 반대한 이유는 내가 십여 년 만에 나타나서도, 그가 가난한 노총각이어서도 아니었다. 태생이 광주라는 게 문제였다.

"네 년이 엇나가려고 작정하지 않고서야 어떻게 감히 저따위 빨갱이놈을 내 집에 달고 들어와."

나는 어처구니없는 이유로 모욕을 당하는 그를 위해 아버지에게 대드는 대신, 뱃속의 아이를 위해 고개를 숙였다. 그와 결혼하지 않을 테니 아이를 낳아 키울 방 한 칸만 얻어달라고 사정했다. 자식으로서 아버지라는 사람한테 처음이자 마지막으로 매달렸다.

"뭐? 빨갱이 자식을 낳아 길러? 내 집에서 당장 나가."

앉은자리에서 부들부들 떨고 있던 그는 나의 팔을 낚아채 끌고 나왔다. 새엄마가 따라나와 내 손에 꼬깃꼬깃한 돈뭉치를 쥐어줬다. 그가 꼭 움켜쥔 내 손아귀에서 그것을 빼앗아 패대기쳤다. 술을 입에 대지 않던 사람이 술에 취해 자신의 가슴을 치다가 나를 때리기도 했다. 내 모습에 어른거리는 아버지를 치는 거라고 생각하면 못 견딜 것도 없었다. 대신 그가 더 이상 견디지 못하고 출산 직전에 내게서

사라졌다. 그 또한 용서 못할 것도 없었다. 아버지한테 당한 모욕을 끝내 견디기가 힘들었으려니 했다.

아이가 작은방으로 들어가 문을 닫았다. 내가 먹을 것을 가져다주지 않는 한 종일 먹지도 않고 컴퓨터 게임에 몰두한다. 이 집에서 아이의 동선은 작은방과 화장실이 전부였다. 아이는 아버지 목소리만 들려도 움츠러들었다. 아버지는 그런 아이와 마주치기라도 하면 평생 나라를 위해 몸 바친 내가 빨갱이 새끼를 먹여 살려야 되겠냐며 아이의 목을 틀어쥐곤 했다. 그럴 때마다 아이는 새파랗게 질려 오줌을 지렸다.

“나라를 지킨 손에 직접 피를 묻힐 순 없지. 이놈을 내가 반드시 말려 죽이고 말 거다.”

아이의 숨이 넘어가기 직전에 아버지는 손아귀의 힘을 풀면서 말했다. 그래서인지 아이는 날이 갈수록 눈에 띄게 수척해져 갔다. 나는 가능하면 두 사람이 마주치지 않게 하려고 조심했다. 그러다보니 안 그래도 좁아터진 집에서 아이의 영역은 점점 줄어들었다.

아이를 위해서도 더 이상 계획을 늦출 수가 없다. 나는 화장실의 문턱과 수평이 맞게 깔아놓은 발판을 들어내 냉동실 앞에 갖다놓았다. 냉동실 문턱과 높이가 얼추 맞았다. 냉동실 스위치를 켜고 급냉코스로 설정해놓고 나니 허기가 몰려왔다. 시계를 보니 오후 6시가 넘어 있었다. 점심도 거르고 반나절을 냉장고에 매달린 셈이었다. 어째 조용하다 싶던 안방에서 다시 욕지거리가 터져 나왔다.

“배고프다 이년아. 무얼 하고 자빠졌냐.”

또 시작이다. 아버지의 밥타령은 한 번 터져 나오면 밥숟가락이 입에 들어갈 때까지 멈추지 않았다. 아버지한테 나는 처먹고 하는 일도 없이 끼니 하나 제때 바치지 못하는, 한마디로 '밥값도 못하는 년'이었다. 하루에도 몇 번씩 반복되는 소리에 머리가 지끈거릴 지경이었다. 아버지가 쓰러지기 전에도 왕성한 식욕 때문에 나는 하루 세 끼도 부족하여 간식까지 해대느라 하루 종일 주방을 벗어나지 못했다. 나름대로 짜놓은 아버지의 하루 계획표는 정확하게 지켜졌다. 새벽 6시에 일어나면 티브이 뉴스를 통해 밤새 정치권에 새로운 변수라도 생기지 않았나 살폈다. 그런 다음 1시간가량 동네를 한 바퀴 돌았다. 집에 돌아와서 면도와 샤워를 하고 아침식사를 마치곤 안방에 들어가 휴대폰으로 여기저기 전화를 했다. 아버지는 휴대폰에 대고 무시로 '종북'이니 '빨갱이 새끼들'이니 하며 혀를 찼다. '우리가 어떻게 지킨 나라인데……. 암요, 이따 봅시다.' 그리곤 아버지는 전장에 나가는 장수처럼 비장한 표정으로 외출 준비를 했다. 곧장 종묘공원으로 가서 전역 후 줄곧 가담해 있는 '어르신연합회' 회원들과 나라를 위한 집회활동을 하다가 해가 기울어서야 돌아왔다. 의정부 집을 정리하고 이곳 창신동으로 이사를 온 것도 종묘공원이 가까워서라는 데는 기가 찼다. 아버지는 저녁밥을 먹고 한숨 자다 일어나 9시 뉴스를 보고, 간식을 먹으며 심야토론까지 보고 난 후에야 잠자리에 들었다. 그렇다고 생활비를 넉넉하게 주는 것도 아니었다. 공과금 납부를 비롯하여 시장도 아버지가 먹고 싶은 걸로 직접 봐왔다. 덕분에 생활비에 대해 따로 신경 쓸 필요는 없었지만 아이를 키우는 나로선 이래저래 돈이 필요했다. 아버지의 시력에 문제가 생기기 전에는 내게 통장을 내보이지 않았기 때문에 재정 상태가 어느 정도인지 알 수가 없었다. 다만 매달 나오는 군무원 연금으로 아버지가 살아 있는 동안 만큼은 먹고사는 데 문제가 없다는 건 확실했다. 나는 그거면 충분했다.

보리밥 반공기와 무국, 콩나물무침을 쟁반에 얹어 안방으로 들어갔다. 아랫목에 누워 몸을 일으키려고 안간힘을 쓰던 아버지가 코를 벌름거렸다.

“또 무국에 콩나물이냐. 네 년이 그예 애비를 영양실조로 말려 죽일 참이구나.”

“그럴 리가요. 아버진 저보다 오래 사실 거예요.”

나는 식탁에 쟁반을 내려놓고 아버지를 부축해 일으켰다. 지난 봄 뇌진탕을 일으킨 뒤로 내가 부축해주지 않으면 혼자서는 일어나지 못했다. 나는 아버지를 일으켜 세워 식탁 의자에 앉히고 눈으로 몸피를 가늠했다. 피둥피둥하던 얼굴이 홀쭉해지고 쩍 벌어졌던 어깨도 구부정하니 좁아진 게 예전에 비해 어림잡아 십여 킬로는 빠진 듯했다. 숱 많던 머리도 정수리가 휑했다. 팔팔하던 노인네가 한 계절 만에 이렇게 변할 수가 있을까. 몸피를 어림잡으려는 마음이 앞선 나머지 나도 모르게 아버지의 어깨를 감싸 안았다. 그 바람에 아버지의 머리통이 내 가슴팍에 묻혔다. 아버지가 나를 밀어내며 호통을 쳤다.

“숨 막힌다. 네 년이 암만 그래도 난 안 죽어.”

“그럼요. 아버지는 저희를 위해서도 오래오래 사셔야 해요. 그러니까 얼른 식사하고 기운 차리세요."

나는 아버지의 턱밑에 손수건을 둘러줬다. 죽은 엄마를 생각하면 밥에 독약이라도 타고 싶었지만 뒷갈망이 서지 않아 달리 방법이 없을까 고심했다. 아버지가 대를 이어 바친 충성심의 털끝만큼이라도 가족을 배려했더라면 내가 이런 마음까지 갖진 않았을 거다.

모아둔 재산의 일부를 일명 '영애봉사단' 간부라는 사람한테 속아서 날리고도 용서가 되더라는 아버지를 나는 용서할 수 없었다.

"엄마랑 저한테는 그렇게 독하게 굴었으면서 그 사람들이 뭔데 용서를 해요."

나는 난생처음 울면서 아버지에게 대들었다. 엄마의 죽음 앞에서조차 나오지 않던 눈물이었다.

"나라를 위하는 데 썼다잖냐. 이 나라의 운명이 저들한테 넘어갈 판인데 그깟 돈이 문제냐. 어떻게 지켜낸 나란데 그런 놈들한테 나라를 맡겨. 나라를 바로 잡기 위해서라면 그보다 더한 것도 내줄 생각이다, 나는."

창신동 언덕배기의 17평 빌라는 그나마 남은 아버지 재산의 전부였다. 아버지의 그런 말을 들으면서 나는, 엄마를 두들겨 패고 어린 내게 심판을 맡기던 때보다 더 견고한 벽을 느꼈다. 그때부터 나는 아버지를 유폐시킬 궁리를 했다.

2년 전 아이와 함께 이곳으로 들어올 때까지만 해도 시간의 더께를 믿었다. 아무리 사람의 본성은 변하지 않는 것이라지만 그래도 흐른 세월이며 나이가 얼만데 싶었다. 식당에서 허드렛일을 하며 키운 아이가 4살이 되던 해였다. 부천 변두리의 다세대주택 월세 지하방에서 살던 내가 이곳으로 들어온 건 계모의 갑작스런 죽음 때문이었다. 한동안 연을 끊고 살았으니 계모가 병을 앓다 죽었는지 비명횡사를 했는지 알 수 없었다. 어쩌면 아버지한테 맞아 죽었는지도 모르겠다고 생각했지만 아무려나 상관없었다. 아버지는 계모의 장례를 치른 뒤에야 연락을 해왔다. 어떻게 내 전화번호를 알아냈는지 궁금하지도 않았다.

"애비 밥을 좀 해줘야겠다. 당장 집으로 들어와라."

당신에 대한 원망으로 연을 끊고 사는 딸자식에게 아버지는 여전히 당당했고 목소리엔 힘이 넘쳤다.

"여기 정리하고 가려면 일주일쯤 걸릴 거예요."

단 한마디 거부의 뜻도 내비치지 않는 내 자신이 스스로도 의아했다. 그만큼 나와 아이는 더 이상 물러설 데가 없는 상황에 놓여 있었다.

나는 딱 일주일 만에 아이와 함께 3년을 넘게 살았던 거처를 정리했다. 주인집 할머니는 이번 기회에 방을 수리하고 월세를 올려야겠다며 흔쾌히 보증금을 내주었다. 비가 오면 대야가 넘치도록 물이 새고 머리가 지끈거릴 정도로 하수구에서 악취가 올라온다고 하소연을 해도 못 들은 척했던 할머니였다. 자폐증세가 있는 아이가 다니는 어린이집 원장은 아이가 그만둔다는 말에 티가 나게 좋아했다. 내가 일하던 식당 주인만이 아쉬워했다. 마누라 눈을 피해 내 엉덩이를 쓰다듬곤 하던 주인은 요령껏 고기 근이나마 끊어 아이 먹이라며 슬쩍 가방에 찔러주곤 했다. 그래서 나는 그런 손길을 모른 척했다. 곰팡이가 슬어 표면이 들뜬 싸구려 가구에 폐기물 딱지를 붙이고 남은 쓰레기봉투를 주인집 할머니한테 주고 나니 더 이상 처리할 게 없었다. 3년 동안의 삶이 너무나 순조롭게 정리되는 것에 나는 조금 허전했다.

"여전히 정정하시네요."

아이의 손을 잡고 아버지 집에 들어서면서 건넨 나의 인사였다.

"평생 나라를 위해 살았으니 당연한 거 아니냐. 생로병사가 다 자기 하기 나름이다. 영애님을 좀 봐라. 그 연세에 얼마나 자태가 곱고 당당하냐."

나는 아버지의 변함없는 '충성심'에 넌더리가 났다.

"하긴 국가랑 결혼까지 하신 분이니 여북하시겠어요."

평생을 나라를 지켰다는 자부심으로 살았던 아버지는 마누라 둘을 앞서 보내고도 넙데데한 얼굴에 번지르르 개기름이 흘렀다.

아버지는 종묘공원으로 나갈 땐 으레 예비군복을 차려 입었다. 60 중반의 나이에도 위풍당당했다. 지난 봄, 드디어 나라가 반석 위에 올라섰다며 자신이 대통령이라도 된 양 의기양양해 하는 모습이 눈꼴사나울 때였다. 아침 설거지를 마치고 집안 청소를 하고 있는데 초인종이 울렸다. 오랫동안 연락이 끊겼던 오빠였다.

"접니다, 어머니."

현관에 들어서기가 무섭게 굵고 투박한 목소리로 불쑥 내뱉는 말투가 젊은 시절의 아버지 그대로였다. 체격은 엄마를 닮아 왜소했지만 까무잡잡한 얼굴에 머리를 짧게 잘라 조폭을 연상케 했다. 안방에선 평소와 다름없이 전화 통화를 하는 소리로 시끄러웠다. 안방에 귀를 기울이며 집안을 훑어보던 오빠가 물었다.

"엄마는?"

"돌아가셨어."

"뭐?"

오빠의 되묻는 소리가 안방에서 터져 나오는 아버지의 웃음소리에 묻혔다. 나는 오빠를 작은 방으로 끌고 들어가 엄마가 아버지의 폭력을 견디다 못해 쥐약을 먹은 거라고 말해주었다. 컴퓨터 게임을 하느라 여념이 없는 아이의 뒤통수에 시선을 둔 채 내 얘기를 듣던 오빠가 이런 씨발, 하더니 작은 방을 빠져나가 곧장 안방 문을 박차고 들어갔다. 그 사이 전화 통화를 마치고 외출 준비를 하느라고 양말을 신은 다음(아버지는 늘 양말부터 신고 바지를 입었다) 바지를 입던 아버지는 한쪽 다리만 바지에 꿴 채 입을 벌리고 오빠를 바라봤다. 오빠가 아버지의 옷차림과 장식장의 금박액자를 번갈아 보다가 빈정거렸다.

"아이고, 우리 아버지 여전하시네. 덕분에 아버지 연락처를 찾아내는 데 어려움이 없었지만요. 오죽했으면 종묘공원 꼰대들이 아버지 모르면 빨갱이라고 하겠어요."

"천하에 빨갱이보다 흉악한 놈 같으니라구. 평생 나라를 위해 몸과 마음을 다 바친 이 애비 욕보이려고 십수 년 만에 나타난 게냐. 어릴 때야 철이 없어 그랬다지만 나라 위해 목숨 걸 나이가 되고도 남을 나이에 어디서 함부로 입을 나불대."

아버지가 오빠를 때리기라도 하려는 듯 팔을 들어올렸다.

"예전엔 들지도 않은 군기가 빠졌다고 나를 개 패듯 하더니 머리 크니까 빨갱이로 몰아서 총살이라도 시키시게요. 엄마가 왜 쥐약을 먹었는지 알겠네."

오빠가 장식장에서 금박액자를 꺼내 방바닥에 패대기쳤다. 그 서슬에 입다 만 바지를 들고 섰던 아버지가 펄쩍 뛰다가 뒤로 발랑 넘어졌다. 주방에서 동태를 살피던 나까지 진동을 느낄 정도였다. 안방으로 달려가 사태를 파악한 나는 박살난 금박액자부터 치웠다. 언제 나왔는지 작은방 문 앞에 서 있는 아이를 빤히 바라보던 오빠는 내가 말릴 틈도 없이 현관문을 빠져나갔다. 응급차에 실려갈 때까지 정신을 차리지 못했던 아버지는 그 뒤 하반신을 제대로 쓰지 못했다. 한 달 정도 병원치료를 받다가 퇴원한 후론 침대에 누워 나를 수족처럼 부렸다. 침대에 누워서도 왕성한 식욕은 여전했다. 몸은 점점 더 불어갔다. 아버지의 골격을 닮아 몸집이 만만치 않은 나도 부축은 고사하고 침대에서 몸을 일으켜 앉히기도 버거웠다. 그런데도 아버지는 당신을 보살피는 데 조금만 게으름을 피우면 독사눈을 하고 호통을 쳐댔다. 그런 눈만 없으면 호통 따위는 어떻게든 견딜 수 있을 것 같았다. 인터넷에서 눈에 해로운 음식을 검색하다가 능소화에 관한 정보를 접하게 됐다. 꽃가루의 자체 성분은 독성이 없지만 꽃가루에 갈고리 같은 것이 붙어 있어서 눈에 들어가면 망막을 상하게 하며 경우에 따라 실명을 할 수도 있다는 거였다. 능소화는 주택가 담벼락에서 흔히 볼 수 있는 꽃이었다. 치명적인 리스크를 안고도 울타리 안에서 집주인의 사랑을 받으며 당당하게 피고 진다는 사실이 놀라웠다. 언덕 너머 외지고 한적한 골목 2층집 담장을 화려하게 장식하고 있는 꽃이 능소화라는 것도 그래서 알게 됐다.

나는 비닐봉지에 챙겨온 세 장의 타월에 골고루 능소화의 꽃가루를 묻혔다. 급작스런 변화는 부작용이 따르게 마련이었다. 너무 많은 양이 묻지 않도록 정성을 기울였다. 혹시 누군가에게 들키면 지나는 길에 꽃이 너무 예뻐서 드라이플라워를 만들고 싶었다고 둘러댈 생각이었다. 아이의 손에 닿지 않도록 조심해야 되겠다는 생각도 함께했다.

종묘공원에 출근하다시피 했던 아버지는 집에만 있게 되자 안절부절못했다. 매일 전화를 해서 안부를 묻던 회원들도 갈수록 격해지는 아버지의 신경질에 점점 전화를 거는 횟수가 줄어들었다.

"내가 지들한테 어떻게 했는데 감히 나를 따돌려?"

아버지는 소외감에 이를 갈았다. 수시로 차가운 물수건을 찾기 시작한 것도 그 무렵이었다. 그때마다 나는 준비해둔 물수건을 내밀었다. 그 후부터 아버지는 자꾸 눈에 손을 댔다. 손으로 눈을 만지면 더 해롭다며 차가운 물수건으로 눈을 닦아주기까지 했다. 그럴수록 시력이 점점 악화됐다. 거동이 불편하니 안과에 가기도 수월찮았다. 내가 대신 약을 지어오는 수밖에 없었다.

나는 약국에 가서 안약과 관장약을 사왔다. 안약 병을 비우고 수돗물을 채웠다. 틈틈이 물수건으로 눈을 닦아준 다음 그것을 넣어주고 처방전도 없이 약국에서 산 관장약을 치료제로 둔갑시켜 먹였다. 아버지는 화장실에 갈 사이도 없이 똥을 지리기 일쑤였지만 치우는 데 전혀 힘들지 않았다. 열흘 남짓 물똥을 싸대더니 왕성하던 식욕도 항복을 했다. 자연스럽게 식사량을 하루 두 끼로 줄였다. 나는 똥칠갑을 한 아버지의 엉덩이를 씻으며 물었다. 오래 전 아버지가 내게 물었던 것처럼.

"아버지는 이게 다 누구 잘못인 것 같으세요?"

나는 아버지의 대답을 기다리지 않았다. 원하는 대답이 나올 리가 없기도 했지만 내가 하고 싶었던 대답이 따로 있었기 때문이었다.

"아버지요. 모든 게 아버지 탓이라고요."

스스로 답하면서 엄마를 생각했다. 너무 늦은 대답이라 가슴이 아팠다.

아버지는 현실을 받아들이고 싶지 않은 모양이었다. 하루에도 몇 번씩 욕을 해대고 소리를 질렀다. 나는 아버지의 악다구니를 녹음해 두었다. 아버지의 휴대폰을 무음으로 해놓고 저장된 번호는 모두 지웠다. 간혹 누군가한테서 전화가 걸려오면 휴대폰을 들고나가 통화 버튼을 누르고 녹음기를 틀었다. 상대방은 다짜고짜 욕설을 퍼붓는 아버지의 목소리에 기가 질려 혀를 차다 전화를 끊었다. 그리곤 두 번 다시 전화해 오지 않았다. 내가 지켜보고 있는 한 아버지가 누군가에게 전화를 걸 방법은 없었다. 아버지는 그렇게 점점 고립돼 갔다. 이게 다 아버지 탓이었다. 한꺼번에 너무 많은 일을 겪은 탓인지 얼마 전부턴 치매기까지 보이더니 종일 밥타령 아니면 오빠를 찾는다.

아버지는 좀체 맡기지 않던 은행 일을 어쩔 수 없이 내게 맡겼다. 나는 아버지의 연금통장과 신분증, 인감도장을 빼내 모든 공과금을 자동이체로 돌려놓고 텔레뱅킹으로 입출금이 가능하게 해놓았다.

아버지의 식사가 끝난 후 아이와 함께 밥을 먹고 나니 8시가 지나 있었다. 아버지는 퇴원 후로는 매일 저녁식사 후 대변을 봤다. 마지막 체면을 지키겠다는 나름의 의지인지 모르겠지만 설사가 멈춘 후부터는 요강을 쓰면서도 대변은 꼭 화장실에서 봤다. 그런 아버지가 요 며칠 변비에 시달렸다. 나는 아버지의 배변을 손꼽아 기다렸다. 메모해둔 냉동실 치수와 어림잡아 본 몸피를 대비해보니 저항이 심하지만 않으면 무리가 없어 보였다. 설거지를 마친 후 안방 문을 열어두고 냉장고 앞을 서성거리는데 아버지의 머리맡에 놓아둔 전화기가 깜박거렸다. 아버지는 실명을 하고서도 좀처럼 울지 않는 전화기에 집착했다. 언젠가는 자신을 불러줄 날이 올거라는 믿음을 여전히 끌어안고 있다는 증거였다. 나는 아버지의 목소리가 담긴 녹음기를 들고 복도로 나가 휴대폰의 통화 버튼을 눌렀다.

"접니다, 아버지."

뜻밖에도 오빠였다. 나는 재빨리 휴대폰을 녹음기에 갖다 대고 재생 버튼을 눌렀다. 녹음기에서 아버지의 험악한 욕설이 튀어나왔다. 아무리 침착하려고 애써도 온몸이 떨렸다.

"평생 나라를 위해 몸과 마음을 다 바친 나를 감히 네깟 놈들이 깔봐? 천하에 빨갱이보다 흉악한 불쌍놈들 같으니라구."

"에이씨, 입만 열면 빨갱이타령, 그만 좀 닥치세요."

오빠가 버럭 소리를 지르자마자 나는 다시 녹음기 버튼을 눌렀다.

"싹 쓸어다 총살을 시켜도 시원찮을 놈들."

"참 장하십니다. 마누라고 자식이고 다 총살시켰다 생각하시고 혼자서 천년만년 충성이나 하며 잘 사쇼."

전화기 너머로 캭, 가래침 뱉는 소리가 들리곤 전화가 끊겼다.

아버지의 목소리가 저장된 녹음기와 휴대폰을 까만 비닐봉투에 싸서 싱크대 서랍에 넣어 두고 안방으로 들어가 보니 아버지는 코를 골고 있었다. 나는 아버지의 머리맡에 있는 반닫이에서 연금통장과 인감도장을 빼내 아이가 유아원에 다닐 때 메고 다녔던 가방에 넣었다.

"누구냐?"

인기척에 놀란 아버지가 팔을 휘저었다. 나는 슬그머니 안방을 빠져나와 컴퓨터 게임에 열중하고 있는 아이의 방에 가방을 던져두었다. 겨우 한숨을 돌린 나는 만일을 위해 아버지가 있을 때 손 쓸 일이 없나 집안을 샅샅이 살폈다. 마지막으로 나는 뒤주로 쓰는 궤짝을 냉장고 옆으로 옮겨다 놓았다. 워낙에 오랫동안 준비해서인지 더 이상 할 일이 없었다.

"화장실."

마침내 깨어난 아버지가 소리를 질렀다. 나는 먼저 냉동실 문부터 열어놓았다. 냉기가 훅 밀려나왔다. 좁은 거실이 순식간에 한기로 가득 찼다. 나는 안방으로 들어가 아버지를 일으켜 세워 오른손에 지팡이를 쥐어줬다. 아버지가 지팡이로 바닥을 더듬으며 발을 떼었다. 나는 냉장고 쪽으로 아버지를 유도했다. 방 문턱을 넘을 때 중심을 잃은 아버지의 몸이 휘청거렸다. 나는 아버지의 허리를 잡아주었다. 아버지가 오른쪽 발을 조심스럽게 내디뎠다.

"집이 왜 이렇게 춥냐."

아버지가 이맛살을 찌푸리며 물었다.

"집에 냄새가 나서 환기를 좀 시키느라 창문을 전부 열어서 그래요."

"네 년이 지금 애비한테서 냄새가 난다고 까탈을 부리는 게냐?"

"그럴 리가요. 대청소를 한 지가 오래 돼서 내친김에 하려구요."

나는 끝까지 상냥함을 잃지 않으려고 노력했다. 아버지가 끙, 소리를 내며 다시 발걸음을 떼었다. 나는 아버지의 진행 방향을 잡아주었다. 아버지의 지팡이가 깔아놓은 발판을 짚었다.

"네 년이 애비를 얼려죽일려고 작정을 한 게지. 당장 문 못 닫아."

아버지가 역정을 냈다.

"알았어요, 일단 화장실에나 들어가세요."

나는 아버지의 어깨를 감싸 안아 냉동실 앞까지 이끌었다.

"화장실은 저쪽 아니냐?"

아버지가 화장실 쪽으로 몸을 틀었다. 나는 몸으로 아버지 앞을 막았다.

"이쪽이 화장실 맞아요. 얼른 들어가기나 하세요."

나는 아버지를 냉동실 쪽으로 밀어붙였다. 아버지가 휘청거리며 지팡이를 휘둘렀다. 지팡이가 냉동실 벽에 부딪쳤다. 순간 아버지의 표정이 굳어졌다.

"얼른 들어가시라니까요. 그래야 문을 닫죠."

나는 아버지를 재촉했다.

"화장실에다 무슨 짓을 해놓은 게냐."

아버지가 지팡이를 휘두르며 몸을 뒤로 뺐다. 나도 재빨리 아버지의 등 뒤로 몸을 틀었다. 지팡이가 냉동실 천정 입구에 부딪치고 밖으로 튕겨져 나갔다. 지팡이를 잃은 아버지의 팔이 허공을 휘저었다. 나는 아버지의 등을 힘껏 떠밀었다. 덩치 큰 냉장고가 들썩했다.

"문 닫을게요, 아버지."

"네 이년, 무슨 짓을 ……."

나는 얼른 냉동실 문을 닫고 궤짝을 냉동실 앞으로 밀어놓은 다음 미리 준비해놓은 실리콘으로 냉동실 문의 테두리를 봉했다. 몇 차례 들썩이던 냉장고가 멈췄다. 장수시대에 아버지가 오래 산다고 나무랄 일은 아니었다. 난생 처음으로 직업군인의 길을 택한 아버지가 고마웠다.

발판을 화장실 앞에 도로 갖다놓고 돌아선 나는 그 자리에 얼어붙었다. 아이가 작은방 앞에서 겁먹은 눈으로 나와 냉장고를 번갈아 바라보고 있었다. 처음서부터 나의 하는 양을 보고 있었는지 아이는 바짓단 밑으로 오줌을 흘리고 있었다.

제망숙
祭亡叔

제망숙祭亡叔

잠결에 전화벨이 울렸다. 큰형이었다. 고향의 아재가 돌아가셨으니 문상을 좀 다녀오라는 거였다.

"둘째랑 셋째도 시간이 여의치 않은가 보더라. 읍내 장례식장에 모셨다니까 어렵더라도 거동이 불편하신 아버지 생각해서 아무 소리 말고 다녀왔으면 좋겠다. 그래도 그 아재가 너를 귀해하지 않았냐. 이만 끊는다."

잠이 덜 깬 나는 이미 끊어진 전화기에 대고 머리까지 숙여 인사를 했다. 아버지를 대신하여 집안 대소사를 묵묵히 도맡아하던 큰형은 육 남매 중 장남으로 태어나 어려서는 농사일을 거들며 학교를 다녀야 했고 고등학교 졸업 후엔 직장을 다니며 동생들 학비를 대느라 결혼도 제때 하지 못했다. 그러다보니 우리 형제들한테 큰형은 아버지 같은 존재였다. 시간을 보니 새벽 네 시였다. 좀 더 자려고 이불 속으로 기어드는데 그래도 그 아재가 너를 귀해하지 않았냐, 는 큰형의 말이 귓전에 맴돌았다. 문득 둘째랑 셋째 형이 바빠서가 아니라 부러

내게 떠넘긴 건지도 모르겠다는 생각이 들었다.

어려서 홍역을 앓다 반푼이가 됐다는 기태아재는 종종 크고 작은 풍파를 일으켜 문중어른들의 골치를 썩였다. 학교생활에도 적응하지 못해 초등학교를 이 년도 채 다니지 못했다. 아재는 마을의 궂은 일들을 시키는 대로 묵묵히 하다가도 해만 기울면 술독에 빠져 자신을 함부로 부려먹은 사람들을 들먹이며 고래고래 욕을 해댔다. 아버지는 길길이 날뛰는 아재를 다독여 사랑방에 재웠다. 다음날 잠에서 깬 아재는 뒤통수를 긁으며 게걸음으로 대문을 빠져나갔다. 어린 나는 그 모습이 우스워 배꼽을 움켜쥐곤 했다. 하지만 쇠스랑을 어깨에 척하니 걸치고 들에 나갈 땐 영락없이 아무 생각 없는 반푼이로 돌아가 있었다. 내가 읍내의 중학교에 진학하면서 마을을 떠나 자취생활을 한데다 대학 진학을 하던 해 온가족이 서울로 이사를 했으니 그나마도 오래 전의 기억이었다.

고향 마을은 읍내에서 멀리 떨어진 깊숙한 산골에 오롯이 들어앉아 있었다. 인가가 안골을 중심으로 위뜸과 중뜸과 아래뜸이 부채꼴 모양으로 오밀조밀 자리하고 있었고 아래뜸 밑으로 다랑이논이 이어졌다. 다닥다닥 붙은 손바닥만 한 논은 층층이 임자가 달랐다. 그래서 해마다 못자리할 때가 되면 물꼬싸움으로 동네가 시끌벅적했다. 중뜸에 둠벙이 있었지만 오종종하여 논을 흠씬 적실 만큼의 수량을 저장하지 못했다. 실개천이 마을을 휘돌아 흐르긴 했지만 역시 물대기엔 부족했다. 산등성이에 올라 마을을 내려다보면 부스럼을 앓는 아이의 머리통에 바리캉이 함부로 지나간 것처럼 보였다.

시계를 보니 어느 새 한 시간이나 지나 있었다. 나는 곤하게 자는 아내를 깨워 문중어른 문상을 다녀오겠다고 알리고 집을 나섰다. 아직 여섯 시가 되지 않은 거리는 한산했다. 이대로 달리면 두어 시간이면 도착할 터였다. 경부고속도로를 달리다가 천안분기점에서 남공주로 빠져 공주 부여간 고속도로로 진입했다.

첫눈에도 읍내는 몰라보게 변화해 있었다. 나는 읍내를 지나 내처 장례식장을 향해 차를 몰았다.

자식도 없이 평생을 반푼이로 살다 간 어른의 죽음이라 그런지 빈소는 안쓰러울 만큼 을씨년스러웠다. 마을 이장 일을 보고 있다는 내 또래쯤 되는 사내가 다가와 악수를 청하기에 건성으로 손을 맞잡았다. 어릴 때 함께 자랐더라도 삼십오 년의 공백이었다. 그도 나를 알아봐서가 아니라 빤한 문상객이고 보니 짐작으로 인사를 건넸으려니 생각했다. 그런데 그가 나를 끌고 영정 앞으로 가더니 다짜고짜 술 주전자를 건네줬다. 아재 생전에 좋아했던 것이라고는 술밖에 없었으니 술잔을 올리는 것으로 분향을 대신하기로 마을 어른들과 의견을 모았다는 거였다. 언제적 사진인지 입을 함지박만하게 벌리고 웃는 고인의 영정 앞에 동동주를 따라 올리는데 괜스레 명치끝이 아려왔다.

"내 딴 사람은 몰러도 자네만은 올 줄 알었네. 이 냥반 동네 떠나기 전 정붙인 것이라고는 수랑논허고 자네뿐이었잖었남. 워째 타지서 더러 왕래는 있었던겨?"

나는 왕래는커녕 아재와의 추억 한 자락도 남김없이 지워버린 채 학교를 다니고 취직을 하고 결혼까지 했다. 심지어 오늘 새벽 그의 부고를 받고나서도 무덤덤하기만 했다. 아재의 활짝 웃는 얼굴을 대면하고 보니 어릴적 몹시도 싫어했던 그와의 일들이 아련하게 떠올랐다.

기태아재가 처음부터 똥 친 막대기 취급을 받았던 건 아니었다. 아재의 집안이 몰락하기는 했지만 제법 위세를 부리는 선대를 두고 있었다. 고조부대로 거슬러 올라가면 아재는 아버지와 같은 할아버지의 자손이었다. 선대는 학식이 깊고 덕망이 높아서 대대로 높은 관직을 지냈고 말년엔 마을의 어른노릇을 하며 위엄을 과시했다. 한데 무슨 조화 속인지 조부가 세상을 뜬 후 아재의 넷이나 되는 숙부들이 혼인도 치르기 전에 시름시름 앓다가 죽어 나갔다. 종갓집 장손이었던 부친마저도 아재 하나만을 낳고 그가 스무 살 무렵 세상을 등지고 말았다. 느닷없이 스러진 종갓집에 마지막 남은 혈육이 기태아재였다.

아재의 부친이 아재를 위하여 남긴 것이 살던 집과 마을 문전의 옥답이라 불리는 수렁논이었다. 삼천 평 남짓한 그 논은 근동에선 드물게 반듯한데다 토양이 기름져 누구나 욕심을 냈다. 아재의 부친은 숨을 거두면서 '수랑논'을 외치며 움켜쥔 주먹을 부르르 떨다 숨을 놓았다. 그것이 수렁논을 잘 건사하라는 것인지 그곳에 무슨 사연이 있으니 반드시 밝혀내라는 것인지 알 수 없었다. 하지만 부친의 죽음 앞에서 눈만 씀벅거리던 아재는 그 후 하루도 빠짐없이 쇠스랑을 어깨에 메고 수렁논을 돌아나오곤 했다. 농번기엔 그렇다 치더라도 농한

기에도 텅 빈 논을 들여다보고 난 후에야 하루를 시작했다.

아직 젊고 고왔던 아재의 모친은 급작스럽게 망조가 든 집안에 홀로 남아 반푼이 아들을 돌볼 자신이 없었는지 어느 날 우리 집 사랑채 마루에, 가끔씩 기태를 들여다 봐주면 고맙겠다,는 쪽지를 남기고 종적을 감춰버렸다. 웬만한 사람 같으면 혼자서도 앞가림을 충분히 할 나이였지만 아재는 고작 쇠스랑을 메고 나가 애먼 수렁논만 한량없이 파헤치다 돌아오곤 했다. 마을사람들은 그런 아재를 딱하게 생각하면서도 궂은 일이 생기면 함부로 부려먹었다.

아재는 우리 집을 무시로 들락거렸는데 나만 보면 어눌한 말투로 밤톨이라고 부르며 안아 올려 제멋대로 무동을 태우곤 했다. 침을 질질 흘리는 그가 헤헤거리며 나를 안아 올릴 땐 정말이지 죽고 싶은 심정이었다. 더욱 화가 나는 것은 그 꼴을 빤히 보면서도 발버둥치는 내 편을 들어주지 않는 가족들이었다. 부모님이나 형들은 물론이고 나를 제일 귀여워해주는 누이까지도 깔깔거리며 웃을 뿐 아재를 말리지 않았다.

"서 성님, 바 밤톨 구 구여워 주거, 나 주라여 나 주라여."

아버지한테 그가 혀 짧은 소리로 말할 때마다 아버지는 허허, 웃으며 데려가 공부시키고 장가보낼 자신 있으면 그렇게 하라며 얼마를 내고 데려갈 거냐고 홍정까지 하는 거였다. 나는 무동태운 아재의 머리통을 주먹으로 때리고 발버둥을 치며 바보 기태한테 갈 성싶으냐고 소리쳤고 아버지는 아재한테 말버릇이 그게 뭐냐고 호통을 치셨다. 그럴 때마다 아재는 헤헤 웃고는, '놔둬여 놔둬' 하며 아버지를 막아섰다. 내게 엄연히 멀쩡한 아버지가 있는데 하필이면 반푼이가 아비노릇을 하려고 드는 게 어린마음에도 정나미가 떨어졌다. 그래서 그와 맞닥뜨리지 않으려고 피해 다녔다. 또래들과 떼지어 다닐 때도 아재를 만나면 일부러 앞장서서 놀려대곤 했다.

초등학교에 입학했던 해 여름, 아이들이 모여 당산나무 아래서 놀고 있을 때 중학교에 다니는 형 패거리들이 곡괭이를 메고 산으로 가는 것이 눈에 띄었다. 우린 누가 먼저랄 것도 없이 우르르 형들을 좇아갔다. 칡뿌리 캐는 광경을 침을 꿀꺽 삼키며 지켜보고 있다가 형들이 챙길 것을 다 챙기고 일어서기가 무섭게 와 하고 달려들었는데, 나와 같은 것을 집어 든 녀석이 하필이면 평소 라이벌 관계에 있던 상수였다. 통통한 알배기 칡뿌리를 양쪽에서 붙잡고 기 싸움을 하다가 상수가 제대로 선방을 날렸다.

"니는 기태헌티 칡뿌리 캐달라지 그려? 반푼이 아들이잖여."

아이들이 키득대기 시작했다. 얼굴이 화끈 달아오른 나는 질세라 얼른 상수에게 대거리했다.

"내가 왜 반푼이 아들여. 난 아부지도 있고 성들도 니보다 많은디."

"성이 많으면 뭐혀. 기태헌티 가뻐리면 성이고 나발이고 다 없어져 뻔질 텐디. 우리 성 말이 니 아부지가 진작에 기태헌티 팔아 먹었는디 니가 언내처럼 울고불고 혀싸서 못 디려가고 있댜."

아이들이 와아, 하고 웃음을 터뜨리더니 반푼이 아들이래요,를 가락까지 붙여서 외쳐대기 시작했다. 그러자 상수도 이제 칡뿌리 따윈 관심 없다는 듯 손을 떼고 메롱, 혓바닥까지 내밀며 장단을 맞췄다.

내가 기태 아들 하느니 숫제 호랭이헌티 물어가라고 헐껴, 아이들에게 빽 소리를 지르고 마을 반대방향인 산을 향해 뛰었다. 비록 야산이었지만 혼자서는 깊이 들어가 본 적이 없어 겁이 더럭 났다. 하지만 다시 돌아가 놀림을 받는 게 죽기보다 더 싫었다. 옷이 땀에 흥건하게 젖을 만큼 한참을 오르다보니 앞에 공룡같이 생긴 커다란 바위가 입을 쩍 벌리고 있었다. 바위는 정수리 쪽에서부터 목덜미까지 갈라져 있고 몸통이 산 밑으로 향하고 있었다. 밑을 내려다보니 아찔한 낭떠러지였다. 말로만 듣던 번개바위였다. 목덜미 밑의 으슥한 공간에 불을 지폈던 흔적이 보였다.

아이들은 평소 이곳에 와보는 것이 소원이었다. 하지만 어른들은 위험하다고 엄포를 놓았다. 그래서 툭하면 우리 또래들은, 낭중에 크먼 벙개바이서 내기 혀보는겨,를 습관처럼 내뱉었다. 그런 곳엘 내가 제일 먼저 그것도 혼자 오다니. 나를 놀렸던 아이들한테 자랑거리가 생겨 가슴이 부풀어 올랐다. 나는 목덜미 깊숙한 부분에 다리를 쭉 펴고 앉았다. 돌이끼가 등에 닿자 서늘한 기운이 온몸으로 전해져 땀으로 범벅된 몸을 식혀줬다. 그제야 손에 들고 있던 칡뿌리가 눈에 들어왔다. 오동통한 칡뿌리는 연하고 달았다. 나는 칡즙을 게걸스럽게 삼키다 깜박 잠이 들고 말았다.

잠에서 깨었을 때엔 이미 어둑어둑했고 밤벌레들이 울어댔다. 밤이면 산짐승들이 번개바위에 몰려든다던 형들의 말이 생각나자 으스스 소름이 돋았다. 한기까지 드는데다 점심을 먹은 후 칡뿌리를 씹은 게 다여서 배도 고팠다. 나는 울며불며 바위주변을 맴돌다 혼절해

버렸다. 그 시간에 마을에선 나를 찾느라 난리법석을 떨었다. 한데 바위의 갈라진 틈새에 끼어 혼절해 있는 나를 찾아낸 건 기태아재였다. 축 늘어진 나를 업고 나타나자 마을 어른들은 하늘이 정해준 부자의 인연이라고 입을 모았다.

그 후론 마을사람들 몇몇이 대놓고 형민이를 기태의 양자로 보내는 게 어떻겠냐고 아버지를 떠보았다. 그럴 때마다 나는 아재한테 보내면 죽어버리겠다고 떼를 썼다. 그래도 마음이 놓이지 않아 하루는 아재한테 찾아가서, 아재 같으면 반푼이라고 놀림받는 사람한테 가고 싶겠냐고, 반푼이 아들이란 소리만 들으면 죽고 싶다고, 정 나를 아들 삼고 싶으면 남들한테 야무지다는 소리부터 들으라고 못을 박았다. 그 후 아재는 쇠스랑을 어깨에 메고 집 앞을 지나다니는 대신 지게로 산모퉁이에 돌덩이들을 져 날랐다. 우리 마을 앞을 지나는 농수로의 상류에 규모가 큰 저수지가 있었다. 한데 많은 비가 내리면 저수지의 둑이 무너지거나 범람을 하여 아랫마을을 모두 휩쓸곤 했다. 다행히 우리 마을은 산으로 둘러싸여 집들이 휩쓸려 내려갈 염려는 없었지만 농수로가 지나는 산모퉁이를 깎아내려가 논밭을 뒤덮는 바람에 낭패를 보곤 했다. 아재는 져다 나른 돌덩이로 산모퉁이에 축대를 쌓았는데 혼자 하는 작업이라 종일을 매달려도 진척이 더디기만 했다. 보다 못한 마을 청년들이 하나 둘 합세하기 시작했다. 이장도 면사무소를 들락거리더니 시멘트를 타냈다. 어느 새 축대 쌓는 일에 활기가 넘쳤고 아이들도 덩달아 신이 나서 그곳에 모여들었다. 나도 또래들 틈에 끼어 개울에 물장구를 치다가 슬쩍 아재를 보면 자신이 현장감독이라도 되는 양 이것저것 지시를 하는 폼이 꽤나 믿음직스럽게 보였다.

축대가 완성되었을 때 마을사람들이 모두 모여 입에 침이 마르도록 아재를 칭찬해주었다. 아재는 입을 헤 벌리고 벙싯거리면서도 줄곧 사람들 틈을 이리저리 살폈다. 낌새를 눈치 챈 나는 얼른 형들 뒤에 숨었다. 그때 눈치 빠른 상수 녀석이 형민이 여깄는디, 하며 내가 있는 곳을 가리켰다. 아재는 내게 다가와 자랑스러운 표정을 지어보이곤 나를 덥석 안아올렸다. 그러자 모여 있던 사람들이 와아, 웃으며 박수를 쳤다. 나는 이러다가 정말 아재의 아들이 돼서 그와 함께 살아야 되는 건 아닌가, 하는 두려움 때문에 울음을 터트리고 말았다. 아재가 정말 마을을 위해 큰일을 해낼 것이라고는 꿈에도 생각 못하고 얕잡아본 결과였다.

공교롭게도 그해 가을에 많은 비를 동반한 태풍이 우리 고장을 휩쓸고 지나갔다. 집중호우가 사흘 내내 이어지던 날 저수지 둑이 범람해 마을 앞의 들판이 온통 물바다로 변했다. 어른들은 기태 덕분에 농작물이 흙투성이가 되지 않은 것만도 다행이라고 했다. 덕분에 아재는 면내에서 새마을운동에 솔선수범한 모범사례 인물로 뽑혔다. 면사무소에서 표창장을 받은 날 그는 아버지 앞에 상장과 부상으로 받은 상금을 내놓으며 태풍 때문에 가으내 몸 고생 마음 고생 심했던 마을사람들과 막걸리라도 나눠 마시고 싶다고 했다.

다음날 동이 트기가 무섭게 아재는 청년들과 돼지를 잡고 막걸리를 사 나르느라 신바람이 났다. 오랜만에 목구멍에 때를 벗기게 생겼다며 마을은 때 아닌 잔치 분위기로 술렁거렸다. 우덜은 형민이 땜시 맛난 거 얻어먹는 거 같은디, 상수 녀석의 말에 모두들 까르르 웃으며 맞장구를 쳤지만 그날만은 그 애가 얄밉지 않았다. 그렇다고 아재를 받아들인 건 결코 아니었다.

"거시기 말여."

이장이 내 어깨를 툭 쳤다. 영정 앞에 무릎을 꿇고 옛 생각에 푹 빠져 있던 나는 화들짝 놀라 그를 올려다보았다. 그가 내 옆에 바짝 쭈그려 앉더니 영정을 힐끔거리며 귀엣말을 했다.

"빈소야 옛 정도 있고헌게 동네 사람들이 차렸다지만 장례 절차도 솔찬허고 묏자리 문제도 그렇고, 자네 춘부장이 기시면사 어려울 게 읎겄지만 거동이 불편헌 냥반 내려오시랄 수도 없고……, 허닝게 천상 자네가 애를 좀 써주야지 워쩌겄는가? 저승질 노잣돈은 받어놨은게 비용은 걱정허덜 말고."

이장이 하는 말이 하도 황당하여 나도 모르게 오랫동안 쓰지 않던 사투리가 툭 튀어나왔다.

"야? 무슨 말씀이래유?"

"뭘 그리 놀래는가? 말이야 바른말로 호적에만 안 올랐지 자네가 저 냥반 아들이나 진배읎다는 거 내남없이 다 아는 사실 아닌가베. 거 머시냐 자네 어려서 저 냥반 덕에 죽을 뻔한 목심 건진 것도 사실이고. 그러니께 응당 자네가 장례 절차를 전반적으로다가 책임져야 도리 아니더라고? 허긴 허구헌날 깨벗고 모잽이질 허던 벗도 잊어뻔진 사램이니 알 바 없겄지만서두."

첫 대면부터 반말이더니 이제 아예 시비를 붙자는 투였다. 분명 나와 깊은 인연이 있는 인물이지 싶었다. 유심히 뜯어보니 어릴 때 시도 때도 없이 티격태격 했던 상수의 장난기 가득한 눈매가 주름진 얼굴에 어렴풋이 보였다.

"혹시 상수 아녀?"

"얼래? 그려도 생판 까매기 괴기만 먹고 산 건 아닌가베."

"아따, 이장냥반 위세를 몰라 봐서 이를 워쩐다?"

"신소리 그만허고, 얼렁뚱땅 저 냥반헌티서 내뺄 생각일랑은 허덜 말세. 자네나 내나 깨복쟁이 때 반푼이라고 깐보고 좀 몹시 굴었나. 뭐시 중헌지 아는 나이가 되니께 주체 못허게 부끄럽더라니께. 됨됨이나 효심이나 우덜은 죽었다 깨나도 저 냥반 발뒤꿈치도 못 따러갈 꺼인디."

이장이 회한에 찬 표정으로 영정을 바라보았다. 철딱서니 없이 들까불던 어린 상수의 모습은 온데간데없었다. 반면 나는 아재를 그렇게 골탕 먹이고서도 일말의 죄책감도 없이 살았다. 대체 무슨 권리로 선량하기만 했던 아재를 함부로 대했던 것일까. 나는 쥐구멍에라도 들어가고 싶은 심정이었다.

표창장까지 받은 아재였지만 나는 어떻게 하든 그와 멀어지려고 별의별 꾀를 다 냈다. 내가 아재를 싫어했던 데는 저녁 무렵의 고함소리도 한몫했다. 아재의 고함소리는 언제나 노을이 여울여울 지며 마을을 붉게 물들일 무렵에 확성기가 터지듯 울려 퍼졌다. 그의 고함은 반푼이라 하기엔 지나치다 싶게 구체적이었다. 중뜸의 아무개가 자신의 논두렁에 쌓아둔 꼴을 한 바작이나 져 나르는 걸 봤는데 어떻게 두 다리를 뻗고 편히 잠을 잘 수 있냐, 아래뜸의 아무개는 똥을 퍼줬더니 술 한 사발로 입을 싹 씻더라는 식이었다. 마을사람들은 그의 고함을 들으면서 자신이 저지른 행태가 언제 튀어나올지 몰라 안절부절못했다. 하지만 그것도 그때뿐이고 당장 일손이 딸리면 은근슬쩍 그를 꼬여내 막걸리 사발을 들이밀며 어깨를 토닥였다. 그러니까 아재는 비상시 긴급투입이 가능한 무보수의 준비된 노동력인 셈이었다. 반푼일망정 순진하고 성실했던 그가 어떤 연유로 술을 가까이하게 됐는지 정확하게 알 수는 없지만 내 나름의 짐작이 있었다.

면내에서 신작로를 타고 외곽으로 십 리 길을 걷다보면 각 마을로 갈라서는 삼거리가 있었는데, 그 인근에 술을 파는 과붓집이 있었다. 아재가 이십대 중반을 넘어설 무렵부터 과붓집 문턱이 닳게 들락거리더니 그녀의 딸한테 장가를 들겠다고 떼를 썼다. 딸은 중학교를 졸업도 하기 전에 바람이 나 외지로 줄행랑을 쳤다가 스무 살을 넘긴 나이에 돌아와 어미 일을 도왔다. 반푼이나마 명색이 반듯한 집안의 종손을 작부 딸과 맺어주는 게 문중어른들로선 영 께름칙했지만 당사자가 좋다니 어쩔 수 없었다. 그렇게 해서 장가를 들게 된 아재는 가뜩이나 헤벌쭉하던 입을 더욱 벙싯거렸다.

아재가 장가를 들고 채 일 년도 지나지 않은 어느 날, 위뜸에 사는 아낙 서넛이 아재의 색시 머리채를 휘어잡아 아래뜸까지 끌고 내려왔다. 자신들의 남편과 바람을 피웠다는 거였다. 어쩌다 한 사내와 눈이 맞았는데 그 사내가 누군가에게 자신의 외도를 자랑삼아 말했고, 그것을 전해들은 누군가는 질투심 반 호기심 반으로 슬그머니 그녀를 찾았고, 그 누군가는 또 다른 누군가에게, 그렇게 하여 마을의 사내들 대부분이 그녀를 찾게 되었다는 거였다. 뒤늦게 그 사실을 알게 된 안골의 노총각은 꼴을 베다 낫을 집어던지고는 곧장 그녀에게 달려가 임자 있는 자지만 자지고 임자 없는 자지는 자지가 아니냐고 씩씩거리며 달려들었다는 얘기를 어린 나도 주워들었을 정도였다. 한 아낙은, 에미년은 술을 팔아 세간을 축내게 하더니 딸년은 밑구녕을 팔아 조용한 동네에 풍파를 일으킨다고, 그 피가 어디 가겠냐고 드잡이를 했다. 보다 못한 어머니가 성난 아낙을 뜯어말리고 아재의 색시를 간신히 빼내 집안으로 끌고 들어왔다.

"대명천지에 넘부끄럽게 이게 뭔 일이여. 더군다나 젊디젊은 신랑이 두 눈 시퍼렇게 뜨고 있는디."

어머니의 책망에 색시는, 시퍼렇게 눈만 뜨고 있으면 뭐헌대요, 요긴허게 쓸 것을 지대루 못쓰는디요, 하며 바락바락 대들었다. 아재의 색시는 그 후에도 끊임없이 말썽을 일으키더니 결국엔 이웃마을의 노총각을 꾀어 줄행랑을 치고 말았다.

모친에 이어 색시까지 도망가버리자 아재는 쇠스랑으로 논을 파는 대신 술에 흠뻑 취해가지곤 어스름녘에 나타나서는 고래고래 소리를 지르며 마을을 휘젓고 다녔다. 어떤 날에는 날이 선 과도를 들고 우리 집에 들이닥쳐 죄 없는 마루 끝을 난도질했다. 아버지는 방문을 열어둔 채 아재의 하는 모양을 고스란히 보고 있다가, 오늘은 그만허면 됐다, 한마디 하시곤 방문을 닫았다. 그때서야 아재는 방문을 향해 머리를 숙이고 나서 대문을 빠져나갔다. 참다 못한 나는 마음을 단단히 먹고 아재 집을 찾아갔다. 아재는 마루에 앉아 덕지덕지 때가 낀 발을 붙잡고 발톱을 깎고 있었다. 나는 일부러 큰소리로 아이고 꼬랑내야, 하며 코를 감싸쥐고 토방 위로 올라섰다. 아재는 밥 먹었냐는 내 물음에 말없이 고개만 저었다. 나는 도망가버린 색시는 그만 잊어버리라고, 제발 우리 집 마루끄트머리 좀 긁어대지 말라고, 아재가 그럴 때마다 내가 무서워서 오줌을 지릴 정도라고 윽박질렀다. 그날 이후부터 아재는 우리 집에 칼을 들고 나타나지 않았다. 하지만 어둑어둑해질 무렵이면 고래고래 소리를 지르는 주정은 계속되었는데 그 또한 본의 아니게 우리 집의 밀주가 한몫을 단단히 했다.

집안에 대소사가 많았던 우리 집엔 늘 술 익는 냄새가 가득했다. 당시엔 집에서 술 담그는 걸 막기 위해 밀주단속반이 있었지만 마을 사람들은 쉬쉬하면서 예사로 술을 담갔다. 고두밥을 지어 누룩과 버무려 커다란 항아리에 담고 효모를 탄 미지근한 물로 밥물 안치듯 하여 두툼한 담요로 겹겹이 감싸 바닥이 미지근하고 공기는 서늘한 건넌방의 아랫목에 묻어 놓았다. 며칠을 그렇게 놔둔 항아리에 어머니는 가끔 귀를 대곤 했다. 나도 궁금해서 귀를 갖다 대면 항아리에서 뽀글뽀글 하는 소리가 들렸다. 그러면 항아리를 시원한 대청마루에 옮기고 죽부인같이 생긴 기다란 대바구니를 항아리 중간에 박아넣는데 그것을 용수라고 했다. 시간이 흐르면서 용수에 삭은 밥알이 동동 뜬 맑은 물이 고여 들었다. 그것이 바로 어머니표 동동주였다.

어머니가 담근 술이 익을 즈음이면 아재는 우리 집을 풀방구리에 쥐 드나들듯 했다. 마을사람들도 아침저녁으로 우리 집의 나뭇짐을 지어 나르고 오줌통을 져다 텃밭에 뿌리고 돼지우리를 치우는 아재의 모습으로 이 집에 술이 익었는가부네, 하고 알아차렸다. 나도 아재의 바지런한 움직임을 보고, 엄니 술독에 용수 박을 때 됐슈? 하고 물었다.

아재가 입맛을 다시며 우리 집 마당을 서성이면 어머니는 소반에 술주전자와 김치보시기를 얹어 내주었고, 아버지는 아재가 주전자를 비울 동안 묵묵히 바라만 보고 있다가, 몸 생각도 허얄 것 아닌 감, 하셨다. 아재의 술 욕심이 지나치다 싶을 때 어머니는 부러 아재 앞에서 술항아리를 씻어 엎어 놓았다. 술독이 비었다고 그렇게 말해도 곧이듣지 않다가 엎어놓은 술독을 보고나면 아쉬워하면서도 발길을 돌렸다.

초등학교 삼 학년 추석 무렵이었다. 한해 중 가장 일손이 달리는 시기라 애어른 할 것 없이 추수를 거들어야 했다. 우리 또래들도 학교가 파하면 가방을 담 너머로 던져두고 들에 나가 이삭을 줍거나 우렁이라도 잡아야 밥상 앞에 앉을 때 당당할 수 있었다. 나는 우렁이를 잡는다고 꼬챙이로 논바닥을 쑤석거리면서 벼 베기에 한창인 부모님과 형들 사이를 헤집고 다니다가 미끄러지는 바람에 쌓아 놓은 볏단이 흩어지고 말았다. 대학 진학을 앞둔 둘째형이 퉁퉁 부은 얼굴로 낫질을 하다가 그런 내게 버럭 소리를 지르며 머리통을 쥐어박았다.

"이 쪼다 같은 새끼가 가뜩이나 신경질 나 죽겠는데 일을 보태고 지랄여."

난 쥐어 박힌 머리통이 아픈 것보다 형한테 욕을 먹은 게 더 분해서 우렁이가 든 고무대야를 집어던지고 악을 쓰며 울어댔다. 한창 공부해야 할 고3 수험생을 부려먹는 것이 안쓰러웠던 아버지는 형을 나무라지도 못하고 그렇다고 울고불고하는 철딱서니를 모른 체 할 수도 없어 어쩔 줄을 몰라 했다. 당연히 형을 야단칠 줄 알았던 나는 배신감이 들어 아예 논바닥에 주저앉아 발버둥을 쳤다. 보다 못한 아버지가 추수를 거들던 아재한테 애를 좀 데려다 씻기고 놀아주라고 부탁했다. 나는 마침 좋은 생각이 떠올라 순순히 아재를 따라나섰다. 개울에서 얼굴을 씻고 집으로 가면서 슬쩍 아재를 떠보았다.

"오늘은 술 안 먹어?"

아재는 손가락으로 귀 뒤쪽을 가리키며 아퍼, 아퍼, 했다. 지난 밤에도 한바탕 술로 푸닥거리를 했으니 뒷머리가 지끈거릴 만도 했다. 그렇다고 어머니의 동동주를 마다할 아재가 아니라는 것쯤은 어린 나도 알고 있었다.

"아재, 울엄니가 담근 술 맛나지?"

아재의 얼굴에 잠깐 화색이 돌았다가 금방 시무룩해졌다. 아마도 며칠 전 우물가에 엎어놓은 술항아리가 생각난 모양이었다. 하지만 나는 대청 깊숙한 곳에 작은 항아리 하나가 밀봉된 채 숨겨져 있는 걸 알고 있었다. 어머니는 늘 갑작스런 손님을 위해 여분의 술을 챙겨두곤 했는데 술 익는 냄새를 용케 맡던 아재도 그것까진 눈치 채지 못했다.

"나 심심헌디 숨기장난 허자. 아부지가 나랑 놀아주라고 혔응게 나 먼저 숨어도 되겄지? 두 눈 꼭 감고 양쪽 손꾸락 다 오므리고 나서 찾으야 혀."

아재를 대청 앞 토방에 돌려세워 놓고 대청문을 소리 나게 열고 들어가 건넌방으로 통하는 문으로 빠져나와 아재의 동정을 살폈다. 아니나 다를까 손가락을 열심히 꼽던 아재는 일부러 마루 밑을 기웃기웃하는 척하더니 이내 살금살금 대청으로 들어갔다. 나를 찾겠다고 쌀독이며 갖가지 잡곡을 담은 호리병이며 잡동사니로 가득 찬 대청을 샅샅이 뒤지기 시작했다. 나는 때마침 또래들이 급히 부르는 소리를 듣고 집을 뛰쳐나갔다. 패싸움이라도 난 건지 둘로 갈린 무리 중간에서 상수와 옆집의 영기가 마주서서 씩씩대고 있었다.

"왜들 그런다?"

아무래도 내가 해결해야 될 문제가 생긴 것 같아 우쭐해져서 물었다. 영기가 먼저 입을 열었다.

"기태가 고자라는디 겨, 아녀?"

내가 대답을 못하고 어물거리고 있는데 상수가 대신 받아쳤다.

"멍충아, 물어보나 마나 기라니께 그러네. 아니믄 워쩌서 색시가 바람까지 나서 내뺐냔 말여."

상수의 뒤에 서 있던 아이들이 머리를 끄덕이면서 자기도 엄니랑 아부지가 말하는 거 들었다는 둥, 혹시 고자가 아니라 반푼이라서 반쪽밖에 없는 거 아니냐는 둥 한마디씩 거들었다. 영기쪽에서도 진짜

고자면 장가를 어떻게 갔겠냐는 둥, 고자면 오줌도 앉아서 싸야 되는 거 아니냐는 둥 의견이 분분했다.

"그만들 허란 말여."

나는 소리를 빽 질렀다. 아무리 아재가 미워도 왠지 그런 문제로 맞장구를 치면 안 될 것 같은 생각이 들어서였다.

"얼래, 언제는 기태 아들 안 헌다고 땡깡이더니 시방 편드는 거 보니께 인자 기태헌티 가기로 작정을 혔는게 비구만."

상수가 빈정거리자 모여 있던 아이들도 그런게 말여, 얼굴 빨간 거 보니께 진짠게빈디, 맞구먼 맞어, 제각각 들까불었다.

"아녀, 아니란 말여."

나는 홧김에 상수에게 덤벼들어 흠씬 두들겨 패주고 집으로 돌아왔다.

한데 그날의 파장은 생각보다 컸다. 들에서 돌아온 가족들은 누이가 지어놓은 저녁밥을 먹을 때까지 대청에서 무슨 일이 일어났는지 알지 못했다. 나 또한 상수랑 싸운 일로 마음이 빼앗겨 있어 아재를 까맣게 잊고 있었다. 밥상에 둘러앉아 허겁지겁 밥을 먹고 있는데 대청에서 뭔가 요란하게 깨지는 소리가 들리더니 이내 고함소리가 터져 나왔다. 치사하게 먹는 것 갖고 사람을 속이느냐, 다른 사람은 다 그래도 아줌니가 그럴 줄 몰랐다, 내가 다시는 돼지우리를 치워줄 줄 아느냐, 별의별 일들을 다 주워섬기며 집안이 떠나가라 소리를 질러댔다. 부모님은 적지 않은 양이 담겨 있던 술항아리가 빈 채 모로 누워 있고 잡곡을 담아뒀던 호리병들이 더러는 깨지고 더러는 쓰러져 내용물이 쏟아져 있는데도 아재의 고함소리가 더 신경 쓰이는지 그 입을 틀어막느라 쩔쩔맸다. 어머니는 내가 잘못했다, 일부러 속이려고 했던 게 아니라 서울에서 손님이 온다고 해서 그랬다, 다음부턴 절대 이런 일이 없을 것이니 제발 한 번만 봐달라, 하며 싹싹 빌었다. 영문을 모르는 사람이 봤더라면 어머니가 아재의 술독을 쏟기라도 했다고 여길 판이었다.

그날의 소란으로 부모님은 아재를 예전같이 살갑게 대하지 않았다. 아재는 아재대로 눈치를 보느라 우리 집 앞을 지날 때 게걸음질을 치거나 아니면 우리 집을 에돌아 논엘 다녔고 술이 익어도 발걸음을 하지 않았다. 어머니는 짠한 마음에 주전자 가득 술을 부어 내게 들려줬는데 아재는 술주전자를 보고도 크게 달가워하지 않았다. 쭈뼛쭈뼛하다가 팔 아프니까 빨리 받으라고 소리를 질러야 마지못해 받아들었다. 그러고 보면 아무런 생각 없는 반푼이만은 아니었던 셈이었다. 그 해 추수를 끝낸 어느 날 아재는 온다간다 말도 없이 사라져버렸다. 아재가 사라진 후 아버지는 사방팔방 연을 놓아 찾느라고 무진 애를 썼다. 어머니는 그놈의 술이 웬수라며 그때부터 밀주 담그는 일을 그만뒀다. 나는 잠깐 죄책감에 괴로워했지만 곧 까맣게 잊었다. 중고등학교 진학을 위해 읍내로 유학을 떠났고 그 뒤 서울에 있는 대학에 진학하곤 아예 존재 자체를 잊고 지냈다.

이장이 불거진 눈자위를 손바닥으로 쓸어내리더니 나를 힐긋 쳐다보며 팔팔하던 아재가 언제부터 골골거리게 됐는지 혹시 아느냐고 물었다. 가뜩이나 주눅이 들어 있던 나는 기어들어가는 소리로 혹시 술 때문이 아니냐고 대답했다. 그가 수울? 하더니 한숨을 푹 내쉬곤, 내게 다시 물었다.

"자네 대학 댕길 때 데몬가 운동인가 허다가 쬐겨 다닌 적 있담서?"

"아니, 그게……?"

"나도 군대 있던 때라 자세헌 내막은 몰르는디 자네 대신으로다가 저 냥반이 끌려가 숭악헌 꼴을 당헌 모냥여. 동네서도 저 냥반 모친이 느닷읎시 나타나설랑 기태 좀 살려달라고 통사정을 허는 바람에 알었댜. 동네사람들이 죄다 나서서 지 앞가림도 못허는 반푼이가 뭔 빨갱이 짓을 허겄냐고 진정서를 낸 덕분으로다 바드시 풀려났다더만. 쳐쥑일 넘들, 글도 못 깨친 냥반 족쳐서 뭔 껀수를 올리겄다고, 얼매나 모지락시럽게 뚜드려팼는지 장독으로다 온 몸땡이가 만신챙이가 됐더랴. 나 제대허던 해 동네로 들어왔는디, 그리 잘 웃었쌌던 냥반이 서리 맞은 푸성귀마냥 풀이 팍 죽어 살다가 온다간다 말도 읎이 살매시 동네를 뜨더란게. 워쪄, 인자 저 냥반 저리된 거 자네 책임이 영판 읎다고는 못허겄지? 암만."

암만, 을 길게 뽑아 늘이는 말본새가 그렇잖으면 넌 사람도 아니다, 란 뜻을 담고 있는 듯했다.

1980년대 중반에 대학에 들어간 나는 운동권에 뛰어들었다가 집시법위반으로 도피생활을 하게 되었다. 그때 가장 먼저 떠오른 사람이 한동안 잊고 지냈던 아재였다. 아재를 찾아가면 내 은신처가 마련

될 수 있을 것이라는 믿음 때문이었다. 그래서 나는 전화로 아버지에게 그동안 한 번도 묻지 않은 아재의 거처를 물었다. 그동안 아버지는 아재와 연락을 주고받았던지 공주의 아재 외가를 찾아가 보라고 했다. 나는 공주에서 아재를 만나 당분간 숨을 곳을 마련해 달라고 부탁했다. 나는 아재의 외가에서 은신하며 끼니를 해결했고 밖의 동향을 알아보러 갈 땐 그를 방패막이 삼았다. 하루는 나를 찾아온 후배를 만나기 위해 버스터미널로 가는 길에 느닷없이 낯선 사내가 서형민, 하며 내 앞을 막아섰다. 내가 시키는 대로 앞서가던 아재가 사내 앞에 재빨리 끼어들어 그의 팔을 붙잡고 늘어지는 덕분에 나는 달아날 수 있었다. 사내는 대신 끈질기게 붙들고 늘어지는 아재를 끌고 갔다. 제 앞가림도 못하는 아재가 그런 기지를 발휘했다는 게 놀라웠다. 나는 먼발치에 숨어서 끌려가는 아재를 보며 내대신 치도곤을 당하긴 하겠지만 반푼이라는 게 판명되면 훈방조치 될 거라고 마음을 다독였다. 시류에 상관없이 사는 아재를 방패막이로 삼았던 나는 그 후 큰형의 도움을 받아 자수하여 군복무를 마치고 복학했다. 졸업 후 재벌그룹 계열의 건설회사에 입사하여 일에 치이며 사느라 아재를 또다시 까맣게 잊고 지냈다.

회사에 삼 일간의 휴가를 낸 후 아버지한테 전화를 했다. 아버지는 아재의 선산에 가묘가 되어 있을 터이니 착오 없도록 하고 고인의 마지막 길 서럽지 않게 예의를 갖춰 잘 모셔드리라고 했다. 그 사램이 평생을 무지랭이로 살었어도 지 저승길만은 외롭지 않을라고 무던 애를 썼느니라. 허닝게 인심 사납게 허덜 말고 모다들 뜨뜻허게 처리

혀라. 막내야, 애비 말 알어듣쟈? 아버지의 간곡한 말엔 나만 모르는 뭔가가 있다는 생각이 들었다. 애초 부음을 알리던 큰형부터 심상찮더니 이장인 상수도 그렇고 몇 안 되는 문상객들의 태도도 그랬다. 나 모르는 사이 호적이 아재한테 옮겨가기라도 했나? 혼인신고 때 확인했으니 그럴 리가 없었다. 나는 한쪽에 쭈그려 앉아 끄덕끄덕 졸고 있는 상수한테 다가갔다. 눈이 떼꾼한 게 꽤나 피곤했나 보았다.

"어디 가서 편히 눕지 그려?"

"아녀. 어르신들도 기신디 젊은 놈이 그러믄 쓰남."

"혹시 나하고 아재 사이에 내가 모르고 있는 걸 자네가 아는 것이 있는겨?"

"나도 저 냥반 운명허고 나서 경황없는 통에 귀동냥헌 것이라 자세히는 모르겄는디 저 냥반 나름대로 애태운 속사정이 있더란게."

"그게 뭔디?"

나는 막걸리를 가득 따라서 상수에게 내밀었다. 마침 출출하던 참인디 잘됐구먼, 하며 단숨에 들이켠 상수는 뜬금없이 나의 태몽이 뭐였는지 아느냐고 물었다. 나는 어머니 품에 황금색 잉어가 뛰어든 걸로 알고 있다고 답했다.

"자네 자당이 아니고 저 냥반 품이라는구먼."

"그게 뭔 소리여?"

"저 냥반이 자네 태몽을 대신 꾼겨. 수랑논이서 꼴을 비다가 수랑이다 대고 오줌을 누는디 그 속이서 황금잉어가 튀어나와 저 냥반 품에 엥기더랴. 헌디 그 잉어를 덥석 자네 춘부장헌티 줬다는구먼. 그때꺼정 자네 자당은 태기가 있는 줄도 몰랐댜. 자네가 마흔 넘어 생긴 늦둥이 아닌가베. 저 냥반 선친께서 그 사실을 알고 끊길 뻔한 대를 잇게 허라는 조상님의 뜻이니 자네를 양자 삼으라고 유언을 냄겼댜. 자네도 알다시피 저 냥반이 반푼이래두 좀 효자였어. 선친의 유지를 받들라고 싫다는 자네를 그렇게 못 데려가서 평생을 발싸심 했던 거여. 워쪄, 인자 좀 저 냥반 뜻을 알어먹겄남?"

뒤통수를 얻어맞은 듯 멍해진 나는 아직은 뭐가 뭔지 모르겠다고 했다. 상수는 왜 안 그렇겠냐며 이왕지사 이렇게 된 거 죽어서나마 여한이 없게 저승길이나 성심성의껏 보살펴주라고 했다. 나는 아무 말도 못하고 머리만 주억거렸다.

형제가 많은 집에 막내로 자라 시키는 대로 따랐을 뿐 뭐하나 주관해본 적이 없었던 나는 장례를 치르는 내내 허둥거릴 수밖에 없었다. 상수의 도움이 아니었다면 그나마 엄두도 내지 못할 일이었다. 나는 각본대로 움직이는 어설픈 배우처럼 이리저리 끌려 다니며 절을 하라면 절을 하고 곡을 하라면 곡을 했다. 무엇보다 마을에 젊은 사람이 없다보니 영구꾼들 다루기가 가장 어려웠다. 그들은 강제징집이라도 된 양 운구할 때부터 하관할 때까지 매사에 툴툴거렸고, 봉분을 할 땐 아예 주질러앉아 담배를 피워 물고 해찰까지 했다. 장례식만 아니면 주먹다짐을 하고 싶은 심정이었다. 그들은 엄연히 삯을 받고 하는 일인데도 시간 끌기를 일삼아 술값을 더 뜯어내려 들었다. 손이 귀한 사람의 저승길이 서글프다는 말이 실감났다. 그나마 아재의 묏자리는 선산의 양지바른 곳이었다. 저승 가는 길 서럽지 않게 한 번만이라도 '아버지'라고 불러주라는 상수의 당부가 있었지만, 허토를 하면서도 끝내 아버지라는 말은 나오지 않았다.

장지에서 내려온 나는 아재의 수렁논으로 향했다. 상수가 나의 뒤통수에 대고 소리쳤다.

"전헐 것이 있으닝게 떠나기 전에 잠깐 좀 보세. 마을회관이서 요번 참에 내다 쓴 물건이랑 모다 갈무리혀 놓고 그 냥반 집에 가 있을 틴게."

나는 뒤돌아서서 고개를 끄덕이곤 마을을 새삼 휘돌아봤다. 사흘 전에 집안 대표로 문상이나 하려고 집을 나섰던 것과는 달리, 삼십여 년 만에 돌아온 마을을 돌아볼 사이도 없을 만큼 경황이 없었다. 옛 모습을 간직한 것이라곤 마을을 빙 둘러싼 야산밖에 없었다. 둠벙이 있던 자리엔 마을회관이 들어섰고 승용차가 다닐 수 있게 시멘트 길도 나 있었다. 층계 같던 다랑이논도 농지정리를 해서 반듯반듯 했다. 조금만 큰비가 내려도 범람을 하던 실개천은 무성한 갈대밭으로 변했고, 아재가 주관해서 쌓은 산모퉁이의 축대는 콘크리트로 단단하게 발라져 있었다. 옛집도 대부분 양옥집으로 변했고, 우리처럼 이사를 간 집은 집터만 남아 있거나 폐가로 폭삭 주저앉아 있었다. 나는 아재 생전에 무던히도 파대던 수렁논의 논배미에 털썩 주저앉았다. 당장 아재가 나타나 투박한 손으로 머리칼을 헤집을 것 같았다.

아재의 집에 들어서니 상수가 툇마루에 앉아 있다가, 난 또 뗏장속이서 산송장 걸어 나오는 줄 알었네, 하며 일어나 방으로 들어갔다.

나도 따라 들어가 상수와 마주앉았다. 그가 봉투 하나를 내 앞에 밀어놓으며 말했다.

"요 메칠 아닌 밤중에 홍두깨더라고 적잖이 놀랬을 거구먼. 날 원망도 혔을 꺼고. 그 냥반 이 동네 들어설 때 다 죽은 목심이었네. 워딜 뭐하고 돌아댕기다 왔는지 입성도 말이 아니고 폐병쟁이모냥 객혈도 심허고. 나헌티 장례비 든 바랑허고 이걸 전허고 이틀 밤을 넴기지 못혔으니 동네 사람들도 경황없긴 자네나 매한가지였네. 그려도 젤로 가까운 혈육이 자네집이었으니 자네 춘부장헌티 연락을 헐 빼끼. 짐작허겼지만 이번 일 자네 춘부장의 지시니께 나 원망 말더라고. 허고 그거나 열어봄세."

상수가 궁금한 듯 턱을 치켜들었다. 봉투에는 아재가 끔찍이도 아끼던 논 문서와 다 쓰러져가는 집 문서, 그리고 집나간 아재 색시의 상속포기각서가 들어 있었다. 의아하게 생각한 나는 상수에게 아재의 색시가 마을에 다시 나타났었느냐고 물었다. 그는 인두겁을 쓰고 뭔 낯짝으로 이곳에 발을 들였겠냐,며 머리를 저었다.

"헌디 느닷읎이 그건 워째 묻는겨?"

나는 그의 눈앞에 논 문서랑 포기각서를 들이밀었다. 그것을 받아든 그가 실눈을 뜨고 소리 내어 또박또박 읽어가다가 주먹으로 제 가슴을 쳤다.

"하이구, 이 딱헌 냥반 좀 보소. 모친 새서방이라는 작자가 타지서 수랑논 팔어먹은지가 원젠디……. 그 순진헌 냥반이 문서만 쥐고 있으면 당신 것인 줄 알고 요 각서 받을라고 살매시 집 나가서 고러크름 싸돌아댕겼든간만. 암만 수랑논이 중허기로서니, 몸도 성찮은 냥반이 저승질에 쥐고 가도 못헐 걸 뭐덜라고……. 히유, 그건 또 뭐여?"

상수가 쓴 입맛을 쩍 다시며 아직 확인하지 않은 나머지 서류를 가리켰다. 그것은 삐뚤빼뚤하지만 정성들여 쓴, 공증까지 받은 유서였다.

서기테제산으서형민께사속허다(서기태 재산을 서형민에게 상속한다).

내 이름 석 자만은 틀리지 않으려고 애쓴 흔적이 보였다.

상수는 어쩔 줄 몰라 하는 나를 보기가 민망한지 나 이만 갈라네, 하고는 휑하니 방을 나갔다. 마루 끝에 걸터앉아 신발을 신는 그의 뒷모습이 빛바랜 문창지 너머로 희미하게 비쳤다. 상수야, 고맙다. 하지만 내 입은 차마 떨어지지 않았다. 대신에 애먼 아재의 영정 사진에 대고 소리를 질러댔다.

"아재, 누가 수랑논 달랬냐고. 그깟 개도 안 물어갈 수랑논 땜시 이게 뭐냔 말여."

"여보소 친구네들, 세상사가 허망허네. 자네가 죽어도 이 질이요, 내가 죽어도 이 팔자로다……."

상수의 흥얼거리는 소리가 멀어져갔다.

해피 투나잇

해피 투나잇

밤 10시. 대리운전기사에겐 초저녁으로 통하는 시간이다. 나는 벌써 세 타임째를 뛰고 대리기사를 실어 나르는 셔틀버스에 올랐다. 비록 단거리라 수입이 많진 않았지만 1년 남짓 대리운전을 하면서 이런 날은 처음이었다. 저절로 신명이 났다. 계산신도시에서만 효성동, 임학동을 거쳐 이번엔 당하동 아파트 단지였다. 작은아이에게 사주기로 약속한 나이키 운동화는 안심해도 될 듯했다. 전에 없이 운이 좋은 날인만큼 빠르게 움직여야겠다는 내 마음을 읽었는지 셔틀버스 기사는 곡예하듯 차를 몰았다. 사방에서 경적이 울려댔지만 기사는 아랑곳하지 않았다. 황색 신호를 받고 정차하는 마티즈를 아슬아슬하게 피해 사거리를 통과할 땐 콜을 받으려고 스마트폰을 노려보고 있던 대리기사 서너 명이 버스 바닥에 나가자빠졌다. 하지만 그들은 별일 아니라는 듯 툭툭 털고 일어나 다시 스마트폰을 노려봤다. 임학사거리를 지나 계산역을 향하고 있는데 콜이 떴다. 작전동에서 서초동까지 3만5천 원, 작전동은 계산역에서 내려 지하철을 타면 5

분이면 넉넉한 거리였다. 나는 잽싸게 화면을 터치했다. 오늘 따라 나의 클릭질은 날렵했다. 역시 이 바닥의 베테랑인 단비엄마의 충고대로 프로그램을 바꾼 건 잘한 일이었다.

작전동 홈플러스 뒷골목에 들어서자 첫눈에 확 들어오는 외제차가 턱 버티고 서 있었다. '치명적이게 아름답다'라는 광고 카피를 반영하듯 차는 나를 감동시켰다. 넓고 편안한 운전석에 앉으니 왕좌에라도 오른 듯 가슴이 뛰었다. 이 차에 대한 광고 카피는 다양했다. '심장은 이유 없이 뛰지 않는다', '당신의 상상이 완성되었다', '최고의 가치를 향한 질주'란 문구로 구매욕을 부추겼다. 카피는 또 '드라이빙이 아니라 크루징이다'라고 덧붙였다. 차값이 나와 두 아이가 살고 있는 빌라의 전세금을 훨씬 웃돈다는 바로 그 차였다. 이런 차를 운전해 보게 되다니, 꿈을 꾸는 것 같아 허벅지를 꼬집어보았다.

50대 중반쯤 돼 보이는 차주가 조수석에 가랑이를 쩍 벌리고 눕다시피 하고 있었다. 벗겨진 이마가 번들거렸고 충혈된 눈이 개개 풀려 있었다. 넥타이 매듭은 가슴팍까지 내려와 있었고 셔츠 밑단이 바지춤에서 비어져 나와 있었다.

안전하게 모시겠습니다.

아줌마, 운전 잘해?

차주는 다짜고짜 반말이었다. 혀가 몹시 꼬여 말을 할 때 침이 튀었다. 나는 못 들은 척 시동을 걸으며 공손하게 물었다.

댁이 어디십니까, 내비게이션에 등록해 놓으셨죠?

실물은 구경도 못해본 차를 직접 타 볼 수 있게 한 소중한 고객이었다. 게다가 도심을 가로질러 크루징을 끝내면 그가 내게 3만5천 원을 건네줄 것이다. 나는 내비게이션의 메인 화면에 뜬 '우리집' 버튼을 눌렀다. 서초동의 고급 빌라가 주소창에 떴다. 차주는 흐리멍덩한 눈으로 나를 바라보더니 손바닥으로 턱에 묻은 침을 훔치며 지껄였다.

아줌마, 이 차가 얼마짜린 줄 알아? 아마 아줌마 팔아도 이 차 바퀴 값도 안 될 거야. 그러니까 조심해서 살살 다루라고. 이렇게 럭셔리한 차를 다룰 때는 보물단지 다루듯 사알살, 알았지? 알아들었으면 출바알.

차주는 '럭셔리'에 억양을 주면서 눈을 살짝 감기까지 했다. 아무리 그렇더라도 내 값어치를 제 맘대로 자동차 바퀴 값에 비유하다니 너무하다는 생각이 들었다. 튀어나오려는 욕설을 씹어 삼키고 힐긋 쳐다보니 벌어진 입에서 덩어리째 흘러나온 침이 쭉 늘어져 넥타이에 달라붙어 있었다. 초저녁에 음료수도 없이 먹은 샌드위치가 목으로 쏠리는 것 같아 얼른 시선을 돌리고 차를 출발시켰다. 차는 미끄러지듯 조용하게 움직였다. 부드러운 승차감에 푹 빠진 나는 차주가 지껄인 말은 못 들은 걸로 했다. 어차피 무슨 말이든 대꾸하면 내가 손해 보게 돼 있다는 것쯤은 그동안의 경험을 통해서 충분히 알고 있었다. 게다가 오늘밤은 운이 좋은 날이니 까짓것 이보다 더한 것도 참기로 했다.

아이 둘을 뒷바라지하며 돈벌이를 할 수 있는 일은 극히 제한적이었다. 근무 조건이 맞으면 급여가 형편없었고 급여가 된다 싶으면 근무 조건이 맞지 않았다. 어쩔 수 없이 위험이 따르고 고된 일이란 걸 알면서도 나는 대리운전을 하며 두 아이를 키우는 단비엄마를 따라 나섰다. 월 이삼백은 거머쥘 수 있다는 말에 혹해 앞뒤 가릴 겨를도 없었다. 다행히 아이들이 말을 잘 들어 저녁거리와 잠자리를 봐주고 나가면 크게 문제될 게 없었다. 그렇게 시작한 대리운전이었지만 내게 이삼백은 요원한 숫자였다. 툭하면 손님과 시비가 붙어 대리운전비는커녕 봉변을 당하지 않은 것만도 다행이었다. 요령 부족으로 외곽으로 나갔다가 대리운전비로 받은 금액보다 많은 택시 요금을 지불하고 돌아오는 경우도 있었다. 그 성질머리로는 이 바닥에서 이문 남기긴 글러먹었대두 그러네. 단비엄마는 듬직한 생김새답게 우렁우렁한 목소리로 핀잔을 주며 딱하다는 듯 혀를 차곤 했다. 그녀는 무슨 일이든 '돈벌이'란 말 대신 '이문'이란 말을 썼다. 친정아버지가 고향에서 내로라하는 장사꾼이었는데 장사꾼은 성실하게 투자를 해서 정직하게 이문을 내는 신성한 직업이라며 굴러다니는 돌멩이 하나를 집어 들더라도 이문날 일이 아니면 삼가라고 했단다. 비록 아버지를 거역해 등을 돌리고 살지만 그 가르침만은 따르고 싶다는 것이 그녀의 평소 생각이었다. 부유한 친정과 등진 것도 아버지가 반대한 사내와 결혼했기 때문이란다. 결국 이문이 남기는커녕 밑지는 장사를 한 셈이라고 그녀는 말했다. 가녀린 몸에 곱상한 이목구비의 단비남매를 보면 팔자에 안 맞는 기생오래비같이 생긴 서방 만나 쎄빠지게 일해 지집년들 밑구멍에 처박느라 허리가 휘었다는 단비엄마의 넋두리가 허풍만은 아닌 것 같았다.

운전면허증이 있는 사람이면 누구나 가능한 직업이 대리운전이었다. 하지만 노동력은 젖혀두고라도 밤잠과 위험부담과 인격을 투자해 제대로 이문을 남기는 게 결코 쉬운 일은 아니었다. 콜마너 프로그램을 쓰는 8282업체의 대리운전 기사인 나의 인식표 번호는 3151이다. 대리운전을 하기 위해선 먼저 인식표를 받아야 했다. 인식표를 받는 데는 주민등록 등본, 사진 1장, 운전면허증만 있으면 됐다. 그리고 3시간의 교육을 받으면 대리운전기사가 될 수 있었다. 대리운전업체는 3시간 동안의 교육을 통해 '술 취한 고객을 이기려들지 마라' 등 현장에서 벌어질 수 있는 상황에 대한 조언을 비롯해 보험 보장 내용, 대리운전 소프트웨어 조작법 등을 가르쳐줬다. 그리고 돈이 오고 가는 흐름에 대해서도 알려줬는데 회사는 대리운전을 할 때마다 대리운전비 가운데 수수료 20%씩을 떼고, 매일 보험료 2천 원과 소프트웨어 사용료 500원을 가져간다고 했다. 돈은 미리 입금된 계좌에서 빠져나가는데, 계좌에는 최소 3만 원의 잔액이 없으면 콜을 잡을 수 없었다. 회사도 수수료를 떼이지 않으려고 보증금을 예치시켜 놓는 거였다. 교육을 받으면서 어영부영하다가는 업체 좋은 일만 시키기 십상이겠다는 생각이 들었다. 나는 실제로 두어 달 동안 수입보단 지출이 더 많은 날이 많았다. 예컨대 계산동에서 여의도까지 2만 원짜리 콜을 잡으면 업체 상황실에서 500원과 보험료 2천 원, 그리고 2만 원에 대한 수수료 4천원을 뗀다. 고객과의 마찰로 돈을 받지 못하거나 고객의 변덕으로 아예 운행을 하지 못해도 이미 뗀 수수료를 돌려받지 못했다. 콜을 취소하거나 운행 종료 버튼을 누르기 전까진 새로운 콜이 뜨지 않으니 재빠르지 않으면 이래저래 손해였다. 게다가 심야의 도심을 잠기를 몰아내며 가로지르는 대리기사를 취객은 술자리에서 풀다만 분통을 풀어내는 입가심의 대상으로 삼기 일쑤였다.

내가 대리기사를 시작하고 첫 번째로 모신 고객은 40대 후반의 회사원이었다. 내내 스마트폰을 노려봤지만 거리와 요금을 따지느라 콜을 잡지 못하고 있을 때였다. 그나마도 이미 세 건을 해치우고 온 단비엄마가 스틱 운전이 서툴다고 대신 내게 넘겨준 손님이었다. 영등포에서 부평역까지 3만 원짜리였다. 개시치곤 나쁘지 않은 코스였다. 차는 수년 전에 단종돼 요즘은 보기 힘든 차종으로, 여기저기 찌그러지고 페인트가 벗겨진 채 시장 뒷골목에 흉물스럽게 서 있었다. 점멸등이 깜빡거리지 않았다면 누군가가 버린 차라 여길 만했다. 그 몰골을 하고도 운행이 가능할지 의심스러웠다. 번호판을 확인하고 조심스럽게 운전석 문을 열자 시큼한 냄새가 훅 끼쳤다. 나는 그대로 발길을 돌리고 싶었다. 비록 잠깐 차주를 대신해 운전을 해주는 직업이라지만 하필이면 이런 똥차의 운전대를 잡을 생각을 하니 괜히 자존심이 상했다. 단비엄마가 부러 떠넘긴 건 아닌가 하는 생각까지 들었다. 내 신세가 한심하여 한숨을 내쉬며 차창을 내렸다. 그때 고개를 숙이고 비스듬히 앉아 있던 비쩍 마른 사내가 머리를 힘겹게 가누고, 당신도 나한테서 구린내가 나서 견딜 수가 없는 거냐고 다짜고짜 시비를 걸었다. 내 맘대로 창문을 내린 것 때문에 그가 기분이 상한 것 같아 다시 창문을 올렸다. 숨이 턱 막히고 욕지기가 났다. 잔뜩 이맛살을 찌푸리고 있는 내게 사내는 그렇게 마뜩찮으면 당장 때려치우면 되지 않느냐, 며 따지듯 물었다. 나를 노려보는 눈자위며 양 볼이 움푹 꺼져 있어서 해골을 대면하는 것 같아 섬뜩했다. 나도 그러고 싶은 마음이 간절했지만 대리기사를 하겠다고 나선 후 첫 고객인데다 단비엄마의 입장도 있고 해서 꾹 눌러 참고 차를 출발시켰다. 단비엄마의 통장에선 콜비 500원과 3만 원에 대한 수수료 6천 원이 이미 빠져나간 뒤였다. 사실 나는 술주정이라면 이골이 나있기도 했다. 더구나 나하곤 상관도 없는 사람이니 까짓 거 신경 쓸 일도 아니었다. 많이 드셨나 보네요. 안전하게 모실 테니 도착할 때까지 푹 주무세요. 나는 정색을 하고 말했다.

부평 나들목을 빠져나와 부평역 방향으로 좌회전 깜빡이를 켜는데 갑자기 요란한 굉음과 함께 나타난 오토바이 서너 대가 뒤에서 추월하면서 S자를 긋고 쌩하니 멀어져갔다. 소스라치게 놀란 나는 비명을 지르며 급브레이크를 밟았다. 그 바람에 안전벨트도 하지 않은 채 늘어져 있던 사내가 앞으로 쏠리면서 조수석 밑으로 쑤셔 박혔다. 그대로 달싹 들어 보스턴백에 넣는대도 머리카락 한 올 삐져나올 것 같지 않았다. 여기저기서 울려대는 성난 경적소리에 가까스로 정신을 수습하고 괜찮으세요, 물었지만 입을 쩍 벌린 채 허공만 바라볼 뿐 대답이 없었다. 혹시 기절한 건가 싶어 가슴이 철렁 내려앉았다. 차를 갓길에 세우고 관자놀이에 살짝 검지를 대 보았다. 느닷없이 사내가 두 눈을 부릅뜨고 버럭 소리를 질렀다. 사람을 이 지경으로 만들어 놓고 지금 뭐하는 거야. 왜 차가 후져서 기분 나빠? 그럼 애초에 못하겠다고 할 일이지 이게 무슨 짓이야. 죄송합니다. 갑자기 오토바이가 나타나는 바람에……. 나는 되도록 미안한 표정을 지으려고 애쓰며 말했다. 아이고 나 죽네, 사내가 갑자기 뒷목을 감싸쥐고 죽는 시늉을 해댔다. 어떻게 수습을 해야 할지 난감했다. 단비엄마라면 이런 경우 엄살떨지 말고 당장 의자에 앉아 안전벨트를 매라고 윽박지를지도 모르겠단 생각이 들었다. 술 취한 사람을 다룰 때는 경우에 따라선 세게 나갈 필요가 있다고 단비엄마는 말했었다. 하지만 나는 어떤 경우든 다투는 건 싫었다. 나는 허구한 날 술에 찌들어 사는 전 남편에게조차 단 한 번도 큰소리를 내지 않아 오히려 그를 질리게 했었다.

사내가 당장 병원으로 가자고 할까봐 조마조마했다. 그렇다고 이미 사라져버린 폭주족한테 책임을 떠넘길 수도 없는 일이었다. 낑낑대며 의자에 바로 앉으려는 사내를 거들며 제발 별 일 아니길 바랐다. 워낙에 늘어진 상태로 주르르 미끄러져 쏙 들어가 박혀서인지 겉으로 보기엔 멀쩡해 보였다. 괜찮으세요? 나는 긴장된 마음과는 달리 담담한 목소리로 물었다. 아줌마가 보기엔 내가 괜찮아 보여? 좀 전과 다르게 사내의 목소리는 약간 누그러져 있었다. 나는 대뜸 네, 하고 대답했다. 사내는 머리를 좌우로 두어 차례 돌려보곤 그건 아줌마 생각이고, 내 생각엔 아닌 것 같은데, 혼잣말처럼 중얼거렸다. 그럼 병원으로 모실까요? 나는 체념하듯 물었다. 병원까지 갈 필요는 없고, 사내의 충혈된 눈이 내 몸을 훑었다. 온몸이 스멀거렸다. 아줌마가 조금만 주물러주면 괜찮아질 것 같기는 한데. 사내의 목소리가 은근했다. 욕망 따윈 사그라진 것 같은 근천스런 몸에서도 성욕은 달라붙어 있었나 보았다. 지푸라기 한 줌 쥘 힘만 남아 있어도 그 짓 할 궁리를 하는 게 사내들이라니까. 남편의 그칠 줄 모르는 오입질을 저주하며 단비엄마는 말했었다. 두려움보단 모욕감이 앞섰다. 살인사건이 난다 해도 감쪽같을 겨울밤의 자동차 전용도로 갓길이었다. 운전대를 내가 쥐고 있다는 건 칼자루를 쥐고 있는 것과 마찬가지였다. 더러운……, 하며 나는 차를 거칠게 출발시켰다. 개자식,이란 말은 꿀꺽 삼켰다. 그곳에서 멀지않은 곳에 지하철역이 있었다. 나를 곤경에 빠뜨렸던 폭주족 흉내를 내며 차를 몰았다. 갈산역 부근에 차를 세우고 뛰쳐나올 때엔 오물을 뒤집어 쓴 기분이었다.

씨부랄 년 좆도 아닌 게, 럭셔리 차주의 입은 험악했다. 도대체 저 입으로 어떤 먹잇감들을 노렸기에 내 몸값보다 비싸다는 바퀴를 단 차를 굴릴 수 있을까. 생각 같아선 쉽게 돈을 벌 수 있는 비법이 있으면 좀 가르쳐달라고 능청이라도 떨고 싶었다.

모든 생명체가 약육강식의 법칙에서 자유롭지 못하듯 나도 매일 밤 경쟁자들을 따돌리고 살아남아야 했다. 하지만 나는 밤새 헛물만 켜다 새벽을 맞이하기 일쑤였다. 초보딱지를 벗을 때도 됐건만 나는 원거리에다 이문도 적고 도심으로 되돌아가기 힘든 '똥콜'만 잡았다. 대리운전계의 자칭 거물 단비엄마는 그런 나를 한심한 열등생 취급했다. 이건 단순 노동직이 아냐. 고도의 집중력, 냉철한 판단력, 재빠른 순발력을 요하는, 지능과 기능을 겸비해야 가능한 직업이라구. 평소에 잘난 척하던 실력은 어디다 꼬불쳐뒀길래 항상 그 모양이야. 단비엄마는 안쓰럽다는 표정으로 이걸 좀 쓰라며 검지로 나의 머리통을 찔러댔다. 아마도 평소 자신한테 말랑말랑하지 않아 밉살스러웠던 나를 이참에 제대로 깔아뭉개려는 속셈인 듯했다. 어쩌면 단비엄마는 전 남편을 향한 나의 독한 면을 오래도록 지켜봤기 때문에 잔정이 떨어진 건지도 몰랐다.

헤어진 남편은 이름이 알려진 중견 의류업체 직원이었는데 술과 친구를 좋아하고 체면을 중시하는 사람이었다. 신혼 때부터 날마다 술에 취해 들어왔고 월급 대부분을 자신의 명품 옷과 구두에 처발랐다. 가장이 폼이 나면 식솔들도 덩달아 빛이 나는 거야, 금방 작아질 거 크는 애들은 시장에서 대충 사다 입혀, 우리도 다 그렇게 컸잖아. 새 옷과 구두로 치장하고 나갈 때마다 토씨 하나 틀리지 않고 되풀이했던 말이었다. 술과 허영에 빠진 남편과 살면서 나는 내 자신에게 어떤 허튼 짓도 용납하지 않았다. 이웃과 나누는 농담 한마디도 허투루 하지 않았다. 그건 남편으로 인해 실추된 나와 아이들의 체면을 세우는 내 나름의 방식이었다.

남편과 헤어지기로 결심한 건 의외로 그가 술과 명품을 멀리하고 생활에 충실하기 시작할 때였다. 남편은 이혼을 요구하는 나를 이해할 수 없다고 했다. 하지만 나는 과거를 살처분하듯 말끔하게 묻어버리고 이 정도면 된 거 아니냐는 듯 당당하게 구는 그를 보는 게 불행을 견디는 것보다 더 힘들었다.

럭셔리 차주는 계속 깐죽깐죽 비위를 건드렸다. 마치 분풀이 대상이 필요해서 대리기사를 부른 사람 같았다. 차라리 토악질을 하거나 잠이 들어버리거나 하는 편이 나았다. 크억 돋운 가래를 질겅질겅 씹으며 맥락 없는 욕설을 내뱉는데 '년'이나 '씹' 자를 자주 쓰는 걸로 봐서 아무래도 그를 화나게 한 상대가 여자인 것 같았다. 그 상대와 나를 혼동하는 건지 아니면 나 때문에 비위가 상한 건지 점점 나한테 대놓고 하는 욕설처럼 들려 불쾌하기 짝이 없었다. 하지만 나는 앞만 보고 운전했다. 가능하면 조수석으로 고개를 돌리지 않으려고 우측으로 끼어들 땐 눈동자만 돌리거나 룸미러를 이용했다. 워낙 럭셔리한 차를 운전하느라 긴장을 한데다 의식적으로 정면만 바라봤더니 뒷목이 뻣뻣해졌다. 목의 긴장을 풀기 위해 왼편으로 고개를 비틀고 머리를 좌우로 돌렸다. 뜻밖에도 뒷목에서 우두둑 소리가 났다. 그 소리가 차주에게도 들린 건지 아니면 목을 푸는 내 모습이 나름 거칠게 보였는지 욕설을 멈추고 비웃음 섞인 말투로 물었다.

왜, 칠려고? 설마 깡패는 아니겠지.

제가 깡패라면 한 번 맞아주실래요?

내내 꾹 다물고 있던 입에서 나도 모르게 감당하지도 못할 말이 튀어 나왔다. 지금 차주와 시비가 붙는다면 당장 내일 작은아이와 한바탕 전쟁을 치르게 될 터였다. 한 달 전부터 운동화가 작아 발가락이 아프다고 조르는 녀석을 어르다 지쳐 오늘은 반드시 운동화 값을 벌어오겠다고 나오기 전에 손가락을 걸었었다. 나는 무슨 일이 있어도 이 럭셔리한 차와 차주를 고급 빌라 주차장에 안전하게 모셔다 드려야 한다. 전 남편한테서 받는 양육비는 아이들 교육비와 간식비 대기에도 빠듯했다. 중학생인 아이들은 한창 크는 시기이기도 했지만 정에 굶주린 탓인지 내가 일을 다니면서부터 걸귀가 붙은 듯 먹어댔다. 먹는 만큼 키와 체중도 쑥쑥 늘어 옷이랑 신발을 새로 사 대느라 허덕였다. 그렇다고 시장바닥에서 아무 거나 사 입히기는 싫었다. 아빠 없는 아이들이 후줄근하게 보일까봐이기도 했지만 무엇보다 결혼생활 내내 전 남편한테 당했던 결핍감이 떠올라 되도록이면 값비싼 브랜드를 사 입혔다. 정말 죄송해요. 전 오늘 아이의 운동화 값을 벌어가야 하거든요. 볼을 한껏 부풀리고 노려보는 차주를 진정시킬 수만 있다면 납작 엎드려 빌 수도 있었다. 차라리 주먹을 휘두른다면 매값을 받아 근사하게 아이 운동화를 사 신길 수 있겠단 생각도 했다. 사내는 과연 한 대에 얼마씩을 내놓을 수 있을까. 홧김에 한 대당 백만 원씩을 주고 사람을 팰 수 있는 재벌가의 아들이라면 대리기사를 부를 일은 없겠지만 말이다. 하지만 이 차의 바퀴는 내 몸값보다 비싸다고 하지 않았던가.

입 닥치고 자빠져 주무세요. 도착하면 깨워드릴 테니까.

나는 정말로 매값을 벌려고 안달이라도 났는지 생각과는 다르게 말이 엉뚱하게 나왔다. 차주의 눈에서 불꽃이 튀었다. 마침 오른쪽 차선에서 모래를 가득 실은 거대한 덤프트럭이 깜빡이를 켜고 끼어들 준비를 했다. 나는 일부러 앞차와 거리를 둬 트럭이 끼어들 수 있게 해주었다.

확 박아버리기 전에, 씨이발.

내 의사와 상관없는 말이 자꾸만 튀어나왔다. 생각에 의해서 말이 나오는 것이 아니라 말에 의해서 생각이 만들어지는 것 같았다. 차주가 한마디만 더하면 정말 박아버리고 싶었다. 다행히 차주는 더 이상 말이 없고 대신 딸꾹질을 했다. 나의 기세에 겁을 먹은 것이 분명했다. 급박하게 숨넘어가는 소리에 힐긋 돌아보니 차주의 한껏 부풀려진 입을 비집고 누리끼리한 침이 흘러나왔다. 차주는 숨이 막혀 죽을지언정 럭셔리 차를 더럽힐 수 없다는 듯 입꼬리에 힘을 주고 나한테 삿대질을 해댔다. 하지만 아무리 럭셔리한 차라도 겹겹이 둘러싸인 차들을 헤치고 크루징을 할 재간은 없었다. 은은한 라일락 향이 나던 차안은 시궁창 같은 냄새로 가득했다. 나는 버튼을 눌러 운전석의 차창을 열었다. 자신의 럭셔리 차에 스스로 오물을 쏟아내든, 그것이 싫으면 꿀꺽 삼켜버리든 내 알바가 아니었다. 이미 더러운 오물을 뒤집어 쓴 것보다 더한 모욕을 당한 나로선 그깟 냄새쯤은 얼마든지 견딜 수 있었다.

대리기사 생활 1년여 동안 악취는 남달리 후각이 예민한 내게 가장 큰 골칫거리였다. 그것은 단비엄마한테 넘겨받았던 첫 고객 고물차의 시큼하게 홍시 썩는 냄새부터 시작되었다. 대리기사가 상대하는 고객의 전부가 술에 취한 사람들이니 누구한테나 생길 법한 일이기도 했다. 후진 차는 물론이고 럭셔리는 아니더라도 그럴 듯한 승용차의 소유주들도 술에 취하면 정신줄을 놓는 것이 예사인데다 마시고 먹어댄 것들을 자신의 차에다 반납하는 경우가 많았다. 처음엔 나도 비위가 상해 덩달아 헛구역질을 하다가 갓길에 차를 세우고 심호흡을 하며 정신을 가다듬느라 시간을 허비하곤 했다.

지난 여름, 집을 나설 땐 멀쩡했던 하늘에 갑자기 먹장구름이 몰려

들더니 천둥번개를 동반한 장대비가 기세등등하게 쏟아져 내렸다. 술집이 빽빽한 계산신도시에서 시흥까지 가는 콜을 잡은 나는 비를 맞으며 차를 향해 뛰었다. 물에 빠진 생쥐 꼴을 하고 나타난 나를 핏발선 눈으로 바라보던 깔끔한 양복차림의 젊은 남자가 그 꼴로 차를 타면 시트가 다 젖어 곤란하다며 손을 홰홰 내저었다. 나는 할 수 없이 가까운 편의점에서 큰 비닐봉지를 두 장 사다가 운전석 바닥과 등받이에 씌웠다. 그러는 동안 억수비에 노출된 나는 속옷까지 훤히 드러날 만큼 젖고 말았다. 그 꼴을 하고 미끄럽고 바스락거리는 비닐 위에 앉아 안전벨트를 멜 땐 심한 수치심이 일었다. 젊은 남자와 비좁은 차안에서 삼십여 분 이상을 함께 할 일이 끔찍했지만 이제 와서 취소할 수도 없었다.

곧 차 안에 가득 찬 습기로 김이 서려 에어컨을 켰다. 젖어 있던 몸의 체온이 금세 떨어져 이가 딱딱 부딪혔다. 덜덜거리는 이를 악물고 외곽순환도로를 달리는데 남자가 불쾌한 표정으로 나를 쓱 쳐다보더니 아줌마, 무슨 냄새예요? 하고 물었다. 하필 생리 중이었던 나는 생리대까지 젖어 바지에 혈흔이 배어나왔나 싶어 가슴이 철렁 내려앉았다. 나는 대답대신 얼른 사타구니를 내려다 봤다. 혈흔을 발견하기 전에 먼저 느낀 건 고약한 냄새였다. 생리혈의 악취가 후텁지근한 공기에 섞여 있다가 에어컨 바람에 이동하면서 남자의 후각을 자극한 모양이었다. 나는 얼굴이 화끈 달아올랐지만 어쩔 수가 없었다. 그렇다고 차창을 열어 비가 들이치게 할 수도 없는 일이었다. 에이씨, 가뜩이나 속이 메슥거려 죽겠는데 아줌마 땜에 토할 것 같잖아요. 남자는 곧 울 것 같은 표정으로 입을 틀어막았다. 죄송해요, 아까 비를 너무 맞는 바람에……. 그런 상황을 얼른 벗어나고 싶었지만 어둠의 빗속을 뚫고 속력을 낼 순 없었다. 남자는 급해 보였다. 나는 얼른 등받이에 씌워 놓았던 비닐봉지를 벗겨 남자한테 디밀었다. 남자는 나를 노려보다가 낚아채듯 봉지를 빼앗아 주둥이를 벌리고 머리를 처박았다. 나를 부르기 전까지 그가 먹은 메뉴는 삭힌 홍어에 묵은지를 곁들인 삶은 돼지고기와 막걸리. 웬만한 비위가 아니면 선불리 먹기 힘들다는 삼합이었다. 시큼하고 텁텁한데다 암모니아가 배합된 지독한 냄새가 차안을 가득 채웠다. 숨이 턱 막히고 머리가 어질어질했다. 할 수 없이 차창을 모두 열었다.

창문을 열면 어떡해요. 시트가 다 젖잖아요. 남자가 휴지로 입가를 닦으며 소리를 버럭 질렀다. 아무리 고객이라지만 나이도 어린놈이 해도 해도 너무 한다는 생각이 들었다. 차도 중요하지만 우선 사람이 살고 봐야지요. 정신이 혼미해서 운전을 할 수 없잖아요. 나도 쏘아붙였다. 이게 다 아줌마 때문이잖아요. 남자가 눈을 부릅떴다. 아니, 손님이 토해놓고 왜 내 탓을 해요? 열린 차장으로 장대비가 들이쳤다. 그놈의 생리 때문에……. 나는 핸들을 내려치며 브레이크를 밟았다. 끼이익, 소리를 내며 차가 미끄러졌다. 죽으려고 환장했어요. 어차피 숨이 막혀 죽을 것 같으니까 제발 입 다물고 그거나 얼른 버려요. 남자는 자신의 구토물을 함부로 버리기가 껄끄러운지 난감한 표정을 짓다가 째려보는 내 눈초리를 의식하고 봉지의 주둥이를 여러 번 묶어 차창 밖으로 슬그머니 내려놓았다. 차에 지나친 애착을 가져서 그렇지 첫인상보다 앳돼 보이는 게 아직 결혼도 안 한 순진한 총각 같았다. 그래도 내 덕에 차 안에 토하는 것은 피했잖아요. 빗물은 마르면 그만이지만 토사물은 세차를 해도 냄새까지 없애려면 아마 한 달은 걸릴 걸요. 그러고 보니 세차비까지 받아야 될 판이구만. 나는 민망함을 감추려고 슬그머니 눙쳤다. 남자는 언제 고함을 질렀냐는 듯 온순한 얼굴을 하고 등받이에 몸을 기대며 눈을 감았다. 목적지에 도착하자 남자는 세차비 받으셔야 된다면서요, 하면서 약속한 돈보다 만 원을 더 쥐어주었다. 나는 민망해서 농담을 한 거라며 극구 사양했다. 그 후로 나는 일을 나갈 때 가방에 검은 비닐봉지를 넉넉히 넣고 다녔다. 그것은 종종 취객이나 내게 많은 도움이 되었다.

럭셔리 차주의 고통스런 모습을 보면서도 나는 가방에 들어 있는 봉지를 꺼내고 싶지 않았다. 언제까지 참을 수 있는지 과연 어떻게 대처할 것인지 꼭 보고 싶었다. 오기가 생기니 상한 비위 따위는 아무렇지도 않았다. 도로는 러시아워가 한참 지난 시간인데도 뚫릴 줄을 몰랐다. 사방으로 차가 에워싸고 있어 밖으로 나가 토악질을 할 엄두는 내지 못할 터였다. 차주는 눈물이 그렁그렁할 만큼 고통스러워하면서도 끝까지 참아내려고 작정한 것 같았다. 어쩌면 야금야금 입에 고인 것들을 집어삼키고 있는 중인지도 몰랐다. 그런 상상은 토사물을 보는 것보다 더한 불쾌감을 일으켰다. 나는 일부러 앞차와 간격을 두었다가 옆차가 끼어들려는 순간 경적을 울리며 속력을 내다 급정거 시켰다. 예상대로 차주는 앞으로 쏠리는 몸을 가누기 위해 입에서 손을 뗄 수밖에 없었고 그 바람에 벌어진 입에서 가득 고여 있던 토사물이 한꺼번에 뿜어져 나왔다.

죄송합니다. 갑자기 옆에서 끼어드는 바람에……, 하마터면 럭셔리한 차가 망가질 뻔했네요.

나는 조수석 앞과 유리에 흩뿌려진 토사물을 바라보며 능청을 떨었다. 차주는 값비싼 옷과 구두에까지 골고루 자신의 토사물을 뒤집어썼다. 차주의 비참한 표정을 보자 몹시 기분이 상해 있던 나는 한껏 격앙됐다.

나는 다시 차를 출발시켰다. 눈을 감고 늘어져 있던 차주는 곧 잠이 들었는지 꼼짝도 하지 않았다. 그러자 뜻밖에도 그동안 짓눌렸던 허영심이 끼어들었다. 비록 토사물이 흩뿌려지긴 했지만 이토록 근사한 외양에다 황홀한 승차감까지 겸비한 럭셔리로 크루징을 해볼 기회가 웬만해선 다시 올 것 같지 않았다. 마침 깊은 밤이니 남의 눈에 토사물이 보일 염려도 없었다. 게다가 곧 도로의 정체가 풀릴 터였다. 금방 무뎌질 후각이니 악취가 그리 문제될 건 없었다. 재빠르게 상황 정리를 마친 나는 뻥 뚫린 도심을 신나게 크루징 해보고 싶다는 욕망으로 들끓었다. 나는 슬그머니 내비게이션의 볼륨을 줄이고 라디오를 켰다. 라디오에선 마침 신나는 댄스곡이 흘러나왔다. 예상대로 도로에 늘어선 차들이 서서히 속력을 내기 시작했다. 나는 럭셔리 차주라도 된 양 음악에 맞춰 머리를 까닥거리며 느긋하게 주행차선으로 끼어들었다. 이대로 곧장 달리면 미사리였다. 그곳 근사한 데서 차라도 한 잔 마시고 오고 싶었다. 아마 주차도우미가 귀빈대접을 해줄 거란 생각만으로도 가슴이 벌렁거렸다.

럭셔리 차는 속력을 낼수록 진가를 발휘했다. 엔진 음도 바퀴 굴러가는 소리도 느껴지지 않는 승차감은 '드라이빙이 아니라 크루징이다'란 카피를 증명했다. 한참 크루징을 즐기고 있을 때 주머니에서 진동이 울렸다. 엄마가 일할 땐 좀처럼 전화를 하지 않던 작은 아이였다. 시간은 11시가 훨씬 넘어 있었다. 운동화를 살 수 있는 건지 확인하고 싶어서일 거라고 생각한 나는 조수석의 차주를 힐끗거리며 숨죽인 목소리로 전화를 받았다.

우리 아들, 엄마가 운동화 값 많이 벌어놨다. 조금만 더하면 되니까 걱정하지 말고 얼른 자.

좋아라 환호성을 지를 줄 알았던 작은아이가 뜻밖에도 훌쩍거렸다. 나는 불길한 예감에 무슨 일이냐고 묻기도 전에 가슴부터 뛰었다.

엄마, 단비엄마가 많이 다쳤대. 단비가 자기 패딩 값 벌어온다고 나가셨다가 사고를 당했다고 막 울어. 엄마, 나 나이키 운동화 안 사도 돼요. 그러니까 그만 일하고 얼른 들어오세요.

아이는 좀처럼 쓰지 않던 존댓말까지 하면서 울었다. 전국 15만 대리기사가 다 죽어나간다고 해도 끝까지 살아남을 것 같던 단비엄마가 사고를 당하다니 믿기지 않았다. 대리기사는 일하다 다쳐도 산재 혜택도 받지 못한다. 갑자기 전에 느끼지 못했던 두려움이 밀려들었다. 내가 만약 사고를 당하면 우리 아이들은 어떻게 되는 건가. 나는 그동안 단비엄마를 많이도 믿고 의지했다는 생각이 비로소 들었다. 그녀를 통해 대리기사 일에 발을 내디뎠던 나는 그녀의 건재한 모습을 보면서 스스로 위안 삼았었다. 막무가내로 엄마를 불러대는 아이를 달래고 전화를 끊었다. 어디를 얼마나 다친 걸까. 아무래도 상황실에 알아봐야겠단 생각이 들었다. 차주는 얕게 코를 골았다.

좀 다쳐서 응급실에 있다나 봐요.

상황실 여직원이 무심한 목소리로 말했다. 말로는 무슨 일이 생기면 즉각 보고하라고 그러지. 그건 어디까지나 돈을 몇 푼이라도 더 받을 일이 생겼을 경우야. 고객과 문제가 생겨서 보고하면 상황실에선 모조건 모르쇠야. 기사들이야 어찌됐든 관여했다간 골치 아프니까 초장에 발을 싹 빼는 거지. 평소 단비엄마한테 귀가 아프도록 들었던 말이었다.

응급실에 갈 정도면 좀 다친 게 아니잖아.

나도 모르게 목소리가 높아졌다.

왜 소리는 지르고 그러세요.

여직원은 꼬인 심사를 노골적으로 드러내며 전화를 끊으려고 했다.

미안해요, 무슨 일인지 자세히 얘기 좀 해줘요.

고객과 시비가 붙어 몸싸움까지 했다나 봐요. 아시다시피 박 기사님이 다혈질이잖아요. 글쎄 30대 남자랑 치고받다가 코피를 터뜨렸대요. 술 취한 젊은 남자가 피를 보니까 욱 해서 그만 박 기사님 머리를 주차장 벽에 짓찧는 바람에 정신을 잃었대요. 박 기사님은 응급실에 실려 가고 그 남자는 경찰서에 신고하고 난리도 아닌가 봐요.

아니 사람을 그 지경으로 만들어 놓고 그쪽에서 왜요?

어쨌거나 고객이잖아요. 그 바람에 회사 이미지도 그렇고 큰 낭패를 보게 생겼어요.

끝내 아무 상관도 없는 남의 일이라는 듯 말하는 여직원은 단비엄마의 안위보단 회사의 이미지 손상이 더 큰 문제라는 투였다. 나는 다시 울컥했지만 직원에 불과한 그녀 잘못도 아니라는 생각에 여의도에 있는 병원을 알아내고 전화를 끊었다. 젊은 사람이 얼마나 무례하게 굴었으면 취객에 이골이 난 단비엄마가 주먹다짐을 했을까. 나도 어쩌면 럭셔리 차주한테 머리채를 잡힐 수도 있겠다고 생각하니 오싹 소름이 돋았다. 아쉽지만 그만 크루징을 마쳐야 했다. 전방에 강일나들목 표지판이 보였다. 우측 깜빡이를 켜고 단비네 단축번호를 눌렀다. 단비는 첫 발신음이 울리기가 무섭게 여보세요, 하더니 울음을 터뜨렸다.

엄마는 괜찮을 거야, 너희 엄마 씩씩하잖아. 아줌마가 엄마한테 가보고 다시 연락할 테니까 동생 잘 돌보고 있어.

우느라 말을 잇지 못하는 단비를 달래고 전화를 끊었다. 정말 괜찮을까. 자꾸만 그들 남매와 내 아이들의 처지가 겹쳐져 목이 메었다. 단비엄마나 나나 친정과 의절하다시피하고 사는 형편이니 우리에게 무슨 일이 생기면 당장 아이들은 고립무원의 신세와 다를 게 없었다. 이미 다른 여자와 살고 있는 애들 아빠는 아이들의 든든한 방패막이가 되어줄 것 같지 않아 더욱 그랬다.

끼이익, 쿵. 강일나들목으로 빠져나와 교차로에서 황색 신호를 받고 정차하는데 뒤따라오던 차가 럭셔리를 슬쩍 들이받았다. 아마도 차량 통행이 드문 시간이라 앞차가 황색 신호에 멈추리란 예상을 못한 모양이었다. 감속한 상태라 충격이 크지 않아서인지 다행히 차주는 눈치 채지 못했다. 백미러에 들이받은 차의 운전자가 허둥지둥 내려 럭셔리 꽁무니를 살피는 모습이 보였다. 나는 살며시 차문을 열고 내렸다. 대리기사란 걸 알 리가 없는 가해 차 운전자는 어디 다치신 데 없냐며 벗겨진 이마를 연신 굽실거렸다. 지금의 나로선 다리가 부러졌대도 따지고 들 형편이 못 되었다. 오로지 럭셔리의 안위가 문제였다.

차가 많이 상했던가요?

나는 그의 귓가에 대고 살짝 물었다. 누가 봐도 피해자가 가해자를 대하는 태도는 아니었다.

역시 비싼 차라서 그런지 얼른 보면 표도 나지 않아요. 보다시피 제 차는 작살났는데…….

심상찮은 낌새를 눈치 챘는지 그도 조용히 답했다. 그의 말대로 소형인 가해 차량은 오른쪽 점멸등 부분이 움푹 들어가 있었지만 럭셔리는 왼쪽 범퍼 모서리 부분이 살짝 벗겨져 얼핏 봐서는 눈에 띄지도 않았다.

혹시 모르니까 명함 주고 얼른 가세요.

정말 그래도 될까요?

그는 윗옷 주머니에서 명함을 한 장 꺼내 내 손에 쥐어주곤 잽싸게 차를 타고 사라졌다. 차주는 여전히 잠들어 있었다. 그야말로 운수대통의 정점을 찍는 순간이었다. 쌤통이지 뭐, 며칠만 넘기면 누가 그랬는지 알게 뭐야. 나는 세상 모르고 자고 있는 차주를 향해 혀를 날름거리는 호기까지 부렸다.

삼십여 분을 더 크루징해 도착한 빌라는 외관부터 호화스러웠다.

손님, 도착했습니다.

럭셔리 차에 무슨 일이 벌어졌는지도 모른 채 자다 부스스 일어난 차주가 5만 원짜리 한 장을 내밀었다. 조급해진 나는 덥석 받아 챙기고 얼른 거스름돈을 내밀었다. 한데 럭셔리 차주는 거스름돈을 사양하는 통 큰 모습으로 막판에 나를 감동시켰다.

시간은 자정을 넘기고 있었다. 럭셔리에 빠져 너무 많은 시간을 허비했다. 지금부터 새벽 2시까지가 대리기사들에겐 가장 바쁜 시간이었다. 빨리 들어가야겠다는 의지와는 다르게 내 발길은 셔틀버스가 정차하는 곳으로 향하고 있었다. 셔틀버스는 대리기사에게 가장 값싸게 빨리 이동할 수 있는 교통수단이었다.

신사역으로 가려던 계획을 바꿔 여의도를 거쳐 영등포 쪽으로 가는 셔틀버스 대기 장소로 향했다. 우선 단비엄마를 찾아보고 나서 인천행 콜을 잡으면 양수겸장이겠다는 생각을 했다. 거주자보단 직장인이 많은 여의도는 심야엔 택시가 잡히지 않아 대리를 이용하는 손님이 많았다. 계양 방향으로 가는 콜이 잡힌다면……, 그런 생각을 하는 내가 싫어 소름이 돋았다. 나이키 운동화 안 사도 되니까 빨리 들어오세요. 아이의 울음 섞인 목소리가 귀에 쟁쟁했다. 절대 싸구려 운동화를 신기진 않을 거야. 셔틀버스에 오른 나는 앞좌석 등받이를 움켜쥔 손에 힘을 주었다.

셔틀버스 기사들은 '빠른 질주'라는 캐치프레이즈를 모토로 교통법규를 무력화시켰다. 신호 무시나 아슬아슬한 끼어들기는 물론이고 거침없이 차선을 장악하는 능력은 가히 경탄할 만했다. 게다가 대부분 무보험이어서 사고시엔 아무런 대책도 없었다. 이미 무언의 동의하에 이루어진 승차인지라 승객에 대한 배려가 있을 리 만무했다. 늦은 시간인데도 12인승 승합차는 대리기사들로 빽빽했다. 조금이라도 빨리 도심으로 가 콜을 더 잡으려는 대리기사들과 빨리 태워다 주고 또 다른 대리기사를 태우려는 셔틀버스 기사의 이해관계가 맞아떨어진 결과는 위험한 질주뿐이었다. 어느 누구도 자신의 목숨을 담보한 질주를 말리려고 하지 않았다. 나 또한 간담이 서늘해지는 경우를 더러 겪었지만 셔틀버스를 이용하는 걸 꺼려본 적은 없었다. 대리기사는 셔틀버스를 이용하면서 안전성까지 따질 겨를이 없었다. 다만 최소한의 교통비로 최대한 빠른 공간이동을 하는 것만이 중요했다.

단비엄마가 몸싸움까지 했다면 그럴 만한 이유가 있을 터였다. 그녀는 대리기사 경력 5년이 넘는 베테랑이었다. 그동안 단 한 번도 밑져본 적이 없었노라 큰소리치며 호탕하게 웃던 당찬 모습이 눈에 선했다. 나는 대리기사를 시작하면서부터 그녀 앞에서 한없이 초라해지는 게 싫었다. 그래서 그녀의 조언에 쓸데없는 자존심을 세워 가시 돋힌 말을 많이도 했었다. 단비엄마가 마음에 담고 있지 않았으리라는 것을 알면서도 괜히 그런 것들이 목에 생선가시처럼 걸렸다. 빨리 단비엄마를 만나 손을 꼭 잡아주고 싶은 마음과 아이에게 운동화 값을 쥐어주고 싶은 마음이 뒤엉켜 조급증이 일었다.

셔틀버스는 속도를 올려 앞서가는 차들을 차례차례 추월해 거침

없이 내달렸다. 반포 고속터미널 앞에서 대리기사 한 명을 더 태운 셔틀버스는 몸을 한 차례 진저리치곤 구반포아파트를 향해 다시 달리기 시작했다. 구반포아파트 앞 횡단보도 못미처에 승용차 한 대가 느릿느릿 앞서갔다. 보수공사 중이라 도로는 편도 일차선이었고 맞은편에 학원버스가 달려오고 있어 앞지르기가 불가능했다. 셔틀버스는 승용차 뒤를 바짝 따라붙곤 냅다 경적을 울려댔다, 그런데도 승용차는 서두르는 기색이 보이지 않았다. 노란 색이던 횡단보도 앞 신호등이 빨간 색으로 바뀌었다. 승용차가 서서히 멈춰 섰다. 뒤따르던 셔틀버스는 요란한 소리를 내며 속도를 줄이다가 거칠게 오른쪽으로 몸을 틀어 아슬아슬하게 승용차를 비키더니 신호를 무시하고 그대로 내달렸다. 그 바람에 대리기사들이 서로 부딪히면서 신음소리를 냈다. 횡단보도에 발을 내딛던 행인 한 명이 화들짝 놀라 물러섰다가 삿대질하는 모습이 백미러에 비쳤다.

셔틀버스는 현충원 앞을 지나 흑석동을 향해 달려갔다. 스마트폰을 움켜쥔 손에 힘을 주고 있는데 큰아이한테서 전화가 걸려왔다.

엄마, 나 여태 독서실에서 공부하다 왔는데 승주가 자꾸 울어. 엄마가 걱정된다면서 아무리 달래도 그치질 않아.

갑자기 밀려든 피로감 때문인지 공연히 짜증이 앞섰다.

어떡하든 달래서 재워봐. 그래도 넌 형이잖아.

나도 빨리 씻고 자야 된단 말야. 내일부터 시험이잖아.

큰아이의 말본새에 비난하는 투가 역력했다. 미안한 마음과는 달리 나도 모르게 언성이 높아졌다.

알았어, 병원에 들러 단비엄마만 보고 바로 들어갈게.

전화를 끊자마자 기다렸다는 듯이 여의도에서 계양 방면의 콜이 떴다. 나는 재빨리 화면을 터치했다. 시험이라는 큰아이의 볼멘소리가 걸려 명치끝이 아려왔지만 콜을 놓치고 싶진 않았다.

셔틀버스는 어느 새 여의도로 진입하는 강변도로를 거침없이 질주해갔다. 저만치 보이는 63빌딩이 무너질 듯 기우뚱거렸다.

둠벙

피뢰침의 느닷없는 죽음은 산골 마을사람들을 놀라게 하기에 충분했다.

*

마을에서 유일하게 초등학생인 아들을 통학버스에 태워 보내고 들어온 아내가 '빅뉴스'라며 호들갑을 떨었다. 아침 설거지를 하고 있던 그는 아내 쪽은 보지도 않고 또 뭔데 그러냐고 심드렁하게 물었다. 그도 그럴 것이 아내는 옥실마을에 들어온 후 줄곧 '빅뉴스'란 것을 끌어들였다. 서울내기인 그녀에겐 외진 마을에서 일어나는 사소한 일들 대부분이 '빅뉴스'였다.

"피뢰침이 죽었대."

호들갑을 떨 때와는 달리 아내의 목소리는 은근했다. 그는 하마터면 헹구던 식기를 떨어뜨릴 뻔했다. 아내는 마을어른의 부음을 전한

다기보단 마을 아무개가 이웃 마을 누구랑 정분이 났다더라는 가십거리라도 옮기는 표정이었다.

"어제까지만 해도 짱짱하던 노인네가 죽다니, 그게 무슨 소리야?"

"당신도 믿기지 않지? 나도 얼마나 놀랐는데. 글쎄, 논둑에 엎어져 있는 걸 젊은 부인이 발견했다나봐. 하나밖에 없는 아들보다 꼴란 땅뙈기를 더 애지중지하더니만 죽을 때도 끌어안고 죽었다지 뭐야."

아내는 팔짱을 끼고 다리까지 건들대는 게 아무래도 고소해 죽겠다는 표정이었다. 소심한데다 우울증 증세까지 보이던 아내의 모습은 온데간데없었다. 그녀는 마을 아낙들과 비닐하우스에 품을 팔러 다니면서 눈치도 빨라진데다 근래 들어 부쩍 말이 많아졌다. 가뜩이나 피뢰침의 죽음에 고소해하는 아내에게 한마디라도 보탰다가는 그녀의 입에서 무슨 말이 더 튀어나올지 몰라 입을 다물었다. 그는 밤새 안녕이라더니 피뢰침도 나이 앞에선 별 수 없군, 속으로 구시렁거리며 그릇들을 헹궈 식기건조대에 엎어놓곤 행주를 박박 치대고 비틀어 짜고 탈탈 털었다.

"당신도 얼른 둠벙에 가봐. 최 목수랑 검신 할매도 둠벙 쪽으로 가는 것 같더만."

아내가 그를 닦아세웠다. 그는 내키지 않았다. 그렇잖아도 마을에서 이리저리 치이는 형편에 자칫 표정관리라도 잘못하는 날에는 또 무슨 어깃장을 들을지 모를 일이었다. 알아서 할 테니 걱정 말고 빨리 품을 팔기로 한 인삼밭에나 나가보라며 아내의 등을 떠밀었다. 그리곤 더 추워지기 전에 틀어진 문짝의 아귀나 맞춰볼 요량으로 연장통을 집어 들었다. 그가 틈틈이 해 오던 집수리였다.

2년 전 그는 아내와 초등학생인 아들과 함께 옥실마을에 들어왔다. 3년 전 중간관리자로 근무하던 악기공장이 흑자를 내면서도 적자를 이유로 해외로 공장을 이전하는 바람에 하루아침에 실직자가 됐다. 그가 노조원들과 함께 공장 폐쇄 철회를 촉구하는 농성에 가담해 있는 동안 아내는 아들을 유치원에 보내놓고 보험 외판원으로 나섰다. 내성적인데다 집에서 살림만 하던 아내는 영업에 소질이 없었다. 유치원에서 돌아온 아이를 돌봐야 했기 때문에 다른 일을 알아볼 수도 없었다. 통장의 잔고가 줄어드는 만큼씩 아내의 말수도 줄어들었다. 조합원들도 점점 지쳐갔다. 있는 살림을 탈탈 털어 자영업을 하겠다고 나섰다가 망해서 자살하는 사람도 생겨났다. 더러는 일용직이라도 구하겠다고 떠나기도 했다.

그도 더 이상 버틸 힘이 없었다. 전세였던 아파트에서 월세 아파트로 옮기고 월세 보증금도 다 까먹어 갈 무렵 아내가 우울증 증세를 보이기 시작했다. 훨훨 날아가고 싶어, 밥을 하다가도 넋을 놓고 창밖을 내려다보며 중얼거리곤 했다. 그대로 뒀다간 큰일을 저지를 것 같아 한시도 눈을 뗄 수가 없었다. 한데 공단 내 초등학교에 다니는 아이마저 학교에 가기 싫다며 아침마다 생떼를 썼다. 알아보니 농성에 가담한 다른 조합원의 아이들도 학교에서 따돌림을 당해 등교를 꺼린다고 했다. 아이와 아내를 데리고 하루 빨리 가망 없는 농성으로부터 벗어나고 싶었다. 사정을 알게 된 대학 동기가 몇 해 전에 돌아가신 자신의 노모가 살던 농가를 주선해주었다. 그는 절박한 형편에도 꿋꿋하게 농성장을 지키고 있는 동료들에게 뭐라고 둘러대야 할지 막막하기만 하여 아무도 모르게 짐을 꾸려 도망치듯 서울을 떠나왔다.

몇 해를 방치해둔 농가는 폐가나 다름없었다. 당장 세 식구 이부자리 깔 안방부터 치우고 그곳에 짐을 풀었다. 집에 딸린 세 마지기 논과 200여 평의 밭이 그들이 일궈먹고 살아야 할 땅의 전부였다. 도시에서 태어나고 자란 그와 아내는 농사를 지어본 적이 없었다.

버려진 땅에 푸성귀를 심어먹던 마을사람들 몇은 예고도 없이 들이닥친 그들을 탐탁찮게 여겼다. 그 중에서도 비어 있던 집을 헛간처럼 사용했던 이웃의 검신 할매가 더욱 그랬다.

"하이고 도둑괭이 턱밑이다 비린 것 디밀어놓고 잠자리 뒤숭숭허게……. 앓느니 죽지."

당장 필요한 공간도 아니니 천천히 비워달라는 그에게 눈을 흘겨대며 자루 빠진 호미랑 구멍 뚫린 소쿠리까지 알뜰하게 옮겨갔다.

마을은 읍내에서 차로 삼십여 분 거리에 있었는데 그나마도 찻길이 끊겨 마을 어귀에 차를 세워놓고 십여 분 가량을 걸어 들어가야 했다. 마을이라고 해봐야 산기슭에 듬성듬성 자리 잡은 여남은 가구에다 산 중턱의 '가재골'에 옹기종기 모인 대여섯 채가 전부였다. 그가 사는 집은 가재골의 제일 안쪽에 있었다. 예전엔 가재골 도랑에 1급수에서만 산다는 가재가 살 만큼 맑은 물이 사철 흘러내렸다. 한데 오 년 전 새로 부임한 읍장이 야생동물로 인한 농작물 피해를 없앤다는 명분 아래 벌목을 단행했다. 산림청 직원들이 다녀간 며칠 후부터 아름드리 나무가 속절없이 베어져 나갔다. 그 후부터 가재골 도랑의 물이 급격하게 줄어들었고 장마철엔 벌건 황톳물이 흘러내려 농작물을 덮치기까지 했다. 농수를 도랑물에 의존했던 마을사람들은 읍장이 산림청 직원과 짜고 토건업자로부터 뒷돈을 먹은 거 아니냐고 들고 일어났다. 다급해진 읍장은 입막음으로 마을에서 가장 입김이 센 아래뜸 피뢰침의 다랑이논 옆에 둠벙을 파 주었다. 둠벙의 위치가 낮다 보니 논밭에 물을 대려면 발동기로 물을 퍼올려야 했다. 그나마도 저수량이 적어서 물이 고이는 대로 순번을 매겨 물을 댔다. 순번을 매기는데도 피뢰침의 입김에 좌우되기 일쑤였다.

피뢰침은 옥실마을로 진입하는 어귀에 붉은 벽돌집을 짓고 살았다. 집 앞의 번듯한 다랑이논과 집 주변의 밭이 모두 피뢰침 소유였다. 사람들은 피뢰침의 땅을 밟지 않으면 마을을 들고나기가 불가능했다. 십여 년 전 농기구를 사용하는 농가를 위해 면에서 오솔길이었던 마을 진입로를 넓혀주었다. 그 후 피뢰침은 엄연히 마을길로 편입된 땅값을 받고서도 걸핏하면 지나는 사람들을 막고 길이 패어졌다느니 하며 트집을 잡았다. 그러다가 그가 이사 오던 해 뭣에 심술이 났는지 손수 과속방지턱을 10여 미터 간격으로 만들어 놓는 바람에 그곳을 지나다니는 농기구가 몸살을 앓았다. 이렇듯 피뢰침은 마을의 수문장 노릇을 단단히 했다. 마을엔 피뢰침과 비슷한 연령의 노인들이 대부분이었지만 누구 하나 나서서 싫은 소리를 하지 못했다. 그의 눈 밖에 났다가는 무슨 해코지를 당할지 가늠할 수 없기 때문이었다. 젊은 사람들이 귀한 마을에선 환갑이 훌쩍 넘은 나이에도 장정으로 통했다. 그러니 사십대 초반인 그는 '새파랗게 젊은 놈' 축에 끼었다.

"여보, 여보, 큰일났어."

떼어낸 문짝에 나뭇조각을 덧대고 못질을 하고 있던 그는 아내의 숨넘어갈 듯한 소리에 놀랐다. 어디서부터 뛰어왔는지 숨이 턱에 차올랐고 얼굴이 벌겋게 상기돼 있었다. 뭔가 또 '빅뉴스'라는 게 생겼거니 생각한 그는 짐짓 딴청을 부려보았다.

"인삼밭에 간 거 아니었어?"

"인삼밭이고 뭐고 큰일났어. 당신 지금 한가하게 문짝이나 고치고 있을 때가 아니란 말야."

"또 뭔데 그래. 피뢰침 죽은 거 말고 빅뉴스가 또 생겼어?"

그가 아내 쪽으로 목을 쭈욱 빼고 정색을 하며 되물었다.

"둠벙에 가보라니까. 피뢰침이 그냥 죽은 게 아니고 농약을 마셨다나봐. 자살할 위인이 아니라서 읍내 서에서 형사가 다녀가고 동네 사람들 모두 둠벙에 모여 범인이 누구냐고 난리났구만."

그는 그제야 쥐고 있던 망치를 내려놓았다.

아내가 주워들은 이야기는 이랬다. 피뢰침은 이른 새벽 추수를 끝낸 자신의 논둑에서 엎어진 자세로 발견되었다. 죽기 직전 두 팔을 허우적거렸는지 주변의 뗏장이 뜯겨져 있었고 양쪽 손톱 밑이 심하게 생채기가 나 있었다. 게다가 피뢰침이 죽기 전 농약을 탄 막걸리를 마셨을지도 모른다는 거였다. 문제의 막걸리병은 둠벙에서 발견되었단다. 젊은 부인의 말에 따르면 어젯밤 10시쯤에 누군가를 만난다고 나간 후 돌아오지 않아 걱정이 되어 나가보려고 했지만 캄캄한 밤길을 혼자 나서기가 무서워 뜬눈으로 밤을 새우고 날이 밝기가 무섭게 집을 나섰다가 논둑에 쓰러져 있는 피뢰침을 발견했다는 거였다.

팔십에 가까운 나이에도 젊은 부인을 거느리고 스무 마지기가 넘는 논과 열댓 마지기의 밭농사를 거뜬히 해내던 위인이었다. 올 가을만 해도 벼 바심을 끝내기가 무섭게 밭뙈기가 미어터지도록 심어놓은 땅콩이며 감자, 고구마, 참깨, 들깨 등속을 갈무리하고 논둑에 촘촘하게 심어놓은 메주콩까지 추수를 끝낸 뒤였다. 동네사람들이 다 죽어나간다고 해도 팔팔하게 살아남을 노인네라고 수군거리던 마을 사람들에게 그의 죽음은 오뉴월에 내리는 된서리만큼이나 놀라운 일일 수밖에 없었다.

“그럼 진짜로 누가 피뢰침한테 농약을 먹여 죽였다는 거야?”

“정확한 건 부검 결과가 나와봐야 안대. 시신을 병원으로 옮길 때 입에서 농약 냄새가 났다나봐. 아무리 식탐 많은 노인네라지만 스스로 농약을 마셨을 리는 없고. 그보다 지금 동네사람들 분위기가 심상치 않아. 빨리 둠벙에 나가보라니까.”

그는 안절부절못하는 아내를 빤히 쳐다보았다. 사람이 생으로 죽었으니 예삿일이 아닌 건 사실이지만 그렇다고 아내가 자신을 닦달할 것까지는 없었다. 부검 결과 타살이라면 범인을 잡아들이는 것은 경찰의 몫이었다.

“사람들이 당신을 의심하는 분위기라니까.”

“뭐? 나를, 왜?”

아닌 밤중에 홍두깨더라고 멀쩡한 대낮에 이게 무슨 해괴한 소린

지 어안이 벙벙했다.

“지난 봄에 피뢰침 때문에 모내기도 못하고 논 묵혔잖아.”

“지금 그 얘기가 왜 나와.”

그는 자신도 모르게 버럭 소리를 질렀다.

“내가 하고 싶어해? 동네사람들이 그 얘길 들먹이며 대놓고 의심을 하니까 그렇지.”

아내도 답답해 죽겠다는 듯 가슴을 치며 소리를 질렀다. 그는 아내의 입에서 ‘의심’ 이라는 말이 자꾸 나오자 더 화가 났다.

“당신은 그럼 듣고만 있었단 말야?”

“그러니까 지금 달려온 거 아냐. 왜 나한테 신경질이야.”

아내는 울음이라도 터뜨릴 것 같은 표정이었다.

그때만 생각하면 그는 자다가도 치가 떨렸다. 할 수만 있었다면 피뢰침의 숨통이라도 끊어놓고 싶었던 게 솔직한 심정이었다.

지난 봄은 지독한 가뭄이었다. 4월 말부터 6월 초순까지 비 한 방울 떨어지지 않았다. 가재도랑이 마른 후 옥실마을의 다랑이논들은 읍에서 파준 둠벙에 의지할 수밖에 없었다. 그런데 공동으로 쓰라고 파준 둠벙을 피뢰침이 나서서 물색없이 주인 행세를 했다. 더 기가 막힌 건 마을사람들 누구도 피뢰침의 터무니없는 짓거리에 반기를 들지 않는다는 거였다. 되도록이면 피뢰침과 엮이지 않으려고 피해 다녔고 어쩌다 맞닥트려도 공손한 태도를 취했다. 옥실마을은 가구수가 줄어 이웃 마을에 편입되었기 때문에 따로 이장을 뽑지 않았다. 이웃 마을 이장도 옥실마을 일은 나 몰라라 했다. 그는 피뢰침이 마을사람들에게 횡포를 부리는 것을 자주 목격했다. 한 번은 피뢰침이 목재를 가득 실은 최 목수가 모는 경운기를 막아서선 시비를 걸고 있었다. 무거운 목재를 실어 나르는 통에 대문 앞의 지반이 무너져 내렸으니 축대를 쌓아놓으라는 거였다. 최 목수는 마을사람들 모두 다니는 길인데 왜 나한테 억지를 부리느냐며 어쩔 줄 몰라 하고 있었다. 그가 보다 못해 나섰다.

"어르신, 최 목수님한테 그러실 게 아니라 이장님께 알려 면에다 쌓아달라고 하셔야죠."

양팔까지 벌리고 경운기 앞에 버티고 있던 피뢰침이 마침 잘 걸렸다는 듯 그를 향해 눈을 희번덕거렸다.

"젊은 사램이 넘으 동네에 기어들어와설랑 쥐죽은대끼 살어두 시원찮을 판에 어디 근본 없이 늙은이들 일에 끼어들어 시건방을 떨어. 오죽잖게 먹물 좀 들었다고 잘난 척인 모냥인디 시상 일이 호락호락허니 이치대로 돌아가는지 어디 두고 보세."

그의 참견 덕분에 최 목수는 그 자리를 빠져나갔지만 그 후 그는 피뢰침한테 사사건건 시달려야 했다. 그럴 때마다 그는 밉살스런 영감의 머리통에 벼락이 내리치는 상상을 하곤 했다. 벼락을 맞을 영감탱이. 영감과 한바탕 말다툼을 벌인 날이면 그는 저녁 밥상 앞에서 습관처럼 내뱉었다. 강 영감이 동네 피뢰침이라도 돼? 허구한 날 벼락 떨어지길 바라게. 듣다 못한 아내가 말해 놓곤 피식 웃었다. 그 후부터 그들 부부에게 강 영감은 '피뢰침'이 되었다. 한데 아내가 품을 팔러 간 딸기밭에서 무심코 피뢰침이라고 말하는 바람에 마을사람들도 언제부턴가 강 영감을 흉볼 때면 피뢰침이라 불렀다.

다행히 이사 오던 해엔 적절하게 비가 내렸기 때문에 파종을 하는 데 큰 어려움이 없었지만 처음 해보는 농사라 논밭의 작물은 부실하기 짝이 없었다. 이웃을 붙잡고 물어보아도 누구 하나 제대로 답해주지 않았다. 생각다 못한 그는 마을사람들의 뒤를 따라다니며 농법을 일일이 메모했다. 일람표를 만들어 작물의 종류와 파종 시기를 기입하고 농부들이 김을 매고 비료를 주고 약을 치는 과정을 그림까지 그려 넣으며 꼼꼼하게 기록했다. 눈치가 보일 때는 막걸리를 내놓기까지 했다. 처음엔 냉담하게 대하던 사람들이 흘깃흘깃 메모장을 넘겨다보며 잘못 적은 것들을 지적해주기 시작했다.

농번기에 기록했던 자료를 모아 겨우내 정리해 놓은 그는 설레는 마음으로 봄이 오기만을 기다렸다. 한데 뜻하지 않은 가뭄이 그의 앞을 가로막았다. 파종 시기가 되자 마을사람들은 논밭에 물을 대려고 줄을 섰다. 일 순위는 피뢰침이었다. 자신의 논이 마지막 순서일 거라고 눈치껏 짐작한 그는 차례가 오기만을 기다렸다. 하지만 그의 차례는 좀처럼 오지 않았다. 다른 논들은 벌써 모내기를 끝내고 다시 돌아가면서 논에 물을 대고들 있었다. 그가 자기 논에도 물을 좀 대자고 하소연하면 사람들은 논에 심은 모가 타죽을 지경이라며 조금만 더 기다리라는 말만 했다. 그는 피뢰침이고 마을사람이고 더 이상 눈치를 보지 않으리라 단단히 마음을 다잡았다.

어스름한 저녁에 둠벙으로 간 그는 피뢰침 논으로 연결된 호스를 빼내고 자신의 논으로 향하는 호스를 연결했다. 잠시 후 자신의 논으로 물이 콸콸 쏟아져 들어오는 걸 본 그는 속이 다 후련했다. 생각 같아서는 호스를 붙잡고 날이라도 새우고 싶었지만 해가 지니 배도 고프고 무엇보다 모기가 달려들어 견딜 수가 없었다. 하는 수 없이 호스를 단단히 고정시키고 집으로 돌아가 다음날 모내기를 할 꿈에 부풀어 일찍 잠자리에 들었다.

다음날, 아침 일찍 논으로 달려갔지만 논에는 스며든 물자국만 남아 있었다. 전날 저녁 자신의 논으로 돌려놓은 호스는 빠져 있고 피뢰침의 논으로 호스가 연결되어 있었다. 피뢰침은 이른 아침부터 한 손에 삽을 들고 논둑 위를 살피며 걷고 있었다. 한달음에 피뢰침 앞으로 달려간 그는 한껏 공손하게 말했다.

"어르신, 저희 논에도 물을 좀 대면 안 되겠습니까?"

"빌어묵을 두더지들 땜시 물을 가둘 수가 있으야지. 잠깐만 한눈을 팔먼 못돼 처묵은 것들이 극성을 폈싼다니께."

그는 자신이 두더지가 된 기분이 들었다.

"어르신, 이러다간 모내기도 못하겠습니다."

피뢰침은 눈을 치켜뜨고 그를 빤히 쳐다봤다.

"아니, 누가 모내기를 허지 말라남. 요령껏 혀, 동네사램덜 일에 촐싹촐싹 나대쌌던 잘난 재주루다가."

그의 등에 식은땀이 흘렀다.

"어제는 어르신 논에 물이 다 찬 것 같아서 미리 말씀드리지 못하고 호스를 돌렸습니다. 죄송하……."

피뢰침은 그의 말이 채 끝나기도 전에 등을 돌리고 다시 삽으로 논둑을 여기저기 찔러보며 그에게 들으라는 듯 구시렁댔다.

"빈집이라구 도둑괭이마냥 겨들어 와설랑 쥐죽은대끼 살어두 션찮을 판인디……. 젊은 사램이 말여 분수를 알으야지."

끝내 그는 모내기를 하지 못했다.

빠듯한 살림에 보탬이 된 건 뜻밖에도 아내였다. 이사 오기 전 우울증 증세를 보였던 아내는 다행히 낯선 농촌 생활에 적응을 잘해나갔다. 세 식구 먹고 사는 거야 작으나마 땅이 있으니 자급자족 한다지만 아들 교육을 시키려면 현금이 있어야 된다며 품을 팔러 다녔다. 마을을 조금만 벗어나면 특수작물로 딸기와 인삼을 재배하는 농가가 많아 일거리를 찾는 데는 큰 어려움이 없었다. 마을사람들과 제대로 어울리지 못하는 그와는 달리 할머니들과 살갑게 지내는 아내는 일거리를 쉽게 얻을 수 있었다. 겨울과 봄에는 딸기밭, 여름에는 수박밭, 가을에는 인삼밭, 아내는 쉴 틈이 없을 정도였다. 한 계절을 그렇게 지내다보니 자연스럽게 그가 아이 뒷바라지와 텃밭 가꾸기 등의 집안 살림을 도맡게 되었다. 워낙에 집이 낡아서 수리할 곳이 많아 여자가 맡아 하기엔 무리가 따르기도 했다.

그는 윗옷을 걸치고 집을 나섰다. 피뢰침이 쓰러져 있었다는 논둑에는 이미 폴리스라인이 둘러처져 있었다. 그들 부부가 둠벙의 공터로 다가가자 왁자지껄하던 사람들이 조용해졌다가 금세 뒤쪽에서부터 다시 웅성거리기 시작했다.

"저한테 무슨 문제라도 있습니까?"

"문제는 자네가 이사 올 때부텀 쭉 있었지. 말이야 바른말로다가

이 동네 발 들여놓기가 무섭게 강가허고 늘상 으르렁거렸잖남."

피뢰침과 이웃해 사는 변 영감이었다. 말은 그렇게 했지만 변 영감도 그 못지않게 허구한 날 피뢰침과 으르렁거렸다. 담 하나 사이를 두고 있는 그들은 담 너머로 뻗은 감나무 가지나 놓아 기르는 개와 닭이 드나드는 것까지도 트집을 잡아 다투기 일쑤였다. 그건 그려, 암만, 하며 고개까지 끄덕거리며 동의하는 소리가 여기저기에서 들렸다.

"그래서 제가 피뢰침, 아니 강 영감님한테 농약 탄 막걸리를 먹이기라도 했단 말입니까? 그렇게 따지다보면 이 동네에 강 영감님한테 앙심 품지 않은 사람이 어딨습니까? 어르신은 물론이고 최 목수님이랑 검신 할머니, 영호씨도 그렇고 심지어 괴정댁까지두요. 사실 말을 안 해서 그렇지 여러분 모두가 불만이 많다는 것 정도는 저도 다 압니다."

마을에서 피뢰침의 횡포에 당해보지 않은 사람이 없었다. 변 영감을 빼곤 누구도 피뢰침 앞에서는 물론 뒤에서도 감히 불만을 드러내지 못했다. 사람들은 어쩔 수 없이 피뢰침의 말이라면 채반이 용수된다고 해도 옳다고 맞장구를 쳤지만 속으로는 하루 빨리 벼락이라도 맞으라고 욕을 해댔다. 한데 피뢰침에게 종종 날벼락을 안기는 사람이 있었으니 바로 그의 늦둥이 아들 영호였다.

영호는 동네에서 내놓은 망나니였다. 읍내에서 허구한 날 싸움질과 여자문제로 피뢰침의 골치깨나 썩혔다. 중학교에 입학하던 해 병약했던 어미가 죽은 후부터 엇나가기 시작했다. 어린 나이에 어미를 잃은 게 안쓰러워 뜻을 받아주던 피뢰침은 젊은 괴정댁을 들인 후로 나 몰라라 했다.

영호는 나이 차이가 별로 나지 않는 젊은 여자가 갑자기 새엄마가 되어 집에 들어오자 선산 밑의 밭 문서와 인감을 훔쳐 팔아먹고 달아나버렸다. 그 밭을 산 사람이 최 목수였다. 최 목수는 자식들을 모두 결혼시켜 내보내고 두 부부가 오붓하게 살다가 암으로 부인이 죽자 연장을 놓고 소일거리 삼아 일궈먹을 땅을 찾던 중이었다. 마침 읍내 부동산에서 피뢰침의 땅이 매물로 나왔다는 소식이 들려왔다. 최 목수는 단박에 영호 짓이라는 것을 눈치 챘지만 평소 못마땅하게 여겼던 피뢰침한테 부러 알리지 않고 매입해 버렸다. 뒤늦게 사실을 안 피뢰침이 최 목수의 멱살을 틀어쥐고 길길이 날뛰었다. 철딱서니 없는 놈을 꾀어 남의 조상님이 묻힌 선산에 딸린 밭을 가로챘다는 게 이유였다.

양지 바른 곳에 부인의 묘를 이장하고 푸성귀라도 재배하며 여생을 살다 부인 옆에 묻힐 생각으로 땅을 사들인 최 목수는 피뢰침의 어깃장에 하루도 편히 지나가는 날이 없었다. 의도야 어찌됐든 당당히 돈을 주고 땅을 산 사람에게 날마다 아닌 밤중에 홍두깨 내밀 듯 하니 최 목수도 미칠 지경이었다. 그렇다고 종적을 감춘 영호를 찾아내 따질 수도 없었다. 어쩔 수 없이 최목수는 피뢰침이 제풀에 지쳐 잠잠해질 때까지 땅을 놀려두기로 했다. 그래서 목수 일을 그만두려고 했던 최 목수는 다시 연장을 잡을 수밖에 없었다. 한때 목수로 이름을 날렸던 그였지만 나이가 들어 자꾸 헛손질을 하기 일쑤였다. 결국 지난 여름 이웃 마을에서 대들보를 고치다 떨어져 오른팔이 부러지고 말았다. 그는 최 목수를 차에 싣고 읍내 병원에 데리고 가기도 하고 밑반찬을 날라다 주기도 했다. 그러는 그가 피뢰침에겐 눈엣가시였다. 그러면 그럴수록 그는 보란 듯이 최 목수의 시중을 들었다.

"얼래, 뭔 말을 그렇게 모지락스럽게 헌댜. 진규 자네가 이 동네사람들 맴을 알면 얼매나 안다고 강 영감허고 척을 지니 마니 혀쌌는겨."

최 목수가 나서서 그한테 따지고 들었다. 그러자 검신댁도 일어나 거들었다.

"아이구, 목수양반 마침맞게 그 말 한 번 잘혔네유. 내가 강 영감허고 척진 것은 나도 첨 알었네. 젊은 사램이 워째 당사자도 모르는 일을 훤히 꿰고 있댜."

"검신 할머니까지 왜 이러세요. 불편한 종수씨 대신해서 뒤치다꺼리해준 죄밖에 없는 사람한테……."

그는 발을 굴렀다. 자신의 손길을 필요로 할 땐 도움을 청하다가 이제 와서 딴소리를 하는 최 목수와 검신댁이 야속하기만 했다. 도무지 그들의 표변을 이해할 수가 없었다.

검신댁 남편은 알코올중독으로 종수 어린 나이에 논밭을 거덜 내고 세상을 등졌다. 그 논밭을 헐값으로 사들인 게 피뢰침이었다. 논밭 한 뙈기씩 밖에 남아 있지 않던 검신댁은 남의 집 품팔이를 해서 몇 해 전 닷 마지기의 논과 서너 마지기 밭을 사들였다. 소아마비로 왼쪽 다리를 심하게 저는 종수는 지난해 국제결혼 브로커를 통해 베트남 아가씨랑 결혼을 했다. 지난 봄, 베트남댁이 임신을 했다. 마흔을 넘긴 아들한테 아이가 생기자 검신댁은 그동안의 시름이 다 사라지는 듯 기뻐했다. 하지만 그것도 잠시뿐, 하루는 종수가 노모한테 성치 않은 몸으로 농사짓기도 힘들 것 같으니 논밭을 팔아 쌀국수집을 해보고 싶다고 했다.

"영호가 읍내에서 베트남 쌀국수집을 같이 해보자고 해서요. 집사람도 있으니 제격이라고."

영호와 종수는 어릴 적부터 같이 자랐다. 영호는 제 아버지한테는 못되게 굴었어도 종수한테는 둘도 없이 좋은 친구였다. 다리가 불편한 종수를 위해 가방도 들어주고 놀리는 아이들을 혼내주기도 했다. 종수가 심하게 아프기라도 하면 업어서 등하교를 시켜주기도 했다. 영호는 제 어미가 죽었을 때 친자식처럼 보살펴준 검신댁을 제 아비보다 더 믿고 따랐다. 아버지가 괴정댁하고 재혼을 했을 때는 아예 종수집에서 눌러 살기도 했다. 하지만 검신댁은 선산에 딸린 밭을 아비 몰래 팔아치우고 고향을 떠났다가 돌아온 후 더욱 난폭해진 영호를 멀리했다.

"설마 영호가 지랑 엄니한테꺼정 사기를 치겄어유."

"지 애비헌티도 사기 친 놈이여. 우덜은 남이잖냐."

"에이, 엄니두 참. 영호는 어릴 적부텀 지 아부지보담 엄니를 더 좋아했잖아유. 지한테는 또 얼매나 잘했게유. 갸가 좀 거칠어두 원래는 여리고 착한 놈이에유. 걱정허덜 마세유."

검신댁은 영호를 믿기로 했다. 아니, 처음으로 몸이 성치 않은 아들 종수의 소원을 들어주고 싶었다. 검신댁은 다리가 불편한 종수를 대신해서 읍내까지 직접 나가 영호에게 논문서를 맡겼다. 논문서를 받아든 영호는 다시 종적을 감췄다. 대신 피뢰침이 종수네 땅의 새 임자라고 나섰다. 영호는 고추밭을 팔아먹은 대신에 종수네 땅을 사들인 것으로 꾸며 제 아비에게 주었다는 거였다. 종수는 어떡하든 영호를 찾아서 땅을 돌려받으려고 불편한 다리로 수소문하고 다녔다. 누군가 서울역에서 영호를 봤다는 소문을 듣고 서울에 다녀온 후 종수는 술에 취하는 날이 잦았다.

가을비가 추적추적 내리던 날 저녁 무렵에 종수가 피뢰침의 집으로 찾아가 당장 땅을 내놓든지 영호를 찾아내든지 하라며 마당에 누워 몸부림쳤다. 피뢰침은 눈 하나 깜짝하지 않고 지켜보고 있다가 찬물을 한 양동이 퍼다 오들오들 떨고 있는 종수한테 끼얹었다. 검신댁의 부탁을 받고 피뢰침네 마당에 널브러져 있는 종수를 업어온 것도 그였다. 그날 이후 종수는 감기를 앓다가 폐렴으로 번져 병원에 입원까지 했다. 검신댁은 검신댁대로 화병이 나서 몸져누웠는데 그 사이 베트남댁이 몸을 풀었다. 동네 아낙들은 모두 비닐하우스에 품 팔러 나가느라 베트남댁을 들여다볼 겨를이 없었다. 품을 팔지 않고 집에 있는 아녀자는 괴정댁뿐이었지만 그녀는 종수네의 사정을 뻔히 알면서도 거들떠보지 않았다. 그는 가만히 있을 수가 없어서 미역국을 한 냄비 끓여선 아내에게 가져다주라고 일렀다. 종수네를 다녀온 아내가 혀를 차며 검신댁이 내뱉은 말을 전했다.

"여시여, 그렇게 숭악헌 영감탱이도 못혀본단게. 언제든 그 불여

시헌티 피뢰침이 당혀도 크게 당헐겨. 그렇게만 되먼사 잘코생이 지."

물벼락 사건이 있은 후로 검신댁은 틈만 나면 피뢰침을 저주하다가 괴정댁의 흉으로 끝을 맺었다. 괴정댁은 피뢰침한테 후처로 들어온 후로 바깥일을 안 해서 그런지 시골여자답지 않게 피부도 곱고 나이보다 훨씬 앳돼 보이는데다 이웃에게도 여간해서는 곁을 주지 않았다. 마을사람들은 어떻게 그런 괴정댁이 괴팍한 피뢰침의 비위를 맞추고 사는지 신기해했다. 검신댁은 괴정댁이 노망든 친정어머니와 동생들을 제대로 보살피기 위해 피뢰침에게 일부러 접근했다고 했다. 그래서인지 괴정댁이 몸값을 받고 들어왔다는 소문까지 나돌았다. 게다가 대학을 졸업하고 빈둥거리고 있는 막내 남동생이 괴정댁한테 가게라도 낼 수 있게 자금을 마련해달라고 조르는 모양이었다. 최근 들어 피뢰침과 괴정댁이 이웃까지 들릴 정도로 싸우는 소리가 자주 들린다고 했다. 피뢰침이 가끔 가슴팍을 쥐어뜯는 것도 다 괴정댁의 포악 때문에 제 성질을 이기지 못해서 그런 거라는 거였다. 그도 피뢰침이 논두렁에서 삽자루를 짚은 채 웅크리고 있는 모습을 본 적이 있었다. 검신댁의 말대로라면 피뢰침의 죽음을 가장 좋아할 사람은 괴정댁인지도 몰랐다. 그는 눈으로 괴정댁을 찾았다. 하지만 그녀는 보이지 않았다. 하긴 이 자리에 그녀가 나와 있을 리가 없었다. 아내의 말대로 판세가 자신한테 영 불리하게 돌아가고 있는 것 같아 불안하기 짝이 없었다.

경찰차가 둠벙을 향해 달려왔다. 경찰차에서 내린 중년의 사내가 둠벙으로 다가와서는 몰려 있는 사람들을 휘 둘러보곤 입을 뗐다.

"읍내 서에서 나왔슈. 잠깐만 조용히 좀 해주셔유."

웅성거리던 주변이 일시에 조용해졌다.

형사는 강 영감의 시신을 부검해 보면 사망 시간과 원인이 정확히 나오겠지만 그 전에 초동수사를 목적으로 나왔다고 했다. 피해자가 어젯밤 열 시쯤 외출한 후 사망했고 사건현장에서 발견된 막걸리 병에서 농약 성분이 나온 점으로 봐서 타살 가능성이 높다고 했다. 강 영감이 평소에 막걸리를 잘 마시지 않았다는 것과 최근까지도 농사에 열심이었고 젊은 부인과도 금슬이 좋았다는 점을 들어 자살 가능성은 없어 보인다고 덧붙였다.

설명을 마친 형사가 그를 먼저 찾았다.

"어젯밤 삼거리슈퍼에서 막걸리를 사갔다던디 어디서 누구랑 자셨대유?"

"집에서 혼자 마셨습니다."

주먹을 쥔 그의 손에 땀이 배었다.

"혼자 마실라고 늦은 밤에 부러 삼거리슈퍼까지 가신 걸 보니 막걸리를 꽤 좋아하시나뷰."

형사가 비아냥대듯 물었다.

"네, 평소에도 반주로 마시곤 했습니다. 그 집 막걸리가 제 입맛에 맞기도 하고. 제가 막걸리를 산 건 어젯밤뿐만이 아니란 걸 슈퍼 주인이 아실 텐데요."

"제가 묻고 싶은 게 바로 그 점인디유. 평소엔 초저녁에 반주로 자시던 걸 왜 하필 어젯밤엔 열 시쯤에 드셨냐는규."

그는 하루 일과를 마치면 으레 마을 초입의 삼거리슈퍼에서 파는 막걸리 한 병을 사다 저녁식사 때 반주로 마셨다. 그런데 어제는 아이가 학교에서 뭘 잘못 먹었는지 토악질을 해대는 바람에 저녁을 먹는 둥 마는 둥 하고 말았다. 맨송맨송한 상태로 아홉 시 뉴스를 보고 있는데 최 목수한테서 전화가 걸려왔다. 내일 아침까지 재단해서 넘겨줄 목재가 있는데 한손으로 하려니 날 새겠다면서 바쁘지 않으면 와서 도와달라는 거였다. 아내는 아이와 함께 곯아떨어져 자고 있었다. 마침 심심하던 참에 잘됐다 싶어 최 목수한테 가서 톱질하는 것을 도와주다가 열 시가 다 되어 최 목수 집을 나섰다. 함께 막걸리나 한 잔 하자고 졸랐지만 최 목수가 팔이 나을 때까진 금주하기로 했다며 손사래를 치는 바람에 돌아오는 길에 집과 반대방향에 있는 삼거리슈퍼에 들러 막걸리를 사다 마시고 잠자리에 들었다. 생각해보니 최 목수 빼곤 자신의 밤 외출을 증언해줄 사람이 아무도 없었다. 삼거리에서 막걸리를 사오지 않았더라도 의심을 받기 딱 좋은 상황이었다. 그의 말이 끝나자 주변이 다시 웅성거렸다.

형사가 손뼉을 두 번 치고 큰소리로 말했다.

"자, 조용히들 하세유. 시방부터 지 말을 잘 듣고 사실대로 말씀해주셔야 헙니다. 안 그러면 여러분들한테 불리한 결과를 초래할 수도 있으니께 명심들 허세유."

수런거리던 마을사람들이 순식간에 입을 다물었다. 잠시 뜸을 들인 형사가 사뭇 진지한 표정으로 말을 이었다.

"여기 기신 김진규씨가 어제밤 삼거리에서 막걸리를 한 병 사서 마을로 돌아온 시간과 강 영감님이 집에서 나간 시간이 일치헙니다. 우연인지 모르겠지만 둠벙이서도 막걸리 병이 발견됐구유. 김진규씨는 사 간 막걸리를 집에서 혼자 마셨다고 주장허는디 아무도 본 사람은 없습니다. 다먼 그 직전에 최 목수님과 같이 있었다고 허는디 맞습니까?"

형사가 최 목수에게 물었다. 모두의 시선이 최 목수 쪽으로 향했다.

"아뉴, 지는 어제 진규 저 사램을 초저녁에 만난 것밖에 없는디유."

그는 자신의 귀를 의심했다.

"최 목수님, 왜 이러세요. 어제 톱질하는 거 도와달래서 제가 갔었잖아요."

"자네야말로 나헌티 왜 이러는겨. 톱질을 허다니? 팔뚝 부러졌다고 싹다 소문이 나설랑 당최 일이 읎는 통에 몸땡이가 근질거려 죽겄는 사램헌티 워째 가구도 안 닿는 소리를 혀쌌냔 말여."

최 목수가 성한 팔로 삿대질을 해댔다. 눈앞이 캄캄해진 그는 지푸라기라도 잡는 심정으로 검신댁에게 하소연했다.

"검신 할머니, 뭐라고 말씀 좀 해주세요. 아드님이 강 영감한테 물벼락 맞을 때 병원에 입원시켜주고 며느님 몸 풀었을 때 집사람 시켜서 미역국도 끓여다드리고 했잖아요."

"암만 내 아들이 선찮어두 지 여편네가 몸을 푼 지 삼칠일두 안 됐는디 외지서 들어온 근본도 모르는 아낙을 집에 들였을라구. 젊은 사램이 그럼 못 쓰는겨. 무지랭이라구 깐보고 그런 억탁소리를 허먼 죄

받어."

검신댁이 눈을 부라리며 나무랐다.

"그게 아니라 종수씨는 강 영감한테 논문서 찾으러 갔다가 물벼락 맞고 폐렴에 걸려 병원에 입원해 있었잖아요."

그의 목소리는 울부짖음에 가까웠다. 종수가 언제부터 와 있었는지 다리를 절며 앞으로 나섰다. 손에는 서류봉투 하나가 들려 있었다.

"요놈은 지한테 목숨이나 다름읎는 논 문서여유. 며칠 전이 읍내에 영호가 나타났다는 소문을 듣고 비꺼정 오는디두 읍내를 샅샅이 뒤져 당구장에 처박혀 있는 놈을 찾아냈단게유. 물에 빠진 생쥐꼴을 허고 막 태어난 언내를 생각혀서 지발 논 문서 돌려달라고 사정을 혔더니 지 아부지헌티 핸드폰으로다가 논 문서를 지헌티 넴겨주지 않으믄 경찰에 쇡여서 억지로 빼슨 거라고 고발헌다더란게유. 혀서 지가 강 영감님헌티 갔더니만 냅든 요놈을 내주믄서 미안허다구 혔는디 물베락이 다 뭐래유. 지가 폐렴이 걸린 것은 쬥일 영호 찾어댕기느라 비를 맞어서구먼유."

그는 이 위기 상황에서 벗어날 방법을 찾아야 했다. 그렇다면 어젯밤에 마신 막걸리 빈 병밖에 없었다.

"저도 한 가지 여쭙겠습니다. 둠벙에서 발견됐다는 막걸리 병이 제가 산 것이라는 증거라도 있습니까. 저희 집 마루 밑에 어젯밤에 마신 막걸리 병이 있습니다. 유통기한이 내일까진 걸 확인하고 샀으니까 확인해보세요."

"마침 제보가 들어와서 먼저 확인해보고 오던 참유. 허지만 김진규씨 집엔 유통기한이 지난 막걸리 병밖엔 없던디유. 헌디 둠벙에서 발견된 막걸리 병은 유통기한이 내일까지던디 뭔 조화속인지 모르겄네유."

삼거리 슈퍼주인까지 나서리라고는 생각조차 하지 못했다. 그는 마음을 가다듬고 되물었다.

"형사님, 제가 나오란다고 그 어른이 순순히 나올 분인가요. 설사 나왔다 한들 농약 탄 막걸리를 순순히 받아 마실 양반이냐고요. 제가 억지로 입을 벌려 들이붓는데 당하고만 있을 만큼 만만한 상대가 아니란 거 잘 알 거 아닙니까. 제 말이 틀렸나요?"

그가 말을 끝내기가 무섭게 형사가 경찰차를 향해 누군가를 불렀다.

"이쪽으로 오시쥬."

까만 옷차림의 괴정댁이 차에서 내렸다. 그녀의 빨갛게 충혈된 눈이 툭 튀어나와 있었다. 형사가 눈짓을 하자 괴정댁은 잠긴 목소리로 피뢰침이 그동안 주인을 만날 수 없어 살 수 없었었던 땅하고 집터를 손에 쥘 수 있을지도 모르겠다는 말을 남기고 집을 나섰다고 했다. 옥실마을에 그런 곳은 그가 사는 집밖에 없었다.

"저도 최근엔 제가 사는 집 주인을 만나지 못했습니다. 친한 대학 동기의 모친이 살던 집이라 인사만 하고 들어와 살고 있을 뿐이에요. 집 문서고 땅 문서고 구경도 못했단 말입니다."

언성을 높이는 그에게 흠, 하며 머리를 주억거리던 형사가 갑자기 아내를 향해 어젯밤 남편이 몇 시간 동안이나 집을 비웠냐고 물었다. 형사의 느닷없는 질문에 당황한 아내가 기어들어가는 목소리로 초저녁부터 곯아떨어지는 바람에 남편이 나간 것도 몰랐다며 머리를 숙였다. 그는 그런 아내에게조차 울화가 치밀어 올랐다.

"당신이 죄졌어?"

그가 발을 구르며 소리를 지르자 바로 앞에 서 있던 노인이 얼래 귀청떨어지겄네, 하며 슬그머니 뒤로 물러났다.

"정말 왜들 이러세요. 모두 피뢰침한테 당하고 있었잖아요. 피뢰침이 죽기를 바란 건 내가 아니라 당신들이었잖아."

"뭐시냐, 형사양반 내가 한마디 거들어도 될라나 모르겄네. 허기사 강가가 그리 된 걸 갖고 저 사램만 잡도리헐 순 읎지. 딱 까놓고 이 동네서 강가 놈헌티 억하심정 안 가진 사램이 있었간디. 나부텀도 그 화상 안 잡어가고 귀신은 뭣 허나 혔은게."

변 영감의 뒤늦은 변죽에 그는 일말의 기대를 걸었다. 그런데 변 영감의 말은 그게 다가 아니었다.

"허지만서두 평생 땅만 파먹고 산 사램들이 한동네 사램 목심꺼정 절단낼 만큼 숭악허덜 않기는 헌디. 우덜은 쥔도 몰러보고 잇속 챙기겄다고 떼거지루다 몰려댕기믄서 데몬지 뭔지 허는 공장 사램들허구는 다르잖유."

변 영감의 말은 어르고 뺨치는 격이었다. 그는 아직도 농성을 하고 있는 조합원들과 생활고에 시달리다 스스로 생을 마감한 고인들까지 욕보인 것 같아 더 이상 참을 수가 없었다.

"이제 보니 제게 덤터기를 씌워서 내쫓을 속셈인가 본데, 나도 이번엔 호락호락 물러서지 않을 거라고."

"그건 우덜이 긴지 아닌지 밝혀낸 다음 일이구유."

형사가 경찰차를 가리키며 재촉했다. 마을사람들은 말없이 형사를 향해 고개를 끄덕였다.

아내는 발만 동동 굴렀다.

*

그가 풀려난 것은 다음날 아침이었다. 관할 경찰서의 위촉을 받아 검시관으로 강 영감의 시신을 부검한 인근 병원 외과의가 사인을 심장마비라고 밝혔기 때문이었다. 의사는 강 영감이 심근경색으로 그 병원에서 줄곧 치료를 받아왔다고 덧붙였다.

귀향의 끝

귀향의 끝

어둠이 채 걷히지 않은 선착장은 어촌계원들의 발 빠른 움직임으로 술렁거렸다. 물이 빠지려면 아직 두어 시간 기다려야 했지만 사리때라 선외기(엔진이 선미에 달린 2톤 미만의 배)를 어장까지 몰고 가 목 좋은 곳에 자리를 잡으려고 계원들은 앞다투어 배를 띄우기 시작했다. 아내와 함께 선외기에 오른 나는 시동을 걸고 기지개를 켜며 숨을 들이마셨다. 매운 바닷바람과 기름 냄새가 폐부 깊숙이 파고들었다. 내 눈치를 살피는 아내를 향해 나는 일부러 진저리를 치곤 배를 띄웠다.

앞서 배를 띄운 어촌계장 양씨가 손나발을 만들어 붙이고 소리쳤다.

"민 사장, 다리는 괜찮은겨? 요새 너무 무리하는 거 같어."

제 딴은 나를 떠보려고 하는 소리였다. 변덕이 심해서 양은냄비라는 별명을 얻게 된 양 계장은 언제 어디서 무슨 짓을 저지를지 예측할 수 없는데다 마을을 누비고 다니며 근원을 알 수 없는 소문을 옮기고 다니기 일쑤였다. 그는 간혹 술에 취해 내게도 형배와 내가 남남이 아니니 잘 지내라는 둥, 채마밭에 얽힌 사연을 자네가 어찌 알겠냐는 둥 실없는 소리를 했다. 한 번은 어머니한테 넌지시 여쭤봤다가 호되게 야단을 맞은 후론 그의 말을 귀담아 듣지 않았다. 그런 그가 어촌계장 자리를 꿰찬 데는 속내를 숨길 줄 모르는 천성 덕분이었다. 그것도 권력이라고 어촌계 적립금을 유용한 전 어촌계장의 비리에 덴 계원들이 마지못해 그를 선택한 결과였다. 대신 감사와 총무의 권한을 높여주어 어촌계장 자리는 허울뿐이라는 걸 본인도 알았다.

"다리 아프다고 제가 쉴 형편이 되나요."

나는 아내를 힐끔거리며 대거리했다.

"형니임, 신세가 노오랗게 됐습니다."

이번엔 염장을 지르는 데엔 둘째가라면 서러워할 형배가 양 계장 선외기에서 목청을 높였다. 어촌계 계원도 아니면서 무슨 속셈으로 새벽잠까지 설쳐가며 따라나섰는지 예감이 좋지 않았다. 간혹 비 계원을 배에 태워 어장으로 끌어들이는 통에 빈축을 사는 것도 양 계장의 물색없는 짓 중 하나였다. 형배는 유독 나한테 깐죽거리기 일쑤여서 마주하기 싫은 녀석이었다. 내가 대학 졸업 후 취직해서 마을을 떠나기 전까지 그와는 형제처럼 지냈지만 낙향한 후엔 데면데면한 사이가 되었다.

"형수님도 그만 어깨 좀 펴세요. 그렇게 돌돌 말고 있다가 언놈이 굴 자룬 줄 알고 둘러메고 가도 모르겠습니다."

형배가 이번엔 아내를 향해 야살을 떨었다. 그는 나뿐만 아니라 종종 아내를 놀려 먹기도 했는데 그녀는 어릴 적부터 참는데 이력이 나서인지 결코 성내는 법이 없었다. 나한테 깐죽거리는 건 그나마 참겠는데 순해터진 아내한테까지 함부로 하는 데엔 정말이지 참기가 힘들었다. 언젠가 아내가 꾸려가는 조개구이가게에서 칼국수 한 그릇을 시켜놓고 아내한테 술을 따르라며 행짜를 부리는 바람에 내가 멱살을 잡아 끌어낸 적도 있었다.

나는 형배한테 눈총을 쏘곤 주머니에 꽂아둔 팩소주를 꺼내 들었다. 바다에 나갈 때 추위와 무릎통증을 견디기 위해 나는 으레 팩소주를 챙겼다. 나는 한 모금 마시곤 팩소주를 아내한테 건넸다. 돌아앉은 채 팔만 뻗어 팩을 받아든 아내가 마스크를 턱 아래로 끌어내리고 소주를 쭉 들이켰다.

"야, 니가 그렇게 술을 물마시듯 하고 사고를 치니까 내가 이렇게 개고생 하는 거 아냐."

나는 팩소주를 낚아채며 버럭 소리를 질렀다. 가뜩이나 움츠린 그녀의 몸이 더욱 오그라들었다. 어휴, 모질지 못하면 넉살이라도 좋든가. 내가 말을 말아야지. 형배가 검정 비닐봉지에서 소주병을 꺼내 뚜껑을 따서는 내게 건배하는 시늉을 하며 히죽거렸다. 그래, 어디 실컷 찧고 까불어봐라. 해산물을 안주 삼아 술타령이나 하려고 따라나선 모양인데 오늘 네놈 주둥이엔 굴 한 점 어림없을 줄 알아라. 나는 두 주먹을 힘껏 말아쥐었다. 허구한 날 술에 취해 신세타령에다 남의 험담이나 들춰내는 데는 영 정나미가 떨어졌다. 하긴 뒷배도 되어주지 못하는 바다가 전부인 곳에 고향이랍시고 어쩔 수 없이 돌아왔으니 맨 정신으로는 버티기 힘들만도 했다. 그런 그로서는 꿋꿋하게 이곳을 지키고 계시는 노모 덕으로 이나마 사람구실을 하고 사는 내가 아니꼬울 수도 있었다.

신공항에서 그리 멀지 않은 곳에 위치한 마을은 해수욕장을 끼고 있는데다 마을 어귀에 제법 규모가 큰 회센터까지 자리잡고 있어서 찾아오는 사람들의 발길이 끊이질 않았다. 원주민인 어촌계 계원들은 적지 않은 매립 보상금을 거머쥐었지만 여전히 눈에 불을 켜고 어로작업에 덤벼들었다. 어장의 해산물을 자신의 논밭에서 가꾼 곡식이라도 되는 양 움켜쥐려다가 골병이 들어 병원비가 더 나가도 아랑곳하지 않았다. 그들 거의가 자식들에게 한 밑천 떼어주고 대처로 떠나보낸 노인들이었다.

6년 전 내가 빈털터리가 되어 내려왔을 때 형배의 위세는 대단했다. 신공항이 들어서기 전 그의 선친은 잠자는 네댓 시간을 빼고 온종일 바다에 나가 살았다. 바다는 부지런한 사람이면 얼마든지 거둬들일 해산물을 사시사철 제공해주었다. 그렇게 해서 번 돈으로 그의 선친은 무작정 땅을 사들였다. 고아로 자라 자신의 한 몸 뉘일 곳이 없어 여기저기 떠돌던 한을 풀기 위해서였다. 그런 그가 신공항이 들어서면서 받은 토지보상금으로 생각지도 않게 돈더미에 올라앉게 되었다. 그런데도 그는 한결같이 어로작업에 매달렸는데 어느 날 한밤중에 배를 띄워 전어잡이를 하다가 파도에 휩쓸려 세상을 떴다. 돈방석에 앉아 제대로 써보지도 못하고 죽은 셈이었다. 그 횡재를 대신한 게 외아들 형배였다.

그가 대학 진학도 못한 채 아버지한테 빌붙어 빈둥거리고 있을 때였다. 그는 선친의 장례를 치르자마자 가산을 정리했다. 그때 어촌계 딱지도 함께 처분했는데 그걸 나에게 주기 위해 사들인 사람이 바로 노모였다. 그게 오 년 전이었다. 그렇게 고향을 뜬 형배는 강남에서 가장 물 좋다는 곳에 룸살롱을 차렸다가 송두리째 날리고 이 년 전에 되돌아왔다. 그 많은 돈을 말아먹는데 딱 삼 년이 걸린 셈이었다. 다행히 그는 선친과 가깝게 지냈던 마을사람이 고향을 떠나면서 비워둔 집을 수리해서 저 한 몸 뉘일 거처로 삼고 회센터 관리사무소에서 허드렛일을 거들며 근근이 밥술이나마 뜨는 신세가 됐다. 그가 내려오던 날 바다에 빠져 죽는다고 하필이면 내 선외기를 몰래 끌고 나가는 바람에 곤혹을 치르기도 했다. 그 배는 애초에 어로작업을 위해서라기보단 낚시꾼에게 대여해 가욋돈이라도 벌어볼 요량으로 어머니를 졸라 장만한 거였다. 전기과를 나와 대기업 빌딩의 기계설비실에 근무했던 나는 평소엔 어머니가 내준 조그마한 창고에 사무실을 차려놓고 어촌계원들의 어업 장비나 각 가정에서 소소하게 생기는 전기보수를 소일거리로 삼으며 푼돈이나마 벌었다.

내가 가족을 이끌고 이곳으로 내려올 당시 노모가 토지보상금 일부를 떼어 집 한 채와 조그마한 조개구이가게를 장만해주었다. 아내는 처음해보는 조개구이가게를 그런대로 운영해 나갔는데 내가 가게에 드나드는 걸 싫어했다. 그녀가 나를 얼씬거리지 못하게 하는 데는 나름의 속셈도 없지 않았다. 가게에서 벌어들이는 수입 일부를 친정으로 보내는 그녀 입장에선 벌이가 얼마나 되는지 내가 아는 게 부담스러울 수도 있었다. 하지만 나는 일체 알은 체 하지 않았다.

나도 잘 다니던 직장까지 그만두고 길거리에 나앉을 땐 죽고 싶은 심정이었다. 장인이 저지른 일 때문에 매일 술에 취해 살았고 하루에 담배를 서너 갑씩 피워댔으니 응급실에 실려 가는 것도 무리가 아니었다. 막내야, 아무 생각 말고 그냥 내려와라. 당시 어머니의 말이 아니었더라면 나는 지금쯤 이 세상 사람이 아니거나 피폐한 중년의 삶을 바둥이 이어가고 있을 터였다.

결혼할 때 어머니가 마련해준 서울의 아파트와 십여 년 동안 직장생활을 하며 모은 재산을 고스란히 집어 삼킨 건 나의 과욕도 아내의 허영심도 아니었다. 바로 장인과 처남 때문이었다.

"저 애가 시집 가버리면 우리 세 식구 굶어죽을 판이니 허락할 수 없네."

처가에 결혼 허락을 받으러 갔을 때 장인이 한 말이었다. 반평생을 백수로 살다시피 한 장인은 그 세대로는 드물게 대학을 나온 사람으로 첫 직장인 대기업에서 구조조정으로 밀려난 후 재기할 생각을 않고 빈둥거리고 있었다. 고급인력인 당신이 하찮은 일을 할 수 없다는 것이 이유였다. 대신에 병사한 장모의 뒤를 이어 맏딸인 아내가 가장 노릇을 하고 있었다. 처남이 대학 1학년이었고 처제는 고교 2학년이었다. 그들도 장인의 말에 전적으로 동조한다는 듯 고개를 끄덕였다.

"왜 정란이가 이 집안의 생계를 책임져야 합니까. 정란이는 어릴 때부터 동생들 뒷바라지까지 하면서 공부도 혼자 힘으로 했다고 하던데요."

"그건 내 집안일이니 자네가 참견할 일 아니고, 암튼 나는 이 결혼

반대네."

결혼을 반대하는 장인에 대한 반발심으로 오기를 부릴 때부터 내 인생은 꼬이기 시작했다. 형제 많은 집안의 막내로 철딱서니 없이 자란 내가 친구한테 소개받은 여자의 남다른 근성에 꽂힌 게 사단의 시초였다. 그녀는 전문대 비서행정학과를 나와 중소기업 총무과에 근무하고 있었다.

"오빠, 뭐 하러 비싼 돈 주고 이런 데서 밥을 먹어요. 그 돈으로 시장 보면 일주일은 충분히 먹을 텐데. 그러지 말고 우리 마트에 가요, 내가 밥 해줄게요."

둘이서 영화를 본 후 고급 레스토랑에서 식사를 하자고 했을 때 그녀의 입에서 나온 말이었다. 이십대 초반을 넘어선 아가씨가 하는 말이 내겐 예사롭게 들리지 않았다. 나는 그녀와 마트에 들렀다가 내 오피스텔로 가면서 이 여자와 결혼을 하면 평생 밥 굶을 일은 없겠구나, 생각했다. 당시의 나는 월급을 타는 족족 술과 겉치레에 탕진을 하고도 모자라 가끔 어머니한테 손을 내밀곤 했으니 어쩌면 당연한 생각이었는지도 모른다. 그런 그녀의 알뜰함이 어릴 적부터 어려운 살림을 맡아하면서 몸에 밴 지지리궁상이라는 걸 깨달았을 땐 이미 내 인생이 그녀의 삶에 얽힌 뒤였다.

막상 결혼을 결심했을 땐 우리 가족의 반대가 더 심했다. 막내로 어려움 모르고 자란 놈이 가장노릇도 못하는 홀아버지 밑에서 자란 장녀와 결혼하면 고생길이 훤하다는 게 그 이유였다. 하지만 나는 가족들의 반대에 수긍할 만큼 고분고분한 나이가 아니었다.

장인은 아내가 출가 후에도 친정살림을 책임진다는 조건으로 결혼을 허락했다. 물론 결혼 당사자인 나만 몰랐던 약조였다. 장인과 아내가 작당을 하여 나를 속인 것인지, 아내가 염치가 없어 말을 못 한 것인지는 모르겠지만 결과적으로 나는 그들의 부양책임자가 되었다. 본의 아니게 흑심을 품고 결혼을 하게 된 아내는 신혼 초부터 내 눈치를 보기에 급급했다. 뻔뻔한 얼굴을 하는 것도 달갑지 않았지만 줄곧 주눅든 모습을 보는 것도 곤혹이었다. 한데 장인은 딸이 친정 문제로 사위의 눈치를 보거나 말거나 상관없이 처남만 챙겼다. 대학을 졸업한 처남이 취직도 못한 채 빈둥거리다가 뜬금없이 사업자금을 해내라고 장인을 졸라댔다. 대학 동기가 부모의 지원을 받아 알짜배기 카페를 운영하는데 입소문이 나서 성업 중이라고 했다. 그런데 갑자기 동기가 MBA 취득을 위해 미국으로 유학을 가는 바람에 카페를 넘겨야 하는데 남 주기 아깝다며 처남한테 점포 임대 보증금 일억 원만 내고 해보라는 거였다. 장인은 며칠간 직접 카페에 드나들면서 확인까지 했다며 당연하다는 듯 아내에게 돈을 변통해 내라고 했다. 아내는 일억 원이나 되는 돈을 무슨 수로 마련하냐며 울먹였다. 장인은 부동산하는 친구한테 부탁해서 다 알아봤는데 너희 아파트를 담보 잡으면 일억 원 대출은 너끈하고 민서방 직장이 탄탄해서 신용대출도 어렵지 않다더라고 몰아붙였다. 아내는 내가 허락하지 않을 거라는 핑계를 댔지만 장인은 바깥일 하는 사람한테 정신 사납게 뭐 하러 알리냐, 한 집에 살면서 그만한 요령도 못 피우느냐,며 아내를 닦달했다. 2년 동안 원금과 이자를 나눠서 모두 갚은 다음엔 매월 일억 원에 대한 이자조로 백만 원을 줄 테니 시댁에 큰소리 좀 치고 살라는 허세까지 부렸다.

천성이 모질지 못한 아내는 장인의 말을 거역하지 못하고 마지못해 고개를 끄덕였다. 아내는 은행권에서는 본인이 아니면 대출을 받지 못하게 되자 한 저축은행에서 아파트를 담보로 대출을 받았다. 그렇게까지 해서 처남은 카페 운영권을 넘겨받았지만 북적거리던 카페엔 손님들의 발길이 뚝 끊겼다. 삼 개월 동안 파리만 날리던 처남은 인테리어를 최신식으로 바꿔야 한다고 아내에게 오천만 원을 해달라며 다시 손을 내밀었다. 원금은커녕 이자도 못 받아 전전긍긍하던 아내는 어떡하든 카페를 살려서 이자라도 받아내야겠다는 생각에 적금을 깼다. 그리고 몇 개월 후엔 불어난 이자를 갚기 위해 나의 신용을 담보로 사채를 끌어들였다. 일 년쯤 지나자 카페의 건물주라는 사람이 나타나 프랜차이즈 커피전문점으로 용도변경을 한다며 점포를 비워달라고 했다. 돈을 건네줄 때 받았던 점포 임대 계약서는 주인을 사칭한 사기꾼과 짜고 발행한 허위 계약서로 밝혀졌다. 게다가 유학을 갔다는 대학 동기와는 연락이 닿지 않았다. 아내는 내 급여통장에 압류가 들어올 때까지도 자신이 저지른 일들을 숨겼다. 나는 하루가 다르게 불어나는 이자 때문에 아파트는 물론이고 퇴직금까지 모두 날리고 말았다.

어장이 가까워지자 선외기를 댈 맞춤한 장소를 고르느라 계원들 사이에 드센 기운이 감돌았다. 나도 장소를 정하고 선외기의 엔진을 껐다. 서서히 물이 빠지면서 배가 뻘 바닥에 내려앉았다. 나는 느슨하게 풀어놓았던 목장화의 끈을 조이고 장갑을 끼었다. 어로작업에 잔뼈가 굵은 사람들은 벌써 목이 좋은 곳에 굴망을 던져놓느라 바빴다. 이를테면 여기는 내 영역이니 침범하지 말라는 표시였다. 어장에 처음 나왔을 때 나는 아무 생각 없이 누군가 던져놓은 망을 치우고 굴에 손을 댔다가 몰매를 맞을 뻔했다. 농담을 주고받으며 팩소주를 나눠 마시는 사이들이지만 바닷물이 빠지고 바닥을 드러내면 눈에 살기가 돌았다. 자신이 찜해놓은 영역을 조금만 침범하기라도 하면 마치 내 집 담을 넘은 도둑놈 취급을 하며 악다구니를 썼다. 그러다가도 굴망을 싣고 뭍에 오르면 언제 그랬냐는 듯 시시덕거리며 술잔을 마주쳤다. 처음엔 그들의 급격한 감정변화에 적응하지 못해 갈피를 잡을 수가 없었지만 오래지 않아 나도 이 바닥에서 제법 능구렁이란 평판을 들을 정도로 익숙해져서 어촌계원들 간에 사단이 벌어지면 중재 역할을 맡을 정도가 되었다.

굴망은 40kg을 담을 수 있게 각자 직접 만들어 썼다. 그런데도 크기와 모양이 비슷하다보니 채취한 굴을 담은 망을 고의든 아니든 자기 망이라고 우기는 경우가 생겼다. 그래서 계원들은 굴망에다 천 조각을 매달아 구별을 하는데 낡은 셔츠나 속옷 따위를 잘라 사용했다. 나이든 할머니들은 구별하기 좋으라고 당신이 수년 동안 입었던 꽃무늬 속옷을 쓰는 경우가 많았다. 그런데도 어느 땐 굴망을 사이에 두고 드잡이를 하는 해프닝을 벌이곤 했다.

"이 사쿠라 무늬 빤스가 십 년 전에 막내둥이가 첫 월급 타서 사다 준 건데 내가 암만 정신머리가 없어도 십 년을 입은 내 빤스를 모를

까봐."

"이 할망구가 눈이 삐었는가 부네. 이게 매화꽃이지 어째서 사쿠라여. 우리 며느리가 멀쩡한 고쟁이를 버린다고 내놨길래 내가 입어볼까 하고 챙겨뒀다가 한 귀퉁이 잘라 썼구만. 야야, 이리 좀 와봐라. 이거 에미 고쟁이 맞지?"

대부분 이런 다툼은 쉽게 끝나지 않았다. 한두 번 거들다 보니 이젠 언성이 좀 높아진다 싶으면 계원들 중 누군가가 자연스럽게 나의 등을 떠밀었다. 내가 나서서 집에 남은 천이 있으면 나중에 그걸로 맞춰보면 되지 않느냐고 훈수를 두어야 마지못해 떨어졌다. 어장에 들어서는 순간부터 시간이 곧 돈이라고 생각하는 계원들은 굴 캐기에 열중하느라 옆에서 살인이 난대도 거들떠보려고 하지 않았다. 어촌계는 한 세대에서 두 명만 어장에 들어갈 수 있었다.

양 계장이 아낙들이 둥글게 모여 굴을 캐고 있는 곳으로 다가가며 소리쳤다.

"안사돈 굴 안 캐고 거기서 뭐하십니까?"

그의 심술기가 또 동했나 보았다. 표적은 이번에도 용변이 급해 보이는 외산댁이었다. 바다에 나가 일을 하다보면 추위 때문에도 자주 요의가 느껴진다. 남자들이야 아무 데서나 등만 돌리면 처리가 가능했지만 여자들은 여간 곤혹스러운 것이 아니었다. 그렇다고 마냥 참을 수만도 없는 노릇이었다. 넉살좋은 할머니들이야 볼 테면 봐라 하고 저만치 떨어져서 궁둥이를 까고 앉았지만 젊은 층이나 나이가 있더라도 바깥사돈이라도 한자리에 있으면 곤란했다. 궁여지책으로 여자들은 여러 사람이 무리를 지어 몸으로 바리케이드를 치고 차례로 볼 일을 봤다. 남자계원들 거의가 모른 척하거나 멋모르고 옆을 지나칠 때도 담배갑을 뒤적이는 등 나름의 방식으로 못 본 척하는데 간혹 짓궂게 구는 축이 있었다. 양 계장이 특히 그랬다.

양 계장의 아들이 외산댁 딸과 결혼을 했다. 그러니 오줌을 눠야 할 때 가장 난감한 사람은 외산댁이었다. 여자들이 무리지어 한쪽으로 가면 그는 부러 그 쪽으로 굴망을 던져놓고 접근했다. 그러다가 안사돈의 차례가 된다 싶으면 앞으로 나서서 안사돈 뭐 하십니까, 하고 새삼 아는 체를 하곤 했다. 딸의 시아버지한테 대놓고 뭐라 할 수도 없고 볼일이 급하긴 하고 안절부절못하는 쪽은 외산댁이었다. 이미 볼일을 본 아낙들은 물이 들어오기 전에 굴 한 줌이라도 더 캐고 싶어 허리를 숙이고 바닥을 훑기에 바빴다. 급한 외산댁만 엉거주춤한 자세로 어쩔 줄을 몰라 했다. 이쯤 되면 내가 나서줘야 훈수꾼으로서의 면목이 선다.

"양 계장님께서 안주가 아쉬운 모양인데 아까 건져 올린 낙지라도 한 마리 드리세요."

나는 외산댁을 거들었다. 그녀는 마지못해 작은 낙지 한 마리를 바깥사돈한테 건네며 눈을 흘겼다. 나는 큰 놈을 줘도 물러날까 말까인데 이까짓 거 받고 물러날 성싶으냐, 며 뻗대는 양 계장을 잡아끌었다.

"그렇게 오지랖이 넓어서 굴은 언제 캡니까. 하긴 형님은 늑장부릴 만도 하네요. 큰 덩치 때문에 남들보다 굴 서너 망은 덜 실어야 선외기가 뜰 테니 말입니다."

언제 다가왔는지 형배가 등 뒤에서 깐죽거렸다. 주위를 둘러보니 남들은 벌써 서너 망씩을 채워 싸놓고 있었다. 나는 홧김에 그의 손에 들려 있는 굴을 툭 쳐서 떨어뜨리고 발로 짓밟아버렸다.

"지금 뭐하는 짓입니까?"

"자네는 이곳에서 굴 한 점도 캘 자격이 없다는 걸 몰라서 묻나?"

"치사하게 굴 한 점 갖고 너무 하는 거 아니요?"

"그 말 한 번 잘했네. 자네는 이곳 어장에 들어올 자격도 없네만 한 동네 사는 인정상 이나마 봐주고 있으니까 주둥아리 닥치고 얌전히 어장 구경이나 하다 가게."

형배는 뭐라 말대꾸를 하려다가 입을 다물었다. 굴 작업에 들어가면 이웃이고 뭐고 없이 눈에 불을 켜고 덤비는 어촌계원들의 살기등등한 분위기에서 어업권이 어떻고 법적 근거가 어떻고 나불댈 처지가 아니라는 것쯤은 그도 익히 알고 있었다. 나는 그 마저 갯벌에 처박아버리고 싶은 마음을 꾹 참고 돌아서서 아내 쪽으로 다가갔다. 괜히 건드렸다간 그의 술수에 또 걸려들게 될지도 몰랐다.

형배가 낙향한 해 여름, 멋모르고 객기를 부렸다가 곤혹을 치른 뒤론 웬만해선 섣부른 행동을 하지 않는다. 막바지 피서철 황금연휴의 마지막 날이었다. 도시에서 피서인파가 몰려든 데다 마침 사리 때라서 바지락 채취를 목적으로 온 무리들로 먼 바다까지 북적거렸다. 하필 내가 계 말리는 날(외부인들의 해산물 채취를 막기 위해 어촌계원들이 순번제로 보초를 서는 일)이라서 어장 일대를 감시하고 있었다. 저만치서 한 무리의 사내들이 조새와 양동이를 들고 어장으로 들어섰다. 휘청거리는 걸음걸이하며, 왁자지껄한 욕지거리하며, 술을 꽤나 마신 모양새였다. 무리 중에 앞장서서 유독 거들먹거리는 사내가 눈에 들어왔다. 형배였다.

"형님, 날도 뜨거운데 여기서 뭐하는 거유?"

그는 이미 술에 취해 있었다.

"자네야 말로 어장엔 웬일인가? 놀러들 온 모양인데 바지락 채취를 하려면 저쪽 어장 밖으로 가야지."

나는 일행들한테 손을 들어 해수욕장 쪽을 가리켰다. 형배는 어깨를 으쓱하며 떠벌렸다.

"형님, 우리가 어딜 봐서 바지락이나 캐러온 잔챙이들로 보입니까. 얘들은 서울에서 사업할 때 데리고 있던 녀석들인데 집구석에서 빈둥거리고 있다고 해서 싱싱한 안주에 술이나 먹이려고 불렀수다. 우럭 한 마리 회쳐놓고 술을 먹다보니 안주가 떨어져서 안줏감 구하려고 가는 중임다. 얘들아, 인사드려라. 이 동네서 제일 팔자 좋은 한량이시다. 형님도 심심하면 함께 낙지나 잡으러 가시지요."

"어장엔 아무나 들어가는 곳이 아니란 걸 알면서 왜 이러나."

"그건 형님 생각이고, 막말로 이곳 어장이 어촌계원들 거라는 법적 근거도 없잖습니까."

"아니, 그래도 이곳은 어촌계원들이 생계를 이어가는 곳이고 관리도 맡아서 한다는 거 누구보다도 자네가 더 잘 알지 않는가."

"물론 잘 알지요. 이곳을 매립할 당시 이미 보상을 다 해줘서 맨손 어업권을 주장할 법적 근거가 없다는 것까지요. 이곳 어촌계원들 치고 보상받지 않은 사람들 없잖아요. 보상은 보상대로 다 받아먹고 원주민들끼리 똘똘 뭉쳐 어촌계 만들고 어업권까지 독식하면서 이중으로 배불리고 있다는 걸 누구보다도 내가 잘 알고 있죠. 그럼 이만 낙지 잡으러 갑니다."

"자네 지금 막나가자는 건가. 어촌계원도 아닌 자네가 한동네 살면서 외부인들까지 끌어들이는 저의가 대체 뭔가?"

"저의라니요? 저 그런 거 모릅니다. 단지 이곳은 대한민국 사람이면 누구나 낙지나 바지락을 잡아도 법적으로 아무런 하자가 없다는 것만 알고 있지요. 됐습니까?"

형배는 보란 듯이 일행을 몰아 어장을 향해 걸어 들어갔다.

형배의 말이 틀린 건 아니었다. 원주민들이 자발적으로 어촌계를 꾸려가고 있지만 법적 근거는 없었다. 하지만 오랫동안의 생업이었고 암묵적으로 인정을 하는 터라 외부인들도 감히 토를 달지 않았다. 이유야 어찌 됐든 나는 맡은 바 임무를 다해야 하는 책임이 있었다. 좋은 말로 설득해 형배를 끌어낼 수 있으리란 기대까진 하지 않았다. 그렇다고 막무가내로 생떼를 쓰는 그를 내버려둘 수도 없었다. 평소 까불대다가도 내가 두 눈을 부릅뜨면 움츠러들던 그가 일행에 힘입은 탓인지 그날 따라 먹혀들지 않았다. 홀아비 밑에서 제멋대로 자란 탓에 싸움질로 잔뼈가 굵은 그였지만 백 킬로그램에 육박하는 나의 덩치에 밀려 선불리 덤벼들지 못했다. 그동안의 한풀이를 하려는 듯 그는 숫제 내 눈앞에 대고 종주먹을 들이밀며 알짱거리다 혀를 날름하곤 내빼려고 했다. 참다못한 내가 그의 뒷덜미를 움켜쥐어 휘두르다 손을 놓자 제풀에 고꾸라져 뻘 바닥에 코를 박고 죽은 듯 꼼짝도 하지 않았다. 심심하던 참에 잘 됐다는 듯 구경하던 일행은 사람 잡겠다며 해경을 부른다 응급차를 부른다 호들갑을 떨어댔다. 응급차에 실려 간 그는 5주 진단을 받고 나를 형사고발했다. 어촌계에서 변호사를 선임하여 합의금으로 천만 원을 물어주는 걸로 마무리를 지었다. 이렇듯 어장을 관리하는 데에 예상치 못한 일이 일어나기가 다반사여서 어촌계에서는 평상시에 계원들의 해산물 판매대금 일부를 적립해 두었다가 사고가 생기면 뒷수습에 충당했다.

그 후로도 형배는 사사건건 나의 비위를 건드렸다. 자신의 어촌계 딱지를 사들인 것에 어깃장을 놓는 게 분명한데도 뭐라 딱 꼬집어 대거리할 재간이 없었다. 심지어는 젊은 날에 홀로 된 어머니가 반반한 인물을 내세워 제 부친의 채마밭을 가로챘다는 황당한 소문을 퍼뜨리기도 했다. 내가 알기로 그 채마밭은 어머니가 훗날 자식들 교육을 위해 악착같이 갯일과 놉일을 해서 사놓은 것으로, 신공항이 들어설 때 적지 않은 보상금을 받아 우리 집을 일으키는 종자돈이 되었다. 하지만 대놓고 하는 말도 아니고 자식의 입장에서 왈가왈부할 처지도 못되었다.

형배는 모두 들으라는 듯 허공에 대고 큰소리로 외쳤다.

"참, 형님이 어쩌다가 개죽 쑤는 팔자가 됐는지 알다가도 모를 일이네요."

굴 캐던 사람들의 시선이 일제히 내게로 쏠렸다. 양 계장이 무슨 가십거리가 생기길 바라는 듯 기대에 찬 표정을 하고 다가왔다. 형배는 그가 다가오자 기다렸다는 듯 안 그래요 양 계장님, 하며 더욱 의기양양하게 목청을 높였다.

"개죽 쑤는 팔자라니?"

"정말 몰라서 묻습니까. 형님이 처갓집에 하는 짓을 두고 하는 소리란 걸 근동에 사는 사람들이 다 아는데 형님만 모르고 있나 보네요."

"말 좀 가려서 하게. 아무리 생각이 없기로서니……."

나는 저만치서 굴 캐기에 열중해 있는 아내의 등허리를 힐끗하곤 소리죽여 윽박질렀다. 하지만 그는 칠 테면 쳐보라는 듯 오히려 턱을 들이밀고 지껄였다.

"동네가 다 아는 사실을 얘기하는데 가리고 말고 할 게 뭐가 있어요. 솔직한 말로 형수님은 친정 식구만 챙기잖아요. 사실 형님도 열받으시죠. 사내답게 화나면 화난다고 딱 까놓고 왜 말 못하세요. 그러니 덩치값도 못한다는 소릴 듣는 거 아닙니까."

"이 사람이 정말……."

나는 버럭 소리를 지르며 주먹을 들어 올렸다가 그만 내려놓았다. 형배 말마따나 아내가 저지른 일을 뒷감당하느라 신세가 노랗게 된 마당에 나까지 또 사고를 칠 순 없었다.

내가 어로작업에 뛰어들게 된 데는 전적으로 술기운에 힘입어 객기를 부린 아내 때문에 쓰러진 장인의 병원비를 대기 위해서였다. 아내가 처음부터 소주를 좋아했던 건 아니었다. 그녀는 어릴 적 어머니를 여의고 백수인 아버지를 대신해 어린 동생들을 돌보며 소녀가장

노릇을 했다. 그러니 술과는 거리가 멀어도 한참이나 멀었다. 결혼 후에도 동생들 뒷바라지에 친정아버지의 비위까지 맞추면서도 싫은 내색 한 번 안 하는 그녀를 나는 이해할 수가 없었다. 맞벌이를 한다는 핑계로 집안일을 소홀히 하고 아이 낳는 것도 미루었지만 정작 우리 살림에 보탬이 되는 건 쥐뿔도 없었다. 참다못한 나는 어느 날 술을 잔뜩 마시고 그녀에게 혹시 유전자검사 같은 거 해볼 생각 없냐, 고 물었다. 그녀는 그게 무슨 소리냐는 듯 생뚱한 얼굴로 쳐다봤다.

"당신이 친딸이면 장인어른이 우리한테 이럴 수는 없다고 생각해. 당신은 업둥이거나 아니면 돌아가신 장모가 데리고 들어온 의붓딸이 분명해."

그녀는 망설일 것도 없이 머리를 저었다. 어렸을 때 강에서 물놀이를 하다가 죽을 뻔한 적이 있는데 장인이 뛰어들어 구해줬다고 했다. 자신이 친딸이 아니었으면 수영도 못하는 장인이 목숨을 걸고 물에 뛰어들 수가 있었겠냐는 거였다.

그런 그녀가 술을 입에 대기 시작한 건 웬만해선 싫은 내색을 하지 않는 어머니가 나와 아내를 불러 역정을 낸 뒤부터였다.

"에미야, 내가 너 맘에 들어서 가만히 보고 있는 줄 아냐? 니들이 잘못되면 어린 니 새끼들 내가 떠맡게 될까봐 참고 사는 거다. 너는 대체 시집을 온 게냐, 아니면 친정 식구들끼리 작당을 하고 우리 집 재산을 거덜내려고 온 게냐. 니 친정 식구들 해도 해도 너무한다."

나는 영문도 모르고 귀밑까지 벌겋게 달아오른 채 머리를 조아리고 있는 아내가 안쓰러운 마음에 한마디 거들었다.

"어머니, 이 사람이 무슨 짓을 또 저질렀는지 모르겠지만 그래도 말씀이 좀 지나치신 거 아니에요?"

"쓸개 빠진 놈 같으니라고……. 그래, 내가 이 나이에 바깥사돈한테서 돈 싸들고 팔자 고칠 생각이냐는 말까지 들어야겠냐?"

어머니는 혀를 끌끌 차더니 쌩하니 찬바람을 일으키며 집을 나가버렸다. 가뜩이나 시어머니한테 지레 주눅 들어 있던 아내는 숫제 오한이 든 사람처럼 와들와들 떨었다. 나는 아내의 좁은 어깨를 부여잡고 혹시 짐작 가는 게 없냐고 물었다. 아내는 입을 꾹 다문 채 힘없이 고개만 저었다. 나는 아내를 억지로 차에 태우고 처가로 향했다. 아내는 장인이 저질렀을 일을 확인하길 주저했다. 내가 자꾸 눈치를 주자 마지못해 최근에 혹시 시어머니를 만난 적이 있냐고 물었다. 장인은 사돈지간에 볼일이 있어 만났기로 뭐가 잘못됐냐며 외려 소리를 질렀다.

"저한테 미리 말씀해주셨어야죠."

아내의 목소리에 날이 서 있었다.

"시방 어디서 신경질이여. 너한테 말하면 뭐하냐. 이 애비가 니 동생 폐인 만들 거냐고 숱하게 말 안 하드냐? 집안의 장녀가 돼가지고 멀쩡한 동생이 낙심해 있는데 도와줄 생각은 안 하고 니 새끼들만 챙기면 다냐? 나도 금쪽같은 내 아들 생각해서 안사돈한테 있는 돈 좀 빌려 쓰자고 했다. 죽을 때 싸 짊어지고 갈 것도 아니고, 며느리도 자식인데 동기간 좀 보살피게 해주면 안 되겠냐고 말이다. 니가 그 집에서 얼마나 변변찮으면 니 시어머니가 바깥사돈 대하기를 동네 개만도 못하게 대하겠냐."

장인이 손바닥으로 술상을 내리치며 아내를 몰아붙였다. 아내가 눈물이 그렁그렁한 눈으로 장인을 한참 노려보다가 술상에 놓여 있는 소주병을 집어 들었다. 나는 아내가 홧김에 그걸 깨려는 줄 알았다. 그래서 그래, 너도 성깔이 있다는 걸 좀 보여줘라, 고 내심 바랐다. 한데 그녀는 병나발을 불더니 단 한 방울도 남기지 않고 입에 들이부었다. 장인이 막 뚜껑을 새로 따 잔에 찔끔 따르다 만 소주병이었다. 물기가 가득한 아내의 눈에 술기운이 올라 벌겋게 충혈됐다.

"아버지, 그래서 시어머님한테 돈 싸 짊어지고 팔자 고칠 생각이냐고 하셨어요? 도대체 나한테 왜 이러세요. 내가 아버지한테 뭘 잘못한 게 있다고 나를 이렇게 홀대하는 거냐구요. 아버지가 그러니까 동생들도 나를 개무시하는 거 아니에요. 다들 내 덕에 사는 주제에, 최소한의 체면은 살려줘야 되잖아요."

착 가라앉은 목소리로 또박또박 끊어서 얘기하는 그녀의 표정은 흐트러짐이 없었다. 장인의 얼굴에 당황해하는 빛이 역력했다.

"이, 이 년이 미쳤는가 부네."

"그래요, 나 미쳤어요. 사람이라면 이 상황에 안 미치고 배기겠어요. 사람이 능력이 없으면 염치라도 있어야죠. 사위 재산 다 털어먹은 것도 기가 찰 노릇인데 엄감생심 사돈집 재산을 넘보냐구요. 이놈의 집구석 때문에 내가 저이랑 시어머님 앞에서 숨도 제대로 못 쉬고 살아요. 내색하지 않으니까 감정도 없는 등신 같은 년으로 보이죠. 나 이젠 그만할래요. 아버지 맏딸 노릇 지긋지긋해요. 앞으로 이놈의 집구석에 땡전 한 푼 어림없을 줄 알아요."

장인의 얼굴이 벌겋게 달았다가 창백해지더니 이내 두 팔로 뒷목을 감싸쥐면서 뒤로 넘어졌다. 처남이 미쳤냐며 아내를 후려칠 기세로 덤벼드는 걸 내가 가로막았다. 앰뷸런스가 와서 장인을 응급실로 실어갔지만 그렇게 쓰러진 장인의 의식은 돌아오지 않았다. 관자놀이랑 가슴팍에 줄줄이 선을 매달고 중환자실에 누워 있는 장인의 병원비는 고스란히 아내의 몫으로 돌아왔다. 처남은 날마다 전화로 아버지 살려내라고 아내를 닦달했다. 어머니는 만만찮은 사돈어른 병원비 대려면 애비 등골깨나 빠지겠다며 혀를 찼다. 작정이라도 했는지 아내는 단 한 번도 장인의 병문안을 가지 않았다. 내가 정말 장인어른 뵈러 안 갈 거냐고 물어도 묵묵부답이었다. 아무래도 어머니한테 한 장인의 행태만큼은 쉽게 용서할 수 없었나 보았다.

"어이구, 또 주먹이 근질근질한 모양입니다. 네에, 맘껏 치십시오. 이번엔 좀 세게 부탁합니다. 가뜩이나 돈도 떨어졌는데 이번엔 몸값 좀 오지게 챙겨보게요. 어차피 형님은 따까리 인생인데 나도 덕 좀 보고 삽시다. 처가 식구나 나나 피 한 방울 안 섞이기는 마찬가진데 그래도 이 형배 놈은 이웃사촌이지 말입니다. 진탕 맞아준다지 않습니까."

형배가 건들건들 다가서더니 아예 상체를 내 어깨에 들이댔다. 그가 새벽부터 어장까지 따라나선 속셈을 이제야 알 것 같았다. 지난 번처럼 내게 시비를 걸어 합의금이라도 받아내려는 꼼수가 분명했다.

"인간아, 그러고 싶냐. 팔다리 멀쩡한 놈이……."

나는 말을 하다 말고 혀를 차며 돌아섰다. 속셈도 모르고 대거리한 나까지 한심한 생각이 들어서였다. 하지만 형배는 물러서지 않았다.

"예, 나도 이러고 싶지 않습니다. 그런데 어쩌겠습니까. 재주라고는 아버지가 뼈골 빠지게 모은 재산 말아먹는 재주밖에 타고나질 않았는데요. 그렇다고 부양할 부모가 있나 보살필 처자식이 있나, 너무 흘가분해서 미칠 지경입니다. 그나저나 며느리는 시어머니를 닮는다고 반반한 인물 내세워 남자 신세 망치는 것까지 어쩌면 그렇게 닮았을까."

나의 인내심이 바닥을 쳤다. 이놈을 당장 요절을 내고 몸으로 때우고 말지 싶었다. 엄동설한에 갯벌바닥을 기는 것보다 그쪽이 나을지도 몰랐다. 한데 다리를 건들거리며 내게 다가들던 형배가 느닷없이 억, 소리를 내며 갯벌에 푹 고꾸라졌다. 그의 뒤통수에서 피가 흘러내렸다. 조금 전까지 저만치 떨어져 굴을 캐느라 여념이 없던 아내가 하얗게 질린 얼굴로 조새를 움켜쥔 채 부들부들 떨다 갯벌 바닥에 무너져 내렸다. 나는 벌어진 입을 다물지 못하고 갯벌에 엎어진 형배와 주저앉은 아내를 멍하니 바라보았다.

"아이구, 여기 사람 죽네, 사람 죽어. 누가 빨리 일일구 좀 불러요. 아니 해경에 먼저 신고를 해야 되는 거 아닌가."

양 계장의 호들갑스러운 고함소리가 내 귀를 파고들었다.

어느 새 계원들이 우리 주위를 에워싸고 있었다.

귀가

방풍림 사이로 빠져나간 아버지를 나는 신발을 신는 둥 마는 둥 하고 부리나케 좇아갔지만 온데간데없었다. 버스정류장을 지나 마시란해변 쪽으로 한참을 뛰어가도 아버지의 뒷모습은 보이지 않았다. 반대 방향인 선녀바위 쪽으로 서둘러 가보았지만 거기에도 없었다. 전화를 걸어도 역시나 받지 않았다. 급히 뒤좇느라 상의를 걸치지 않은 어깨와 등에 늦가을 바닷바람이 스며들었다. 어깨를 웅크리고 구겨 신은 구두 뒤축을 고쳐 신다가 피식, 웃음이 나왔다. 일주일 전 나의 질책에 훌쩍 집을 나가던 남편의 모습이 아버지의 모습과 겹쳤기 때문이었다.

이십 분쯤 헤매다 돌아와보니 엄마는 조개구이집에 오도카니 앉아 있었고, 석쇠 위에서는 까맣게 탄 조개껍질이 가느다란 연기를 피워 올리고 있었다. 맥이 풀린 채 주저앉는 내게 엄마가 말했다.

"내가 뭐랬냐. 느이 아버지 나랑은 말도 섞기 싫어한대두."

십여 년 만에 영종도의 전파사를 정리하고 집에 돌아온 아버지는 할머니가 돌아가시기 전 기거하던 방에서, 엄마는 안방에서 각방을 썼다. 아버지는 집에 와서도 끼니를 혼자 끓여 먹었다. 엄마는 사나흘에 한 번꼴로 묵새긴 울화를 아버지에게 퍼부어댔다. 아버지는 엄마의 일방적인 행패에도 침묵으로 일관했다. 그런 아버지의 태도가 더 엄마의 화를 돋웠다. 그런 부모를 지켜보는 언니와 나는 애면글면 속을 끓였다.

오늘은 보다 못해 내가 두 노인네를 모시고 영종도에 바람 쐬러 가자고 나선 길이었다. 마시란해변과 선녀바위 사이의 용유해변에 위치한 조개구이집에 자리를 잡고 어색해하는 두 분에게 억지로 건배까지 시켰다. 소주 한 병을 다 비울 쯤 나는 아버지에게 배를 타고 나가 바다낚시를 해봤냐고 물었다. 딱히 궁금해서라기보다는 대화의 물꼬를 트기 위해서였다. 그런데 내내 말이 없던 아버지가 선외기를 타고 바다에 나가 갓 낚아 올린 망둥어로 회를 떠서 소주 한 잔 하면 세상에 부러울 게 없었다며 달뜬 목소리를 내곤 덧붙였다.

"이젠 이곳도 예전 같지가 않다. 이웃 간에 내남없던 정이 모두 옛말이 되어버렸어. 신공항 들어서고 뻰지르르하게 신도시가 자리 잡으면서 상술에 밝은 외지사람들만 득시글하지 섬 원주민들은 개밥에 도토리 신세다. 평생 고기잡이로 살아온 사람들한텐 득보단 실이 더 많아. 저 폐선들을 보면 죽 쒀서 개 준다는 말이 딱이다."

남편이 갯벌에 방치된 폐선들을 찍으러 이곳에 온 적이 있었는데 그때 따라왔던 나도 그것들을 박물관에 전시된 유물이라도 되는 듯 바라봤었다.

"어업에 종사하는 사람들이 손을 놓아서 그런지 갯가에 폐선들이 즐비한 게 을씨년스럽긴 해도 나름 볼 만하던데요."

아버지의 말에 동의를 한답시고 덧붙인 것뿐인데 엄마가 씨근거렸다.

"볼 만할 것도 많다. 고물이 다 된 배를 이 경치 좋은 바닷가에다 흉물스럽게 묶어놨다니. 할머니 방에 있는 고물나부랭이도 그렇지. 다 늙어서 집이라고 기어들어 오려면 몸만 올 것이지 그것들까지 싸들고 올 건 뭐라니."

아버지는 한마디도 대꾸하지 않았다. 엄마는 더 할 말이 있는 듯 입을 씰룩거리다가 아버지의 굳은 표정을 보곤 다물었다. 대신 입을 꾹 다물고 있던 아버지가 자리를 박차고 일어나 조개구이집을 빠져나갔다. 그놈의 고물이 웬수였다. 엄마는 우리가 지지리도 못살게 된 것을 고물 탓으로 돌렸다.

"느이 아버지는 평생 고물나부랭이에 미친 위인이다. 전파산지 고물상인지에다 매달리지만 않았어도……. 어디 가서 그만큼 품을 팔았으면 부자 소리는 못 들어도 도시 한복판의 아파트 한 채는 차고 앉았을 게다. 고물나부랭이에 귀신이라도 씌인 게지. 그 웬수놈의 가게는 돈을 벌기는커녕 밑 빠진 독에 물 붓기로 월세 내주기 바빴잖냐. 내가 미쳤지, 느이 아버지 말 듣는 게 아닌데."

자라면서 귀에 못이 박히도록 들은 말이었다.

강경에서 빈농의 장남으로 태어난 아버지는 한국전쟁이 휴전이 된 이듬해에 할아버지를 여의고 홀로 되신 할머니를 대신해 가계를 책임지었다. 아버지는 엄마와 결혼을 했지만 얼마 되지 않는 논밭으로는 생계를 꾸려나갈 수 없었다. 농고를 중퇴한 아버지였지만 어쩔 수 없이 서울에 올라와 청계천 전자상가에서 잔심부름을 하며 일을 익혔다. 어릴 적부터 손재주가 좋았던 아버지는 고장난 태엽시계나 버려진 라디오를 분해해서 손봐 용케 살려냈다. 그런 아버지한테 전파사는 꿈의 공간이나 마찬가지였다. 밤에는 산더미처럼 쌓인 전자제품 사이에 놓인 낡은 소파에 앉아 라디오나 전축을 뜯었다가 다시 조립해보곤 했다. 아버지가 가전제품을 구입한 손님들의 집에 배달을 나갔다가 처치 곤란해진 고물들을 수거해 와선 밤새 고쳐놓으면 사장은 그것들을 싼값에 팔았다. 그렇다고 아버지한테 이득이 돌아오는 건 없었다. 대신 사장은 사무실 한 귀퉁이에 아버지를 위해 작업실을 마련해주었다. 아버지는 그곳에서 숙식까지 해결했다. 사장에게 잘 보이려고 밤잠을 설치면서 중고제품을 수리해놓았지만 보너스는커녕 흔한 칭찬 한마디 듣지 못했다. 그때부터 아버지는 자신의 이름으로 된 매장을 갖는 것이 꿈이 되었다.

엄마는 아버지도 없는 집에서 궁색한 시집살이를 하느라 고생이 이만저만이 아니었다. 고모가 고교를 졸업하고 농협에 취직하던 해 아버지는 월세로 방 두 칸짜리를 얻어 가족의 거처를 부천 원미동으로 옮겼다.

내가 초등학교에 들어갈 무렵 아버지가 다니던 전파사는 사장이 무리하게 새로운 사업에 뛰어드는 바람에 부도가 났다. 아버지는 몇 달째 밀린 월급도 받지 못하고 직장을 잃었다. 그때도 우리 집을 지탱해준 건 엄마였다. 해장국집 주방일을 하면서 할머니를 보살피고 우리 자매를 공부시켰다. 내가 중학생이 되던 해 엄마는 해장국집을 인수했다. 해장국집에서 뒤치다꺼리를 하고 있던 아버지는 틈만 나면 전파사로 갈아타자고 엄마에게 졸라댔다. 하지만 엄마는 단골손님들도 제법 많아 잘 돌아가는 해장국집을 그만둘 생각이 없었다. 아버지는 그 문제로 엄마와 언쟁을 일으킨 날이면 훌쩍 집을 나가선 일주일이나 열흘쯤 떠돌다가 추레한 모습으로 돌아오곤 했다. 보다 못한 엄마는 울며 겨자 먹기로 해장국집을 담보로 대출을 받아 변두리 전파사를 인수했다. 그날부터 아버지는 낡은 가게를 손보고 고물상에서 들여온 중고제품을 수리하느라 전파사에서 살다시피 했다. 워낙 아버지의 솜씨가 좋아 한동안은 제법 손님을 끌었지만 전파사는 얼마 못 가 하향세로 접어들었다. 그 무렵이 평면 티브이가 출시되고 모든 가전제품이 디지털화되는 시점이었다. 도시 사람들은 살림에 쪼들리면서도 새로운 디자인의 신제품을 선호했다. 아무도 거들떠보지 않는 구형 제품은 애물단지가 되어갔다. 전파사는 점점 월세도 밀릴 정도로 드나드는 손님이 줄어들었다. 하지만 아버지는 당장 가게를 정리하라는 엄마의 성화에도 불구하고 묵묵히 구형 제품을 수리하고 닦고 하면서 매장을 지켰다. 오직 그 일만이 당신의 소명인 것처럼. 엄마의 지긋지긋한 지청구에도 아버지는 결코 그 일에서 손을 놓지 않았다. 엄마가 아버지를 가족들로부터 겉돌게 하다가 결국 집 밖으로 밀어내게 된 것은 그런 대책 없는 아버지의 행동 때문이었다.

나는 소주잔을 채워 엄마에게 건넸다. 나이보다 젊어보이던 엄마도 이젠 많이 늙었다. 이마와 눈가, 입가에까지 굵은 주름이 잡혀 고희를 넘긴 나이를 숨길 수 없다. 살집이라고는 없는 얼굴에 검버섯도 피기 시작했다.

"엄마 얼굴에 검버섯이 피었네. 검버섯이 피면 오래 산대요."

"오래 살아서 뭣하게."

엄마가 퉁명스럽게 내뱉었다. 그리곤 소주를 마시면서 오른쪽 입꼬리를 씰룩거렸다. 젊었을 적부터 습관이기도 했다. 입꼬리 근육을 씰룩거리는 건 비타민 부족이라고 하기에 비타민제를 챙겨드리기도 했으나 효과가 없었다. 다혈질인 엄마는 곧잘 속내를 퍼부어대곤 했지만 굳은 표정으로 입가를 씰룩거리면 뭔가 심각한 생각을 하고 있으려니 짐작했다.

"아무래도 느이 아버지 그 버릇 또 도졌나 보다. 아까도 봐라. 예삿말 한 마디에 휑하니 가버리잖냐."

엄마는 혼잣말처럼 중얼거렸다.

소주잔을 들고 만지작거리는 엄마의 손마디는 울툭불툭 했다. 저 손을 거쳐간 해장국 그릇이 얼마나 될지 가늠이 되지 않았다.

"엄마, 나랑 해변 한 바퀴 돌아요."

"뭐 볼 게 있다고."

"그 사이에 아버지가 오실지도 모르잖아."

카운터로 가 계산을 마친 나는 엄마와 팔짱을 끼고 조개구이집을 나섰다. 몇 걸음 못 가서 새끼발가락이 아팠다. 아버지를 찾느라 뛸 땐 몰랐는데 앞발이 꼭 끼어서 아픈가 보았다. 지난 해 내 생일날 남편이 사준 구두다. 신발을 선물하면 그걸 신고 도망간다는 말이 있는데 정작 집을 나간 사람은 남편이다. 일주일째 감감 무소식이다. 처음엔 예의 출사라도 갔으려니 싶어 무심히 지나쳤다. 그런데 스마트폰은 꺼져 있고 카톡을 보내도 답이 없었다. 아무리 바빠도 문자까지 씹는 경우는 드물었다. 사흘째 되는 날 혹시나 해서 시아버지한테 전화를 했더니 외려 바쁠 텐데 일 없이 웬 전화냐고 물었다. 나는 얼결에 조만간 찾아뵙겠다는 인사를 하고 전화를 끊었다. 시아버지는 아직도 전주에서 도장 파는 일을 계속하고 있다. 아버지와 시아버지는 너무나 달랐다. 아버지는 고물에 집착하면서도 집을 나가 떠돌아다니기 일쑤였지만 시아버지는 붙박이처럼 한 장소에 집착했다. 평생 도장을 파는 것도 새로운 장소로 떠나는 것을 피하기 위한 방편일지도 모른다고 남편은 말했었다. 그래서인지 나는 단 한 번도 그가 가출을 할 수도 있다는 생각을 해보지 않았다.

남편이 집을 나가던 날, 나는 모처럼 사진관에 들렀었다. 남편은 작업실에서 현상해놓은 사진들을 들여다보고 있었다. 기척을 느꼈을 텐데도 나를 쳐다보지 않았다. 그 많은 사진들 중에서 남편이 유심히 들여다보는 사진들은 어딘가 낯이 익었다. 철들 무렵부터 질리도록 보았던 것들, 추레해 보이긴 하지만 정감이 넘치는 그것은 바로 아버지의 고물들이었다. 뿐만 아니라 영종도 가게의 구질구질하고 궁기가 흐르는 공간이 그대로 담겨 있었다. 얼굴이 화끈 달아올랐다.

"하다하다 이젠 처가의 치부까지 드러내야 속이 후련하겠어. 나 몰래 아버지 가게까지 찾아가서 사진 찍은 저의가 대체 뭐야?"

"저의라니, 말 좀 가려서 하지."

"당신의 작품 사진이라는 그 꿈, 현실 앞에선 무력하기만 할 뿐이야. 아버지의 고물들처럼."

"그래, 꿈이 우릴 먹여 살려주진 않지. 그렇지만 꿈이 우리의 삶을 지탱해줄 순 있어. 장인어른처럼."

"언제까지 그따위 사진들만 들여다보고 있을 건데. 밖에 나가서 하다못해 유치원 재롱잔치 건수라도 따와야 될 거 아냐. 내가 학원 강사 해서 버는 돈으로는 먹고 살기 빠듯하다는 거 잘 알잖아. 그나마 국어 과목은 언제 폐강될지 모른다구. 당신도 우리 아버지처럼 살겠다는 거야? 당신이 그 모양인데 아이 안 낳은 게 천만다행이지."

말이 너무 앞서 나갔다 싶었지만 이미 주워 담을 수 없었다. 그는 잠시 나를 노려보다 달랑 줌렌즈 카메라만 들어 있는 가방을 들고 휑하니 나가버렸다.

사진관은 남편이 명퇴하면서 받은 퇴직금으로 차렸다. 말이 좋아 명퇴지 퇴출이나 다름없었다. 남편은 붙박이처럼 앉아 일하는 은행 업무가 적성에 맞지 않았다. 사진동호회에 열중하는 것과는 달리 은행 업무엔 열의가 없었다. 그런 남편이 윗사람의 눈에 곱게 보일 리가 없었다. 금융파동에 의한 구조조정 때 남편은 감원대상 일 순위였다. 퇴직 후 남편은 기다렸다는 듯 H신문 시민강좌 보도사진반 6개월 코스에 등록했다. 지금까지 자신은 살롱풍의 사진에 만족해했는데 앞으론 본격적인 보도사진에 매달려보고 싶다고 했다. 수강 외의 시간은 일안렌즈 리프렉스 카메라를 들고 밖으로 나돌기 일쑤였다. 일 년 동안은 그러려니 하고 눈감아주었다. 한데 도통 일자리에는 관심이 없고 오로지 사진 찍는 데만 정신을 쏟았다. 그렇다고 사진을 전공한 것도 아니었다. 그저 취미로 결혼 전부터 카메라를 옆에 끼고 살다시피한 것뿐이었다. 나는 그런 남편을 붙잡아두기 위해 사진관을 차려보는 게 어떻겠냐고 넌지시 떠보았다. 남편은 어차피 무언가를 해야 된다면, 하더니 마지못해 고개를 끄덕였다. 불안한 마음이 없지 않았지만 은행을 그만두고 줄곧 카메라에 매달려 있는 남편한테 달리 방법이 없기도 했다. 나의 불안감을 불식시키려는 듯 남편은 속성 현상소를 겸한 사진관을 차리면서 걱정 말라고 제법 큰소리를 쳤다.

DSLR 카메라가 대세인데도 구형 일안렌즈 리프렉스 카메라를 들고 다니며 찍은 사진들은 마이크로 세계, 이를테면 빗물에 패인 자국이 드러난 골목길, 검게 그을린 듯 한 폐가, 허물어진 담장 귀퉁이, 갯벌에 버려진 낡은 폐선 따위 등이었다. 한결같이 흑백으로 찍은 사진들은 자세히 보지 않으면 뭘 찍었는지조차 판별하기가 어려웠다. 남편은 언젠가 그런 사진들을 들여다보는 내게 말했다.

"내 사진은 시간이 빚어낸 무늬야. 예전의 내 사진은 대상에 다가가지 못했어. 그래서 대상의 실체를 담아내지 못한 것 같아. 앞으로는 다가갈 수 있는 데까지 다가가 사진을 찍을 거야."

남편은 그런 사진들로 공모전에 응모하는 듯했으나 그 결과에 대해 나는 모른 척했다.

사진관을 개업하기 전, 남편은 영종도 바닷가에 버려진 폐선이 늘고 있다는 뉴스를 보고 사진을 찍으러 가겠다며 함께 가자고 했다. 남편은 선체 밑 부분에 붉은 녹이 슨 자국을 가리키며 말했다.

"선체에 수십 년 동안 새겨놓은 물의 무늬를 붉은 얼룩으로 기록했다는 것이 신기하지 않아? 시간이 사물의 형태와 색깔을 지워버리고 나면 아주 오래된 시간의 속살만이 남지."

남편은 폐선 여기저기를 찬찬히 들여다본 다음 눈을 뷰파인더에 밀착시켜 그 대상을 담아냈다. 그런 모습이 평생 도장 파는 일만 했던 시아버지와 닮아 있었다. 결혼하기 전 벚꽃이 분분히 흩날리는 날 고속버스를 타고 전주로 내려가 시아버지와 첫 대면을 했다. 읍내에서 그리 멀지 않은 상가 건물의 이층으로 올라가는 계단 옆에 자리 잡은 도장가게였다. 알루미늄 새시로 칸막이한 공간은 옹색하기 짝이 없었다. 시아버지는 돋보기 너머로 나를 힐끔 보고는 아무 말도 없이 도장 파는 일을 계속했다. 나는 까닭 없이 숙연해졌다. 돌아오는 길에 그가 말했다.

"아버진 바깥세상에 눈길을 준 적이 없었어. 아버지 세상은 당신이 파는 도장 속에 다 들어 있지. 병약했던 어머니는 그런 아버지의 모습만 바라보다 돌아가셨어."

시아버지는 세상을 떠돈 아버지와는 너무나도 달랐다. 어쩌면 나는 그런 이유로 남편과의 결혼을 결심했는지도 모른다.

폐선을 찍고 난 후 남편은 아버지의 전파사에 들러보자고 했다. 나는 대꾸도 하지 않고 앞서 걸었다. 그에게 집을 나가 있는 아버지의 모습을 보이기 싫어서였다. 남편이 뒤에서 내 어깨에 손을 얹으며 말했다.

"장인어른을 보면 영혼이 자유로워지는 기분이 들어. 마치 세상물정 모르는 어린아이를 보는 것 같아. 어쩜 그렇게 물욕이라고는 없어 보이는 얼굴로 나이 들 수가 있을까. 정말 부러워."

"설마 당신도 우리 아버지를 닮고 싶은 건 아니겠지?"

나는 까칠하게 되받아치곤 눈을 흘겼다.

"아니, 어떻게 알았지?"

평소 허튼소리를 하지 않던 그의 어투가 그날 따라 짓궂다는 생각이 들었다. 어쩌면 남편은 평생 도장을 파며 붙박이처럼 살았다는 시아버지와 은행원이었던 자신의 삶이 다를 게 없다는 생각을 했는지도 몰랐다.

남편은 사진관을 오픈하고 오 년을 그럭저럭 버티어왔지만 올 들어서부터는 임대료조차 내기 버거워했다. '가족사진 50% 할인'이란 플래카드를 내걸어도 손님이 거의 들지 않았다. 카메라가 디지털화되면서 남편의 현상소는 설 자리가 점점 줄어들었다. 웬만한 사진은 스마트폰으로 찍어도 화질이 뛰어날 뿐만 아니라 인화지만 있으면 가정용 프린터기로도 뽑을 수 있었다. 가뜩이나 사진관 일에 회의를 느끼고 있던 남편은 점점 밖으로 나돌면서 사진관 셔터 문이 닫혀 있는 날이 많아졌다.

열 평 남짓한 사진관에는 커다란 현상 인화기가 자리 잡고 있었고, 어쩌다 들어오는 가족사진과 돌, 회갑 촬영용으로 마련한 수동자동

겸용 카메라는 늘 묵직한 삼각대 위에 고정된 채 놓여 있었다. 그 외에도 값비싼 DSLR 카메라는 렌즈는 렌즈대로, 몸체는 몸체대로 차곡차곡 카메라 가방에 들어 있었다. 손님 대여용으로 다섯 대 장만해둔 자동 카메라는 스마트폰이 대세인 요즈음엔 선반 위에서 꼼짝도 않고 있었다. 손님이 없는 시간엔 그는 고무공 모양의 작은 펌프로 쉭쉭 바람을 뿜어 렌즈의 먼지를 털어내고 부드러운 천으로 몸체를 닦는 일에 열중했다. 나는 그런 카메라들이 제대로 작동되는지가 궁금했다.

"기계를 오래 안 쓰면 고장나기 쉽다는데……."

"그러니까 매일 손질하는 거잖아."

내 말에 그는 성마른 목소리로 반응하곤 했다.

나는 선녀바위 쪽으로 가는 엄마 옆에 다가가 팔짱을 끼었다. 갈매기들이 부리로 물이 빠진 갯벌을 헤집고 있었다. 저만치 보이는 선녀바위 위에는 흰부리갈매기 한 마리가 되똥하니 앉아 끼룩거렸다. 남편이 아버지에 대해 했던 이야기를 엄마에게 들려주었다.

"사위는 장인을 닮는다더니 김 서방도 역마살이 끼려나 보다. 니가 살갑게 잘 해야지. 남자는 여자하기 나름이라잖니."

엄마가 회한에 찬 눈으로 먼 바다를 바라보았다.

사람에게 지난 시간을 증명해줄 추억이 있다손쳐도 지금에 와서 들추기가 꺼려지는 것이라면 묻혀버리기 십상이다. 엄마의 가슴속에는 지난 시간이 이미 형체 없는 바람이 되어 사라져버린 지 오래일지도 몰랐다.

십여 년 전 아버지는 그토록 목을 매던 전파사를 넘기고 혼자 영종도로 거처를 옮겼다. 엄마와 한마디 상의도 않은 채였다. 아버지의 느닷없는 결정에 우리 가족 모두 어안이 벙벙해졌다. 아버지는 영종도와는 아무런 연고가 없었다. 아버지가 옮겨간 가게는 바닷가의 작은 동네였다. 주민들 대부분이 어장매립 보상금만으로는 오도 가도 못하는 신세가 된 중노인들이었다. 열 평 남짓한 가게엔 중고 냉장고와 세탁기 같은 덩치 큰 전자제품이 놓여 있고, 벽에 설치한 선반엔 티브이를 비롯한 전기밥솥, 전자레인지, 카세트, 라디오 등속이 무질서하게 놓여 있었다. 가게 안쪽 한 구석에 합판을 덧대어 만든 칸막이 방이 마련되어 있었다. 방안의 대각선으로 가로지르는 빨랫줄엔 속옷과 셔츠와 바지가 아무렇게나 겹쳐서 축 늘어져 있었다. 맞은편 구석엔 간이부엌이 있었다. 그곳에서 중고 전자제품들의 찌든 때를 수세미로 벗겨 내거나 걸레를 빨거나 했고, 휴대용 버너로 음식을 만들어 드셨다. 가게 안에서 아버지가 좋아했던 자리는 낡은 소파였다. 그곳에 앉아 아버지는 티브이를 죄다 채널 별로 켜놓고 보았다. 한 채널에서는 뉴스가, 다른 채널에서는 정치 현안에 대한 토론회가, 또 다른 채널에서는 드라마나 스포츠 경기가 펼쳐지는 것을 마치 서라운드로 즐기듯 바라보았다.

"한눈에 세상사를 다 바라볼 수 있는 게 얼마나 좋냐."

내가 아버지를 뵈러 처음으로 영종도 가게로 찾아갔던 날 한 말이었다.

돌이켜보면 아버지가 영종도에서 누린 '홀로살이'는 당신의 삶에서 가장 행복한 시간이 아닌가 싶다. 원미동 집에 들르기는 명절이나 제삿날 등 일 년에 기껏해야 대여섯 번에 불과했다. 집에 들른 아버지는 손님처럼 행동했다. 볼일을 치른 다음 날이면 아버지는 타고 온 승합차를 몰고 영종도로 떠나갔다. 아버지는 영종도로 옮기면서 운전면허를 땄다. 판매한 물품배달을 위해 승합차를 마련했지만 차에는 항상 낚시도구가 실려 있었다.

아버지가 마을에 가게를 열 때만 해도 중고 전자제품을 찾는 사람들이 그런대로 있었다.

"영종도에서는 내가 선구자다. 이곳에선 나만큼 잘 고치는 사람이 없다고 소문이 자자하다."

아버지의 호언대로 처음 삼사 년은 고장난 전자제품의 수리 의뢰가 심심치 않게 들어왔다. 집에서는 말수도 웃음도 거의 없었지만, 그곳에서는 턱없이 큰소리로 말하고 곧잘 너털웃음을 흘리기도 했다. 이웃주민들과 늦은 저녁에 술이라도 한 잔 걸치는 날에는 딸들 자랑을 늘어놓기도 했다. 하지만 딸들에게 아버지는 시간이 흐를수록 잊혀져가는 존재였다. 25평 남짓한 원미동 집은 여전히 아버지 명의로 되어 있었지만 언니와 나는 언젠가부터 엄마집이라고 불렀다.

"아버지는 엄마와 할머니의 끝날 것 같지 않은 갈등 때문에 집을 나갈 수밖에 없었던 것 같아."

언젠가 나는 언니에게 아버지를 두둔하는 투의 말을 했다. 그러자 언니는 고개를 설레설레 흔들곤 내 말을 단박에 무질렀다.

"엄마를 징글맞게 구박했던 할머니를 떠넘겼잖아. 그것도 치매 걸린 노인네를."

사실 말이 좋아 갈등이지 할머니의 일방적인 어깃장에 엄마는 고스란히 당하기만 했다. 팔자 센 며느리가 들어와서 설쳐대니 가장이 하는 일마다 꼬인다느니, 대를 이을 아들 하나 없는 집구석이니 애비가 마음을 못 잡고 밖으로 나돌 수밖에 없다느니, 아버지의 허물을 모두 엄마 탓으로 돌렸다. 별의별 타박에도 묵묵히 듣고만 있던 엄마가 반기를 들기 시작한 건 할머니가 '시앗' 타령을 할 때부터였다. 차라리 내 목을 따고 새 장가를 들이세요, 하며 당신의 손에 부엌칼을 쥐어주고 목을 들이미는 엄마의 서슬에 놀라 할머니는 앉은자리에서 오줌을 지리기까지 했다. 그 후 엄마가 할머니의 어깃장에 건건이 토를 달자 할머니는 옷가지를 싸들고 서울 사는 고모네로 가버렸다. 예전 같으면 엄마가 고모집으로 가서 빌고 할머니는 못 이기는 척 돌아오는 게 순서였는데 그때부터 엄마는 꿈쩍도 하지 않았다. 아버지는 언제나 그렇듯 나 몰라라 했다. 언니는 그런 상황에 환호했지만 나는 까닭 없이 가슴을 졸였다.

얼마 못 가 고모는 대수롭지 않은 감기몸살을 핑계로 할머니를 응급실로 싣고 가선 아버지를 병원으로 불러냈다. 아버지는 할머니가 링거 주사를 한 대 맞고 나자 집에 모셔다놓고 바로 영종도로 가버렸다. 두 달 만에 집에 돌아온 할머니에게 서슬 퍼렇던 옛 모습은 온데간데없었다. 그런 할머니를 엄마는 아무 말 없이 받아들였다. 그런데 언니가 나섰다.

"아버지가 나 몰라라 하는데 왜 엄마한테 떠맡겨. 고모네로 다시 데려갈 거야."

나를 끌어들인 언니가 할머니를 고모 집으로 다시 데려다놓았다.

"니들, 이게 무슨 짓이냐."

고모의 얼굴이 붉으락푸르락 했다.

"할머니를 왜 우리 엄마가 모셔요? 아버지도 집에 없는데. 고모 엄마니까 고모가 모셔야죠."

언니가 꼿꼿하게 대들었다. 할머니는 실랑이를 바라보면서도 실어증에 걸린 것처럼 입을 꾹 다물었다.

이틀도 지나지 않아 할머니는 아버지의 등에 업혀 집에 다시 돌아왔다.

"니들이 나설 일 아니다. 할머니는 니들 엄마가 모실 거다."

아버지가 우리 자매에게 그렇게 언성을 높인 것은 그날이 처음이었다.

"엄마가 왜요? 할머니가 그렇게 걱정되면 아버지가 영종도로 모시고 가세요."

언니가 대들었지만 아버지는 그날도 혼자 내려가버렸다. 엄마 앞에서 기세등등했던 할머니는 온종일 방에 누워 있기만 했다. 치매기가 있기는 했지만 혼자서 거동이 가능해 화장실 출입이 유일한 움직임이었다. 할머니의 치매기가 심해졌을 때 우리 자매는 엄마에게 요양시설에 입원시키자고 떼를 썼지만 엄마는 꿈쩍도 하지 않았다.

"엄만 억울하지도 않아? 할머니가 끼니 땐 누룽지도 안 남게 쌀을

퍼주는 바람에 배를 곯기 일쑤였다며. 아버진 또 어떻구. 평생 엄마 고생만 시키다가 결국 할머니고 자식이고 나 몰라라 하고 나가버렸잖아."

언니의 악다구니에 엄마는 늘 똑같은 말을 반복할 뿐이었다.

"내 업보다. 니들이 상관할 일이 아니니다."

언니는 그 업보라는 게 대체 뭔지 따져 물었지만 엄마는 입을 꾹 다물고 고개를 저을 뿐이었다.

바닷물이 하얀 물거품을 내뿜으며 밀려들고 있었다. 나는 앞서가는 엄마 뒤를 따라가다 말고 스마트폰을 꺼내 아버지에게 전화를 걸었다. 발신음이 계속 울렸지만 받지 않았다. 엄마가 뒤돌아서서 말했다.

"느이 아버지 영영 안 돌아올지도 모른다."

"설마. 맘 잡고 집에 들어오신 지 얼마나 됐다구."

"그러고도 남을 사람이다."

예상이라도 했다는 듯 무심한 말투였다. 어릴 적부터 이상하다고 생각한 건 가장노릇을 제대로 하지 않는 아버지에 대한 엄마의 태도였다. 돈도 안 되는 중고제품을 수리하는 아버지의 뒤통수에 대고 허구한 날 고물만 끌어안고 있으면 밥이 나오느냐고 악다구니를 쓰면서도 막상 눈이 마주치면 슬그머니 입을 다물었다.

엄마는 밤새 퉁퉁 부은 다리를 주무르며 앓는 소리를 하다가도 날이 새면 언제 그랬냐는 듯 일어나 할머니에게 손수 아침을 차려드리고 가게로 나갔다. 아버지가 영종도로 옮겨간 뒤부터 엄마가 술을 입에 대면서 딸들 앞에서 신세타령을 했다.

"서방 복 없는 년은 자식복도 없다던데……."

엄마는 옛말을 불식시키기라도 하려는 듯 딸들을, 그 중에서도 아이가 없는 나를 곁에 두고 싶어했다. 내가 줄곧 친정 근처를 떠나지 못한 것도 그래서였다.

수평선에 푸르스름한 저녁 기운이 감돌고 있었다. 용유해변을 지나 마시란로를 따라 걸어가는데 스마트폰이 울렸다. 뜻밖에도 남편이었다.

"이따 카메라 가지러 들를게. 사진관 열쇠 우편함에 넣어주었으면 좋겠어. 부탁해."

남편은 아무것도 묻지 말고 대답만 하라는 투였다. 남편은 집을 나갈 때 해상력이 일안렌즈 리프렉스 카메라에 비해 떨어진다는 줌렌즈 카메라만 들고 나갔다.

"느이 아버지냐?"

내게 묻는 엄마를 향해 고개를 저었다.

"엄마, 차에 먼저 가 계세요."

차 열쇠를 건네주자 엄마는 더 이상 묻지 않고 주차장으로 향했다.

"전화는 왜 꺼놨는데?"

언성을 높였지만 남편은 아무 말이 없었다.

"지금 어딘데?"

"인천버스터미널."

무뚝뚝하기는 여전했다.

"터미널 어디?"

"신세계백화점 앞 공중전화."

"지금 엄마랑 있으니까 집에 모셔다 드리고 거기로 갈게. 두 시간 후에 신세계백화점 앞에서 봐."

나는 남편의 대답을 듣지도 않고 전화를 끊었다. 남편이 집으로 들어오기가 쑥스러워 할 것 같아 일단 밖에서 만나자고 했다. 하지만 집에서 보자고 할 걸 그랬나 싶어 금방 후회가 됐다.

엄마는 딸들이 사윗감을 데리고 올 때마다 혀를 찼다.

"사위들이 어쩌면 그렇게 느이 아버지를 닮았냐. 무뚝뚝한 거나, 주변머리 없는 거나 똑같다. 쯧쯧."

언니는 말 수 없기로는 아버지보다 더한 구청 공무원을 만나 결혼했다. 나는 대학 졸업반이던 해 아르바이트를 하던 화원에서 남편을 만났다. 남편은 화원 옆 건물 시중은행 지점에 근무하고 있었다. 그는 퇴근길에 화원에 들러 말없이 장미꽃 한 송이를 사가곤 했다. 일 년 후 학사모를 쓰던 날 그는 백여 송이의 장미꽃다발을 안고 나타났다. 어이없어하는 내게 그것을 안겨주며 우리가 공유한 시간의 증표라고 했다.

차를 대어 둔 주차장까지 뛰다시피 걸었다. 차문을 여니 엄마는 눈을 감은 채 뒷좌석에 앉아 있었다. 운전석에 앉아 시동을 걸려고 하는데 엄마가 말문을 열었다.

"이 에미가 할머니 모시고 병수발까지 한 거 니들 이해 못했지. 사실 할머니도 이 에미한테 모질게 군 이유가 있었다. 느이 고모가 태어나던 해에 할아버지가 돌아가셨다. 휴전이 된 후에 일어난 사건 때문이었다. 동네 이장이었던 외할아버지가 마을사람들을 인민군에 부역했다고 빨갱이로 밀고하는 바람에 총살당한 사람들이 한둘이 아니었다. 그 중에 할아버지도 끼어 있었다. 에미가 그래서 할머니한테 평생 숨죽여 살았던 거다."

나는 벌어진 입을 다물지 못하고 룸미러로 엄마를 바라봤다. 우리 자매가 알기로는 할아버지와 외할아버지는 절친한 사이로 술자리에서 어린 엄마랑 아버지를 두고 사돈을 맺었다는 거였다. 엄마는 자라면서 아버지가 아닌 다른 남자하고 결혼하는 걸 상상해본 적이 없었다고 했다. 아무리 그렇더라도 그런 일을 겪고도 어떻게 두 분이 결혼을 할 수 있었을까, 도저히 이해가 되지 않았다.

"딸자식을 며느리 삼을 거라며 귀해 해주던 친구까지 죽게 한 니 외할아버지를 용서할 수가 없었다. 철이 들면서 양가 어른들이 으르렁거릴수록 나는 시집살이를 하다 뼈가 가루가 되는 한이 있어도 시아버지의 언약을 꼭 지키고 싶었다."

외할아버지에 대한 반발심과 할아버지와의 언약을 지키기 위해 결혼할 생각까지 한 엄마의 무모함이 놀라웠다. 아버지가 당시 상황을 어떻게 받아들였는지 묻고 싶었지만 입이 떨어지지 않았다. 내 속마음을 꿰뚫어 보기라도 한 듯 엄마가 한숨을 쉬며 말을 이었다.

"그 난리통에 우유부단했던 니 아버지, 당신의 결혼에 대해 의견을 낼 엄두도 못 내더라. 어쩌면 그때의 한을 풀게 하려고 할머니도 에

미도 바깥으로만 도는 니 아버지를 붙잡아두지 못했는지도 모르지."

엄마는 맞선을 보라는 외할아버지에게 다른 남자한테 시집을 가느니 죽어버릴 거라며 악을 쓰고 집을 나왔다. 가세가 기울기 시작한 집에 옷보퉁이 하나를 가슴에 안고 들어와 억척스럽게 살림을 도맡아 꾸려가는 엄마한테 할머니도 두 손을 들었다. 대신 할머니는 엄마를 모질게 시집살이 시켰다. 그런 할머니한테 엄마는 진저리를 치면서도 꿋꿋하게 버텨냈다. 어렸을 때부터 우리 자매는 그런 엄마를 보는 게 곤혹스러웠다.

이제야 제대로 퍼즐 조각이 꿰맞춰진 느낌이었다.

흐릿한 수평선에 노을이 번지고 있었다. 나는 서둘러 차를 출발시켰다.

"김 서방한테서 전화 왔지? 니 아버지가 김 서방 집 나간 것 같다고 하더라. 사내는 집을 나간 지 오랠수록 돌아오기 힘들어진다."

엄마와 아버지가 우리 부부 때문에 대화를 했다는 게 믿어지지 않았다. 백미러를 언뜻 보니 엄마의 눈가에 눈물이 비어져 나와 있었다. 외할아버지의 장례를 치르는 내내 무덤덤한 얼굴을 하고 있는 엄마가 피도 눈물도 없는 사람처럼 보여 정나미가 떨어졌었다. 외할아버지가 돌아가신 지 한 달 후 기다렸다는 듯이 할머니가 숨을 놓았다. 엄마가 그때만큼 우는 것을 본 적이 없다. 그 뒤로 엄마는 수시로 눈물을 빚어내곤 했다. 할머니의 장례를 치른 후 아버지는 영종도 가게를 정리하고 계측기를 비롯한 전자제품 수리기구가 든 철가방과 고물 라디오를 들고 집으로 돌아왔다.

"외할아버지랑 할머니 돌아가신 뒤로 느이 아버지 가슴에 쌓아둔 한이 다 녹아내린 성싶다. 평생을 어깃장으로 한풀이하며 살았던 양반인데."

어깃장, 나는 혼잣말처럼 내뱉었다. 남편도 그날 아침 내가 무심코 뱉은 한마디 때문에 집을 나가버렸다. 어쩌면 그 한마디가 가슴에 얹혀 아버지가 그랬듯 두고두고 어깃장을 부릴까봐 겁이 났다. 나는 엄마처럼 남편의 어깃장을 오래 견뎌낼 자신이 없었다.

차가 인천대교에 접어들었다. 해가 바다 너머로 들어가버리자 사위가 금세 어두워졌다. 스마트폰을 들고 3번을 눌렀다. 아버지는 여전히 전화를 받지 않았다. 나는 가속 페달을 밟았다. 집을 나간 지 오랠수록 돌아오기 힘들어진다는 엄마의 말이 나를 옥죄었다. 빨리 남편을 만나야 한다는 생각에 조바심이 일었다. 엄마를 집 앞에 내려드리고 약속장소를 향해 내달렸다.

백화점 앞에 빛바랜 점퍼를 입은 남편이 구부정한 자세로 서 있었다. 내가 등 뒤로 다가가 한숨을 쉬자 남편이 돌아서면서 멋쩍은 표정을 지었다.

"열쇠는?"

"저녁은?"

남편과 내가 동시에 입을 열었다.

"난 엄마하고 달라. 공유하지 않은 시간의 얼룩까지 묵새길 수는 없는 노릇이잖아. 열쇠는 집에 가서 직접 가져가든지."

"……."

"계속 작품 사진에 집중할 거면 사진관 문 닫고 작은 평수로 작업실을 새로 마련해서 본격적으로 뛰어들든지. 아무튼 아버님 뵌 지도 오래됐으니 나하고 같이 전주에 다녀와서 다시 얘기해."

나는 대답도 듣지 않고 차를 세워둔 주차장으로 향했다. 차의 시동을 거는데 스마트폰이 울렸다. 엄마였다.

"느이 아버지 집에 와 계시다."

엄마는 내게 말할 틈도 주지 않고 전화를 끊었다. 아버지가 영영 돌아오지 않을지도 모른다는 엄마의 예상은 빗나간 셈이었다.

나는 사이드미러를 힐끔 쳐다보았다. 뒤쪽에서 차를 향해 다가오는 남편의 모습이 보였다.

오해의 시말始末

도로 위에 떨어져 있던 스티로폼 상자가 앞서 달리는 관광버스가 일으키는 소용돌이에 휘말려 맴돌았다.

"언놈이 싸질러놓고 간 거야."

뒤따르던 재민이 그것을 피해가며 내질렀다. 차는 줄곧 시속 130km를 넘나들며 달렸다.

"속도 좀 줄여."

내가 그의 오른팔을 후려치는 바람에 차가 휘청거렸다. 그런데도 그는 속도를 줄이지 않았다.

"그렇게 급했으면 니 차로 진작 갔어야지."

나는 오른쪽 다리를 앞으로 뻗어 발가락에 힘을 주며 투덜거렸다.

"혼, 자, 가다 사고 나면 나만 억울하잖아."

자신의 아내가 교통사고 당한 것을 빗대어 하는 소리였다.

"이 상황에 그런 말이 나오니?"

나는 더 이상 그를 상대하기 싫어 눈을 감았다.

숙경은 의식이 돌아온다 해도 평생 하반신을 못 쓰게 될지도 모른다고 했다. 사고현장을 지나던 목격자는 차가 그 지경인데 운전자가 살아 있다는 건 기적이라고 했단다. 그녀의 차가 화물차와 정면으로 충돌해 전복된 시간은 자정을 넘길 즈음이었다고 한다. 그 시간에 혼자서 거긴 왜 간 걸까? 그 사람, 혼자 죽는 거 억울하다고 동승자 없인 절대 장거리운전 안 하잖아. 혹시 아는 거 없어? 재민은 오늘 새벽 숙경의 교통사고 소식을 전하면서 당연히 그 정도는 알아야 되는 것 아니냐는 듯 내게 물었다. 숙경의 일로 그의 전화를 받는 것도 싫었지만 그런 식의 질문도 받을 이유가 없었다. 남편인 니가 모르는 걸 내가 어떻게 알아. 나의 싸늘한 반응이 어이없었는지 그는, 충격이 꽤 큰가 보다,라고 빈정거리듯 말했다. 내가 왜, 하고 한마디 더하고 싶었지만 꾹 참고 전화를 끊었다. 그 때가 새벽 세 시쯤이었다.

재민과 숙경과 내가 태어나 자란 마을은 '4대강 사업' 때 사라졌다. 강변과 맞닿은 마을들이 하구언 공사로 토지가 수용됐는데, 당시 우리 마을도 찬성파와 반대파로 갈라져 갈등이 심했다. 부모님들의 뜻과는 다르게 숙경은 환호했다. 고향에 대한 기억이라고는 가난밖에 없는데 지키고 말고 할 게 없다는 거였다. 어차피 진행될 공사였다. 조상대대로 살았던 땅에 뼈를 묻고 싶을 뿐이라는 시골 노인들의 소박한 꿈까지 지켜줄 만큼 당국은 너그럽지 않았다. 땅이 많지 않으니 보상금도 많지 않았다. 너른 들이나 산은 이미 외지인들의 손에 넘어간 지 오래였기 때문에 찬성파의 형편도 크게 다르지 않았다. 우리 부모님은 서울의 큰오빠한테, 딸만 넷을 둔 숙경의 부모님은 대전의 셋째 딸한테 보상금을 맡기고 얹혀살았다. 얹혀살 자식조차 없는 노인들은 이웃마을의 폐가를 얻어 수리해 살았고 몇 명 되지도 않는 젊은이들은 연고도 없는 도시로 뿔뿔이 흩어졌다. 마을의 자랑거리였던, 강변을 에돌아 읍내를 향해 뻗은 벚나무길도 둑과 자전거 전용도로를 조성하기 위해 파헤쳐졌다. 마을사람들은 대를 이어 추억이 서린 아름드리 나무들이 무참히 베어지는 것을 망연자실 바라볼 수밖에 없었다.

그 무렵 숙경은 강남의 유명한 입시전문학원에서 대입전략팀을 담당하고 있었다. 기회다 싶은 그녀는 셋째 언니를 설득하여 그때 받은 보상금을 종자돈으로 학군이 떨어지는 변두리의 영세한 보습학원을 인수해 입시전문학원 간판을 달고 오픈했다. 인근 중고등학교의 최상위 그룹의 학생들을 대상으로 최소정예 특별반을 만들고 그중에서도 20% 안에 들 경우 학원비 전액 무료라는 파격적인 조건을 내걸었다. 아파트 밀집지역이라 공부 좀 하는 학생들이 몰려들었다. 강남에서 고액 연봉으로 스카우트해온 영어 강사와 명문 공대 출신에다 전직 수학교사였던 남편 재민을 학원 강사진의 간판으로 내세웠다. 인건비를 줄이기 위해 차량 운행도 그녀가 직접 했다. 3년 동안 앉아서 밥 한 끼 제대로 먹지 못했다면 믿겠니, 자신을 대견해하며 말하곤 했다.

3층 건물의 3층만 쓰던 학원을 숙경은 건물 전체를 임차하여 확장하곤 중소 출판사 편집부에서 일하고 있는 내게 학원 홍보를 비롯해 학원 내부 업무를 맡아달라고 제안했다. 자신은 학부모들 관리와 관공서 드나들기에도 바쁘다고 했다. 학원을 위한 자체건물을 매입할 때까지만 현재 연봉을 맞춰주고 그 후엔 웬만한 회사의 간부급 대우를 해주겠다는 거였다.

딱 3년이야. 나 한다면 하는 거, 믿지? 물론 믿었지만 내키지는 않았다. 오랫동안 해온 출판 편집일을 하면서 마음 편하게 살고 싶었다. 무엇보다 끊임없이 숨차게 뛰는 그녀의 모습을 가까이서 지켜보고 싶지 않았다. 늘 그랬듯이 그녀의 고집은 내가 꺾을 수 있는 게 아니었다. 더구나 내게서 재민을 채간 후 보상하고 싶은 심리가 작동하는 그녀에게, 유능하고 젊은 인재들이 많을 텐데 왜 하필 나냐는 말은 먹혀들지 않았다. 그녀는 성취욕이 강한 만큼 타인에 대한 부채감도 못 견뎌하는 타입이었다. 결국 나는 실장이라는 타이틀로 그녀가 했던 업무의 일부를 맡을 수밖에 없었다.

날이 밝기가 무섭게 재민은 전화를 걸어와 병원에 같이 가자고 했다. 나는 내키지 않았다. 어쩌면 나보단 너를 더 기다리고 있을지도 모르잖아. 라면이라도 먹는지 연신 후루룩 소리를 내며 그가 말했다. 맛있니? 나는 대답대신 물었다. 그는 산 사람은 살아야지, 하고 전화를 끊었다. 한 시간쯤 후에 재민한테서 다시 전화가 걸려왔다. 차를 오래 방치해뒀더니 배터리가 나갔네. 니가 지금 방구석에 틀어박혀 있어봤자 마음 편할 리도 없고, 나도 그 사람 얼굴 혼자 대면하는 것도 그렇고, 니 차로 같이 내려가자. 대신 운전은 내가 할게. 어때? 그가 선심 쓰듯 천연덕스럽게 물었다. 그가 심각해 하는 것도 거슬렸겠지만 마냥 아무렇지도 않은 듯 구는 것도 편치 않았다. 의식을 잃고 중환자실에 누워 있는 숙경이 문득 보고 싶기도 했다. 그러든가. 나는 상대에게 보인 패를 버리듯 대꾸했다.

재민의 평소 행동을 보면 집안환경 탓이지 싶다가도 이해불가일 때가 많았다. 대학을 졸업하고 남부럽지 않은 직장에 취직했다가 1년을 채 다니지 않고 뛰쳐나온 것도 그랬고, 고교 수학 임용고시에 합격해 교사생활을 하다가 그만둔 것도 그랬다. 고향 친구들은 억센 여자들 틈에서 기를 빼앗긴 탓이라고 했다. 그는 아직도 아흔을 훌쩍 넘긴 증조모를 포함한 삼대 여인들과 복닥거리며 지내는 것을 좋아했다. 그런 재민에게 숙경은 넓은 평수의 아파트를 장만해놓고 세 여인들을 모셔와 함께 살자고 했다. 하지만 애초에 숙경을 탐탁찮게 여겼던 세 여인들은 그녀의 제안을 뿌리치고 굳이 고향을 떠나올 때 장만한 서울 외곽의 낡고 좁은 빌라를 고집했다. 재민 또한 툭하면 아이를 데리고 그 빌라에 드나들었다.

"인상 좀 펴라. 누가 보면 납치라도 당하는 줄 알겠다."

웃음기가 배인 목소리로 재민이 말했다.

"너야말로 누가 보면 로또라도 맞은 줄 알겠다."

재민이 갑자기 급브레이크를 밟았다. 등받이에 기대 있던 나의 몸이 대시보드 앞까지 튕겨져 나갔다. 뒷목이 뻐근했다. 뒤따라오던 승합차가 신경질적으로 경적을 울리며 지나갔다.

"나보단 니가 더 좋아하고 있는 거 아니었니? 그렇게 인상 쓰고 있는다고 속마음까지 감춰지진 않아."

"알아듣게 말해."

"성취욕을 드러내놓고 이루려는 쪽이 이길까, 자신의 몫을 내주면서까지 더 이루라고 부추기는 쪽이 이길까, 나는 늘 그게 궁금했거든. 너희들 붙어다니는 거 남들 눈엔 끈끈한 우정으로 비쳤을지 몰라도 나한텐 천적끼리 서로 기싸움하는 것으로 밖에 안 보였거든. 이번에야말로 그 끝을 볼 수 있을지도 모르는데 ……."

나의 반응을 살피듯 힐끔거리며 운전하던 재민이 이내 킥킥거렸다. 문득 그 웃음소리가 오래 전 봄날의 그 일을 떠올리게 했다.

강변에서 살짝 물러난 구릉지에 인가가 옹기종기 모여 앉은 작은 마을. 마을 앞의 올망졸망한 천수답 사이로 난 논두렁 길을 지나면 읍내로 통하는 신작로가 강가를 따라 뻗어 있고 양쪽 길가엔 빽빽하게 벚나무가 자리했다. 마을 뒤쪽을 둘러싼 야트막한 산에 만개한 진달래꽃 덤불 속에서 배탈난 아이가 엉덩이를 드러내고 쪼그려 앉아서 오만상을 찌푸리고 있었다. 그 앞에서 망보는 아이는 제 치마를 한껏 펼치고 고개를 뺀 채 누가 오지나 않을까 두리번거렸다. 두 아이의 주둥이와 볼따구니는 온통 꽃물이 들어 붉으죽죽했다. 한 쪽에 나란히 놓인 바구니엔 쑥, 머우, 달래, 냉이, 씀바귀가 수북하게 담겨 있었다. 귀한 두릅까지 섞여 있는 걸 보면 나물 캐는 눈썰미가 여간내기들이 아니었다.

아직 멀었어? 망보는 아이가 여전히 앞을 경계한 채 물었다. 배탈난 아이는 아직, 이라고 답했다. 킥킥대는 소리가 뒤쪽에서 들리는가 싶더니 진달래 꽃무더기 속에서 사내아이가 불쑥 튀어나왔다. 한 마을에 사는 같은 반 아이였다. 똥싸개래요. 낼 학교 가서 소문낼 거야. 사내아이가 코를 움켜쥐곤 똥 누는 시늉을 해 보였다. 배탈난 아이는 일어날 엄두도 내지 못하고 울음보를 터트렸다. 망보던 아이가 발밑의 짱돌을 주워들고 사내아이에게 달려들었다. 사내아이는 발육이 빠른 여자아이 밑에 깔리고 말았다. 아까 한 말 취소해. 사내아이가 머리를 끄덕였다. 망보던 아이는 사내아이의 손을 끌어다 새끼손가락을 걸곤 입 다물지 않으면 내 손에 죽을 줄 알아,라고 윽박질렀다. 친구의 하는 양을 지켜보던 배탈난 아이는 그것만으로는 마음을 놓을 수가 없었는지, 거짓말쟁이는 망태할아버지가 꼬추를 떼간데,라고 겁을 주었다. 망보던 아이의 손아귀에서 벗어난 사내아이는 나물바구니 하나를 걷어차고 달아났다.

아무런 대꾸도 하지 않는 내게 재민이 먼저 입을 열었다.

"이 나이 먹도록 줄곧 너희 둘이 무서던다면 믿겠니? 어릴 땐 망보며 설쳐대던 숙경이 무서웠고 커서는 니가 더 무섭더라. 그때 니가 한 말이 왠지 저주 같았거든."

그는 과부만 삼대가 사는 집안에서 유일하게 살아남은 사내아이였다. 뱃사공이었던 증조부는 나룻배가 뒤집혀서 익사했고, 조부는 장마철에 민물장어용 주낙을 거둬들이다가 갑자기 불어난 물살에 휩쓸려 시신도 거두지 못했다. 윗대의 전철을 밟지 않으려고 면사무소에 근무했던 부친은 회식 후 술에 취한 채 자전거를 타고 퇴근하다 자전거와 함께 강물에 빠져 변을 당했다. 그 뒤 세 여인네들은 어떡하든 그를 도시로 내보내 공부시키는 것만이 가문을 살리는 길이라 여겨 재민이 중학교를 졸업하자 부랴부랴 이사를 감행했다.

할 말을 찾지 못하고 있는 내게 그가 다시 덧붙였다.

"니 말이 맞는 것 같다. 나 대신 숙경이 받았지만, 그 저주를."

재민답지 않게 정색하는 통에 나도 모르게 가슴이 덜컥 내려앉았다. 그처럼 농담을 끼고 사는 남자를 나는 아직 보지 못했다. 그런 재민이었지만 그날의 약속을 지킨 건 사실이었다. 하지만 보리밭의 깜부기처럼 볼품없던 여자애들의 철딱서니 없는 협박에 정말 겁을 먹었다고는 생각하지 않는다. 당시 겁을 먹은 건 되려 나였다. 어린마음에 소문이라도 내면 어쩌나 하고 늘 마음을 졸였다. 그래서 약한 모습을 보이면 그날의 약속을 어길지도 모른다는 생각에 강한 척을 하느라 무진 애를 썼다.

"그건 하루도 빠짐없이 일어나는 수많은 교통사고 중 하나일 뿐이라고. 어릴 적 한 말 갖고 어깃장 놓는 거니?"

"우리 집 여인네들은 나를 바라보는 낙으로 살았다고 해도 과언이 아니지. 철들기 전부터 나는 그 여인네들한테 수컷이라는 것 때문에 존재가치가 있다는 걸 본능적으로 알았어. 그런데 요망한 계집이, 미안, 증조모께선 늘 여자애들을 '요망한 계집'이라고 하셨거든. 암튼 여자애가 가보급 고추에 저주를 퍼부었으니 약발이 제대로 먹힌 거지. 망태할아버지가 늙어서 골로 간다고 하더라도 니가 끈질기게 달라붙어 고추를 떼갈 것 같더라."

내가 인상을 써 보이자 재민이 귀신이라도 본양 진저리를 쳤다.

어쨌든 그 후로 재민은 내게 고분고분해졌고 숙경은 자신의 의도대로 나를 조종하려 들었다. 그래서 나는 적당히 양보하거나 지는 법에 익숙해지려고 노력했다. 재민네 물귀신이 씌였대. 너도 조심해. 숙경의 목소리가 귓전을 어지럽혔다. 어쩌면 그 여름날 물놀이 때 재민한테 씐 물귀신이 숙경과 내게 옮겨 붙었는지도 모르겠단 생각 때문이었다.

햇볕 짱짱한 여름날 오후, 열 살 남짓한 여자아이 둘이 강가에 나란히 앉아 끈으로 묶은 튜브 하나를 강물에 띄어놓고 발장구를 치며 놀았다. 물속에 들어가 맘껏 헤엄을 치고 싶지만 강물에 들어가면 물귀신한테 끌려간다는 말을 귀에 딱지가 앉도록 들은 터라 엄두가 나지 않았다. 더워 죽겠구만, 물놀이도 못하게 하구. 통통한 아이가 못내 아쉬운 듯 투덜거렸다. 강바닥에 물귀신이 잠자고 있다가 아이들 발이 보이면 끌어당긴다잖아. 마른아이가 말해놓고 제풀에 놀라 물장구치던 발을 얼른 거둬들였다. 겁쟁이. 울 언니 말이 튜브만 꼭 붙잡고 있으면 물귀신이 끌어당겨도 까딱없댔어. 통통한 아이가 서울에서 공장에 다니는 큰언니가 보내줬다는 튜브를 발끝으로 건드리며 말했다. 우리 같이 물놀이 하자. 싫어, 난 헤엄도 못 친단 말야. 너는 내가 줄 잡아주면 되잖아. 마른아이가 솔깃해져서 머리를 끄덕였다.

통통한 아이가 마른아이 몸에 튜브를 끼우고 강물에 밀어 넣었다. 얼결에 물속에 들어간 마른아이는 잠자고 있던 물귀신이 깨어나 다리를 잡아당길 것만 같았다. 팽팽했던 튜브는 움켜잡을수록 바람이 빠지는지 탄력을 잃었다. 나갈래, 빨리 줄 당겨줘. 마른아이가 줄을 흔들며 다급하게 소리 질렀다. 그 바람에 통통한 아이가 느슨하게 잡고 있던 끈을 그만 놓쳐버렸다. 마른아이는 허우적거리며 아래로 떠내려갔다. 다행히 물살은 빠르지 않았다. 통통한 아이는 잽싸게 하류로 달려가 물속으로 뛰어들어 튜브의 끈을 잡아 자신의 몸에 동여매었다. 겁에 질린 마른아이는 친구한테 다가가기 위해 더욱 허우적거렸다. 그 사이 바람이 죄다 빠져버린 튜브와 함께 마른아이가 가라앉았다. 통통한 아이는 있는 힘껏 기슭 쪽으로 헤엄을 쳐 늘어진 버들가지 하나를 휘어잡았다. 강기슭에 올라선 아이는 끈을 조절하며 자맥질하는 마른아이를 끌어올렸다. 물에 빠진 아이를 구하는 폼이 제법 어른스러웠다. 마치 이런 일을 예상했다는 듯 당황하는 기색이라곤 찾아볼 수가 없었다. 가까스로 강기슭에 올라온 마른아이는 속엣 것을 모두 게워낸 후 의식을 잃었다.

그날 이후 나는 숙경에게 빚이라도 진 듯 그녀의 눈치를 살폈다. 나는 흔한 받아쓰기조차 백점을 받아도 맘껏 좋아할 수가 없었다. 숙경이 받침 하나라도 실수를 해서 틀리기라도 하는 날엔 내가 무척 피곤해지기 때문이었다. 그녀는 나보다 자신의 점수가 낮으면 나를 뛰어넘을 때까지 나를 붙들어 앉혀놓고 틀린 문제를 다시 풀었다. 그때마다 강가에서의 악몽이 되살아나서 나는 무엇이든 그녀가 나보다 앞서야 마음이 편했다. 그녀는 내게 더도 덜도 아닌 딱 한 수 아래가 되어 주기를 원했다. 그녀에게 나는, 너무 앞질러서도 처져서도 안 되는 존재여야 했다. 싫다는 나를 납치하다시피 해서 굳이 자신의 학원에 데려다놓은 것도 같은 맥락이었다. 읍내 소재의 여상을 졸업하고 신용금고의 수습사원으로 일하고 있는 나를 입시학원으로 이끈 것도, 재수 끝에 내세울 거라고는 서울의 4년제라는 것밖에 없는 대학에 입학한 것도 그녀의 오지랖 덕분이었다. 성취욕이 남달랐던 그녀는 그 대학에서 경영학을 전공하고 있었다.

재민이 비상 깜박이를 켜고 저속차선으로 옮겨가며 말을 이었다.

"언젠가 너한테 참고서 준 거 기억나니. 그 참고서 때문에 우리 집 여인네들이 얼마나 성화를 부렸는지 넌 모를 거다. 힘들게 일해서 기껏 사준 참고서를 몽땅 '요망한 계집'한테 줘버렸으니 난리가 난 거지. 당장 니네 집으로 쫓아간다는 걸 강물에 뛰어들 거라고 협박까지 하면서 말렸지. 나는 여인네들을 다룰 줄 알았거든. 내가 그 난리를 치면서까지 그걸 왜 너한테 줬는지 알아? 우리가 그런 거 주고받을 정도로 특별한 사이도 아니었잖아."

내내 하지 않던 이야기를 자꾸 꺼내는 걸 보면 재민도 그동안 쌓인 게 많았던 모양이었다. 나도 궁금했다. 그런데도 나는 묻지 않았다. 왠지 이유를 알아서는 안 될 것 같아서였다. 어쩌면 이유 없이 이루어졌던 숙경과의 관계에 익숙해져 있었기 때문인지도 몰랐다.

숙경은 어릴 때부터 오로지 채우고 달성하는 데만 자신을 바치는 삶을 살았다. 나는 차츰 그런 그녀의 집념이 무서웠다. 멀리하고 싶었지만 그녀는 악착같이 나를 붙들고 늘어졌다. 별 노력도 하지 않는 것 같은데도 항상 우등상을 차지하는 재민과는 달리 그녀나 나나 무엇을 하든 정상에 오르기에는 역부족이었다. 그녀는 자신의 한계를 인정하지 않았다. 시험을 치르고 나면 자신이 재민을 이기지 못한 이유가 여러 가지로 따라 붙었다. 그 중 가장 큰 이유가 가난이었다. 재민의 집안은 대대로 가장을 강물에 빼앗긴 아픔 때문에 재민의 부친이 가입했던 생명보험이 큰 보탬이 된데다 증조모를 비롯한 삼대가 모두 허드렛일 정도는 할 수 있었기 때문에 생활이 궁핍하진 않았다. 반면 우리 집은 엄마의 표현대로 콧구멍만한 땅뙈기에 딸린 식구가 줄줄이 사탕이라 가장이 있다고 해도 나을 게 없었다. 숙경의 집도 우리 집과 별반 다르지 않았다. 그녀는 재민이 공부를 잘하는 이유 중 하나가 참고서가 많기 때문이라고 했다. 그렇지만 내가 볼 때 그가 그 참고서들을 제대로 들여다보는 것 같지는 않았다. 방과 후 그의 책가방은 항상 학교 운동장 축구 골대 옆에 방치돼 있다가 어두워진 후에야 세 여인 중 한 사람이 나타나 찾아가곤 했다. 후에 그는 그녀들에게 가보급 고추를 키우는 보람을 극대화시켜주기 위한 거였다고 대수롭지 않게 말했다.

그런 재민과는 달리 숙경의 손엔 항상 메모지가 들려 있었다. 한 번 쥔 종이쪽은 너덜너덜해질 때까지 손에서 놓지 않았다. 등하교 길엔 물론이고 집안일을 도울 때나 심부름을 갈 때도 틈틈이 메모지에 적혀 있는 것들을 들여다보고 외웠다. 그런데도 재민을 비롯한 몇몇 우등생을 따라잡지 못했다. 읍내에서 전학 온 아이는 학원에 다녔던 이력이 있어서, 육성회장 딸은 가정교사가 있어서 성적이 좋은 거라고 우겼다. 그러거나 말거나 나와는 상관없는 일이라서 무조건 머리를 끄덕여주었다.

중학교에 입학한 후 첫 중간고사 때 딱 한 번 이변이 생겼다. 작은 고장의 특성상 도시로 유학을 떠나는 경우를 빼곤 인근의 각 초등학교 출신 대부분이 같은 중학교에 진학했다. 당연히 첫 시험의 경쟁상대는 타 초등학교 출신들이었다. 숙경은 첫 시험에서 우리의 실력을 보여주자며 전 과목 시험 범위 내용을 나름 정리한 노트를 나와 공유했다. 그녀의 극성에 나도 고양되어 그녀의 집에서 날밤을 세웠다. 당시엔 학년 별로 50등 안에 든 학생들 이름을 학교 게시판에 붙여놓곤 했다. 결과는 나의 이름이 아슬아슬하게 그녀보다 앞자리에 있었다. 재민을 비롯한 최상위 그룹보단 뒤처졌지만 전교생의 눈에 띌 정도는 되었다. 숙경보다 더 당황한 건 나였다. 괜히 지은 죄도 없이 그녀와 눈을 맞추기가 껄끄러웠다. 그녀는 내가 소 뒷걸음질하다 쥐 잡은 격인 걸 가지고 잘난 척을 한다고 헐뜯고 다니는 걸로 분풀이를 대신했다. 나는 그녀의 심정을 누구보다도 잘 알았기 때문에 모른 척 했다.

그런데 그녀의 가슴에 대못을 박은 건 재민이었다. 하굣길에 서로 입을 꾹 다문 채 나란히 걷고 있는데 그가 앞을 가로막았다. 성적 오른 거 축하해. 이걸로 열심히 공부해서 나도 이겨봐. 그가 내게 내민 건 당시 공부 좀 한다는 아이들한테 가장 선호도가 높았던 '메가스터디' 전 과목 세트였다. 그가 나한테 그런 걸 왜 주는지 알 수 없었고 내가 받을 이유도 없었다. 그런데도 나는 거절하지 않고 그것을 선뜻 받아들었다. 숙경과 재민의 반목이 어떤 결과를 낳을지 궁금했기 때문이었다. 나는 그녀에게 같이 보자고 했다. 숙경이 펄쩍 뛰었다. 싫어. 물귀신 씌여 언제 죽을지 모르는 재수탱이가 준 걸 부정 타게 내가 왜 봐. 우리 엄마가 그러는데 아마 저 애도 조만간 데려갈 거라더라. 공부 잘하는 것도 머리가 좋아서가 아니라 귀신이 봐주고 있어서래.

"넌 내가 무섭지 않디?"

재민이 물었다.

"니가 왜?"

"숙경이 했던 물귀신 얘기 다 들었어. 사실 참고서 숙경의 손에 넘어갈 거라는 거 알고 준 거야. 그때 걔 참고서만 있으면 나도 이길 수 있다고 좀 떠들고 다녔냐. 그래서 너한테 나를 이겨보라고 한 거고. 약올라 하는 숙경의 얼굴이 보고 싶기도 했고. 내 예상대로 그 참고서 숙경한테 넘어갔더라."

재민의 말대로 숙경은 참고서에 관심 없는 척하면서도 슬금슬금 넘겨다보았다. 참고서보단 순정만화에 관심이 더 많았던 나는 모른 척 넘겨줘버렸다. 그 다음 시험부터 내가 그녀를 앞지르는 일은 일어나지 않았다. 참고서가 없어서 재민을 이기지 못하는 거라고 입버릇처럼 말했던 그녀도 끝내 그를 넘어서지 못했다.

"그때부터 니가 예사로 보이지 않더라. 남학생들 사이에서 숙경의 별명이 하이에나였어. 니가 양보할수록 숙경의 욕심은 더 드러났지. 그러니까 숙경이 그렇게 된 거, 니 책임이 전혀 없다고는 할 수 없어."

재민은 숙경과 나 사이를 모두 꿰뚫고 있었다. 한데 숙경은 그녀대로 재민의 의도를 알아채고 기말고사 때 내게 덫을 놓았는지도 모른다.

겨울방학을 앞둔 기말고사, 학생들은 모두 시험문제 풀이에 열중이었다. 평소 공부엔 관심이 없던 카툰소녀도 이번 시험만은 잘 보고 싶었다. 서울에서 대학에 다니다 입대한 오빠가 제대하여 집에 와 있기 때문이었다. 이제 곧 중3이 되는데 공부는 좀 하니? 특히 영어 공부는 열심히 해둬라. 오빠의 말에 얼굴을 붉힌 채 머리만 끄덕였다. 모처럼 시험공부를 한다고 날밤을 새웠더니 정신이 몽롱했다. 밤새 외운 영어 단어가 통 생각이 나지 않았다. 시험문제가 교과서에 실린 그대로 나온댔으니까 책을 보면 답을 쉽게 맞힐 수 있을 거야. 등굣길에 영어시험이라도 잘 봤으면 좋겠다는 말에 단짝이 넌지시 귀띔해준 게 생각났다. 선생님은 교탁에 턱을 괴고 앉아 창밖에 내리는 함박눈만 바라보고 있었다. 카툰은 옆 분단에 앉은 단짝을 바라보았다. 마침 눈이 마주친 단짝이 엄지와 검지로 동그라미를 만들어 보이며 머리를 끄덕였다. 용기를 얻은 카툰은 슬그머니 책상 서랍에 손을 넣어 영어책을 꺼내 무릎 위에 펼쳤다. 그때 옆 분단에서 볼펜이 날아와 카툰의 의자 옆으로 툭 떨어졌다. 그 바람에 모두의 시선이 카툰한테 모아졌다. 카툰은 펼쳐둔 책도 미처 수습하지 못한 채 그대로 얼어붙었다, 선생님이 교탁에서 일어나 카툰의 자리로 다가왔다. 때맞춰 남학생 분단의 물귀신에 씐 애가 손을 번쩍 들고 소리쳤다. 선생님 11번 문제가 흐릿해서 안 보여요. 카툰에게 가던 선생님의 발길이 남학생한테로 향했다. 그 틈에 카툰은 얼른 서랍에 책을 밀어넣고 의자 옆에 떨어진 볼펜을 집어 들었다. 단짝이 갖고 있던 볼펜이었다. 시험이 끝난 후 카툰은 새초롬하게 앉아 있는 단짝에게 다가가 볼펜을 내밀었다.

"그래서 이번 교통사고도 내 책임이라고 말하고 싶은 거니?

"설사 너 때문이라고 해도 책임 같은 거 물을 생각 없어."

차라리 니가 그런 거 아니냐고 윽박지르면 되받아치기라도 할 텐데 재민의 말투는 오히려 위로하는 쪽에 가까웠다.

"우리 사이의 일도 그렇고 너도 참을 만큼 참은 거 알아. 내 책임도 전혀 없다고는 할 수 없지."

"지금 그 얘기가 왜 나와."

나도 모르게 소리를 빽 지르고 허물어지듯 몸을 등받이에 기댔다. 아무리 진정하려고 해도 호흡이 가빠졌다.

대기업에 취직했지만 1년을 견디지 못하고 뛰쳐나온 재민은 입시학원에서 수학 강사 아르바이트를 하며 반백수 생활을 했다. 그는 툭하면 내게 전화를 걸어와 술친구를 해달라고 졸랐다. 나도 혼자 자취를 하는 처지라서 곧잘 응했다. 널 보면 우리 집 여인네들을 보는 것 같아. 함께 밥을 자주 먹어서 식구 같은 느낌 때문이겠지. 내친 김에 진짜 식구해볼까? 반백수 주제에 어딜 들이대. 우린 만나서 저녁을 먹고 술을 마시며 시답잖은 농담을 하다 헤어지곤 했다. 그나 나나 주머니가 두둑하지 않은 처지라 보잘것없는 안주에 소주 몇 잔 기울이는 게 전부였다.

연일 내린 폭설에 추위까지 겹쳐 온 도시가 하얗게 얼어붙은 날 퇴근길이었다. 눈만 빠끔하게 내놓은 채 회사를 나서는데 코트 깃을 세우고 동동거리며 손을 비비고 서 있던 재민이 나를 회사 근처 소갈비집으로 이끌었다. 나는 월급날도 멀었고 카드도 꽉 차서 덤터기 쓰면 곤란하다며 순댓국집으로 방향을 틀었다. 재민은 자신이 쏠 테니 걱정하지 말라며 막무가내로 갈빗집에 나를 밀어넣었다. 지영아, 수학 선생님 정도면 식구하자고 들이대도 괜찮지 않을까? 재민이 내게 남의 얘기하듯 말했다. 그 정도면 염치없진 않지. 나도 건성으로 대답했다. 혹시나 해서 임용고시를 봤는데 오늘 합격통지를 받았다. 누가? 너랑 식구하고 싶은 놈이. 미친놈. 나는 대답대신 소주잔만 비웠다.

재민과 결혼 계획까지 세울 만큼 관계가 깊어졌을 무렵 숙경이 우리 사이에 끼어들었다. 웬만한 동창 친구들은 우리 사이를 알았기 때문에 그녀도 눈치를 챘을 텐데도 그랬다. 어느 날 재민과 맥주를 마시고 있는데 숙경이 전화를 걸어와 위치를 물었다. 나는 별 생각 없이 직장 동료들과 호프집에 있다고 둘러댔다. 안 그래도 니 동료들한테 한턱 쏘고 싶었는데 마침 잘됐네. 이 언니가 금방 달려갈 테니까 기다려. 내가 뭐라고 할 틈도 없이 전화를 끊은 그녀는 채 삼십 분도 되지 않아 나타났다. 어머, 재민이 웬일이니? 설마 니들 사귀는 건 아니겠지? 남들 다 정분나도 니들이 그러면 안 되지. 그녀는 우리 사이를 알고 일부러 어깃장을 놓았다. 재민이 나서서 왜 안 되느냐고 되받아치길 바랐지만 그는 떫은감 씹은 얼굴로 맥주만 들이킬 뿐이었다. 그 자리를 파한 후 나는 재민을 다시 만나 왜 가만히 있었느냐고 따졌다. 그는 우리 술자리에 그런 애를 끌어들인 게 누군데 그러냐고 되레 내게 화를 냈다.

그 후에도 재민과의 데이트에 숙경은 용케 알고 나타났다. 나는 차츰 그와의 만남을 피하기 시작했다. 그런데 언제부턴가 그가 연락을 끊었다. 기다리다 못해 내가 전화를 해봤지만 받지 않았다. 할 수 없이 세 여인과 함께 사는 빌라에 찾아간 내게 그는 내가 선을 보고 다닌다는 말을 숙경한테 전해 듣고 일부러 피했다고 했다. 우리 집에서 재민과의 결혼을 막기 위해 강제로 선을 보게 했다는 거였다. 게다가 숙경이 자신의 아이를 가졌다는 고백까지 했다. 너 때문이었어. 물귀신이 씐 남자랑 결혼했다가 젊은 나이에 과부가 되고 싶지 않다며 선 본 남자랑 만나고 있다는 말을 듣고 제 정신이 아니었다구. 어이없는 표정을 짓는 내게 재민은 숙경에게 자기까지 빼앗길 줄은 정말 몰랐다며 머리를 홰홰 저었다. 내가 참고서냐? 빼앗는다고 그냥 넘겨주게. 너도 그러는 거 아니지. 재민은 숙경의 거짓말에 놀아난 것도 모자라 술김에 그녀와 동침까지 한 자신을 저주했다. 그 후 재민이 교직도 그만둬버렸다는 소문이 동창들 사이에 나돌았다.

규모를 넓힌 숙경의 학원은 강남의 명문학원에 버금가는 학원으로 명성을 쌓아갔다. 나는 허구한 날 입술이 부르트고 발바닥에 굳은살이 박일 정도로 자신을 혹사시키면서도 자긍심에 취해 사는 그녀를 지켜보는 게 달갑지 않았다. 뿐만 아니라 극도로 예민해져 있는 학생들과 학부모들의 비위를 맞추는 것도 진절머리가 났다. 때마침 오빠가 같이 출판업을 해보지 않겠냐고 제안해왔다. 나는 휴식을 핑계로 사직서를 냈다. 그게 지난 여름이었고 그녀와 일한 지 딱 3년 만이었다. 숙경이 약속대로 파격적인 대우를 해줄까봐 겁이 나기도 했다. 나도 견디는데 니가 힘들어서 휴직을 해? 사직서를 받아든 그녀의 반응이었다. 내 업무는 자신에 비하면 '새 발의 피'라며 무슨 꿍꿍이가 있지 않고서야 왜 하필 지금이냐고 몰아세웠다. 마침 한 블록 떨어진 건물에 강남의 프랜차이즈 학원이 입주한 시기라서 그녀는 예민해져 있기도 했다. 당분간 쉬다가 오빠랑 출판업을 해볼 생각이라고 해도 곧이듣지 않았다. 내 결심이 확고하다는 걸 깨달은 숙경은 재민을 내세워 붙잡으려고 했다. 중간에서 난감해하는 재민이 꼴보기 싫어 나의 결심은 더욱 굳어졌다. 계산이 딱 부러지는 성격인데도 얼마 되지도 않는 퇴직금을 입금시키지 않는 걸 보면 사표 수리를 할 생각이 없는 모양이었다.

그런데 숙경이 우려했던 일이 터지고 말았다. 영어 강사를 비롯한 인기 강사 몇이 특별반 아이들을 데리고 프랜차이즈 학원으로 옮겨간 거였다. 그런데다 학원버스 운전기사까지 그만두는 바람에 차량 운행을 대신하느라 사태를 수습할 겨를도 없었다. 애초에 학원 운영엔 관심이 없던 재민은 수업에만 열중할 뿐 일체 관여하지 않았다. 날더러 어쩌라는 건지 그녀는 수시로 전화를 해선 하소연을 했다. 그 여파 때문인지 새 학기 원생 모집은커녕 기존의 원생들도 많이 빠져나갔고 학원의 간판인 특별반도 폐지될 위기라고 했다. 영어 선생 한 번만 만나봐줘. 아무래도 그자식이 주동자인 것 같은데 너하고는 잘

통했잖아. 그만 좀 해. 이미 떠난 사람을 만나서 뭘 어쩌라는 건데. 나는 쏘아붙이고 스마트폰 배터리를 빼버렸다. 나중에 확인해보니 애걸하는, 분노하는, 사랑하는 등의 이모티콘을 동원한 카톡이 여러 차례 와 있었다. 나는 카톡 계정에서 탈퇴해버렸다.

재민은 입을 꾹 다문 채 다시 차의 속도를 내기 시작했다. 내처 삼십여 분을 달린 끝에 J시에 들어섰다. 차가 J대학병원의 주차장에 들어서자 이번엔 가슴이 몹시 두근거렸다.

중환자실 앞 대기실에 숙경의 엄마와 셋째언니가 손을 잡고 앉아 있었다. 재민이 다가가 인사를 하자 숙경엄마가 눈을 부릅뜨고 불퉁거렸다.

"마누라 초상 치르러 왔는가."

그동안 딸에게 무심했던 사위에 대한 노여움이 터져나온 듯했다.

"죄송합니다, 애를 본가에 맡기고 오느라고 늦었습니다."

재민은 죽을죄라도 지은 사람처럼 머리를 조아렸다.

"그렇게 억척을 떨어대더니……. 죽어서도 밟고 싶지 않다던 땅엘 오밤중에 가서 헤매질 않나. 물귀신이 단단히 씌지 않고서야……."

눈물을 찔끔거리며 재민에게 어깃장을 놓던 숙경엄마가 나와 눈이 마주치자 눈물을 찍어내던 손수건으로 코를 팽 풀곤 돌아앉았다. 재민과 내가 결혼할 사이였다는 걸 숙경의 집에서도 알았기 때문에 그들은 나와 마주치는 걸 꺼려했다.

"엄마, 숙경이 꼭 깨어날 거야."

셋째언니가 다독이며 나를 쏘아봤다. 그제서야 재민이 내 눈치를 살피면서 저만치 물러났다. 마침 중환자실에서 간호사가 뛰어나와 강숙경 환자가 깨어났다며 보호자를 찾았다. 나를 사이에 두고 팽팽하게 기싸움을 하던 세 사람이 동시에 중환자실로 뛰어갔다. 숙경이 의식을 되찾았다니 다행이었다. 나는 그녀 앞에 설 용기가 나지 않아 잠시 망설이다가 그곳을 빠져나왔다.

차에 올라 시동을 거는데 숙경엄마의 '죽어서도 밟고 싶지 않다던 땅'이란 말이 떠올랐다. 숙경이 정말 싫었던 건 고향땅이 아니라 아무리 노력해도 성취감을 느낄 수 없었던 자신의 유년이라는 걸 나는 비로소 깨달았다. 그나마 제 딴에는 만만했던 나한테서나마 우월감을 느끼고 싶어 안달했던 것이었다.

고향이 어떻게 변했는지 보고 싶어졌다. 서해안고속도로에 올라 삼십여 분을 달리자 하구언 쪽으로 나가는 나들목 표지판이 보였다. 그곳을 빠져나가 십여 분만 달리면 사고현장이었다. 어제 숙경은 아침부터 사고 나기 직전까지 끈질기게 전화를 걸어왔다. 요즘 왜 이렇게 되는 일이 없니. 한참 분통을 터트리던 그녀는 자신은 이렇게 힘든데 너는 목구멍으로 밥이 넘어가느냐고 물었다. 나는 모처럼 밥도 잘 먹고 잠도 잘 자고 있다고 했다. 나 망하라고 고사라도 지낸 것 같다. 그녀가 헛웃음을 치며 말했다. 마음대로 생각해. 나도 코웃음을 치고 전화를 끊었다. 전처럼 배터리를 빼놓을 수도 있었지만 그러지 않았다. 나중에는 전화가 기다려지기까지 했다. 갑자기 나한테 왜 이러는 거야. 넌 항상 내 편이었잖아. 그녀가 성화를 댈수록 나는 더 엇나갔다. 착각 하지 마. 동동거리는 니 모습을 지켜보는 게 재밌었을 뿐이야. 근데 그것도 지겨워졌어. 나는 스마트폰에 대고 하품을 늘어지게 했다. 그쯤에서 끝냈어야 했다.

하지만 그녀도 나도 한걸음씩 더 나아가고 말았다. 어쩌면 빈속에 마신 술 때문인지도 몰랐다. 신경전을 벌이느라 예민해 있는데다 먹은 거라고는 컵라면 하나가 전부였다. 냉장고엔 치즈 한 조각과 소주 한 병뿐이었다. 술기운이라도 빌려 푹 자고 싶었다. 소주 반 병을 비울 무렵 그녀한테서 다시 전화가 걸려왔다. 니가 아무리 잘난 척해봤자 내 밥일 뿐이야. 그동안 너는 내가 원하는 대로 살아왔잖아. 심지어 남자까지. 나른하게 해체되고 있던 몸의 세포들이 순식간에 엉겨붙으면서 잊으려고 무던히 애썼던 영어 강사의 말이 떠올랐다.

강 원장이 선생님들 앞에서 실장님을 뭐라고 부르는지 알아요? 밥실장, 자기 밥이래요 밥. 프랜차이즈 학원 사람들과 만나고 다니는 것에 주의를 줬을 때였다. 강 원장한테는 아는 체하지 않을 테니 모함까지 할 필요 없다며 무시하려고 했다. 어릴 때부터 강 원장이 원하면 알아서 다 줬다면서요, 조 선생님까지. 길들여진 애완견처럼 실장님은 절대 자기를 벗어날 수 없을 거랬어요. 새삼스런 분노가 결코 해서는 안 될 말을 하게 만들었다. 너 어릴 적 걷던 벚나무길 재민이랑 한 번도 가본 적 없지. 하긴 니 주제에 재민의 낭만을 알 리가 없지. 벚나무에 재민과 내 이름 사이 하트 안에 우리의 한 해 희망까지 새겨두고 서로 챙겼었는데. 무슨 내용인지 알고 싶으면 가서 찾아보든가. 서른 살 되던 해부터 매년 내려가서 새겼으니까 출발 지점에서 서른 번째 나무부터 서른여섯 번째 나무까지 있을 거야. 숙경이 뭐라고 소리를 지르는 것 같았지만 무시하고 나머지 반 병을 단숨에 마신 다음 그 자리에 쓰러져 잠이 들었다.

잠결에 전화벨 소리를 들은 건 자정 무렵이었다. 거짓말이지. 하구언 일대를 샅샅이 뒤졌지만 벚나무길 따윈 없어. 옛날의 그곳은 다 사라지고 단단한 콘크리트 제방밖에 없다구. 너야말로 아직도 재민을 잊지 못하고 착각하고 있는 거 아니니? 역시 숙경다웠다. 오밤중에 미친 듯이 하구언 길을 헤매는 그녀의 모습을 상상하니 웃음이 절로 나왔다. 벚나무길이 사라진 고향을 본 소감이 어때? 그 아름다운 곳에 잘난 인간들이 무슨 짓을 저질렀는지 너도 봐야 될 것 같아서 해본 소린데 정말로 가다니 너도 참 어지간하다. 기왕 거기까지 갔다니까 하는 말인데 초등학교 교정도 좀 둘러보든가. 폐교된 후 학교 옆 용궁사에서 대웅전 확장부지로 인수했는데 교정을 에워싸고 있던 벚나무가 그대로 보존돼 있거든. 재민이 하교 후 책가방을 놓아두던 축구 골대 뒤에 있는 나무 밑동부터 미끄럼틀 뒤의 나무까지 살펴봐. 내 차에 끌이랑 정 있는 거 너도 봤지? 재민이가 그걸로 깊이 새겼으니까 또렷하게 보일 거야. 재민이 왜 본가에 자주 갔는지도 모르겠지? 니가 차 주행거리까지 체크하는 것 같다고 해서 본가에 차 세워두고 내 차로 다녔거든. 내가 전화를 끊으며 깔깔 웃었던가.

전화벨 소리에 화들짝 정신이 들었다. 재민이었다. 하구언을 지나 초등학교 진입로에 들어서고 있던 나는 망설이다가 통화 버튼을 눌렀다.

“어디니? 좀 전에 담당경찰을 만났는데 숙경의 스마트폰이 박살나서 통신사에 통화내역을 의뢰했었대. 어제 아침부터 사고 직전까지 민지영이란 사람하고 여러 번 통화한 기록이 있더라면서 숙경의 사고와 연관이 있는 것 같은데 어떻게 생각하느냐고 묻더라고."

"……."

"두 사람 어릴 때부터 단짝 친구라 평소에도 자주 통화하는 사이라고 했어."

나는 숙경의 상태가 궁금했지만 묻지 않았다. 내 심정을 헤아리기라도 한 듯 그가 대신 말했다.

"숙경이 실어증 증세를 보이네. 나하고는 눈도 안 맞춘다. 다 내 잘못이지 뭐."

파국은 예고 없이 찾아오지 않는다. 그런데도 숙경은 자신에게 파국이 닥치기 직전까지 그 조짐을 알아차리지 못했다. 우리 사이를 꿰뚫어본 재민은 숙경이 깨닫지 못한 그 조짐을 알아챘을까. 설사 나 때문이라고 해도 책임 같은 거 물을 생각 없다던 그의 말이 떠올랐다. 내가 숙경을 이곳으로 내몬 장본인이라는 것을 알고 한 말인지도 몰랐다. 나는 말없이 전화를 끊었다.

나는 폐쇄된 교정 앞에 차를 세우고 내렸다. 다갈색 이파리를 매단 벚나무가 교정 둘레를 촘촘히 에워싸고 있었다.

해설

애물단지와 불한당들의 서사

— 성은영 소설 읽기

오홍진/ 문학평론가

시대의 비극이 겹쳐지는 지점에서 생긴 애물단지들

성은영의 소설을 읽으며 서사의 의미에 대해 다시 생각해보게 되었다. 서사는 무엇보다 이야기라고 말할 수 있다. 이야기는 인물과 사건을 전제로 한다. 인물이 있어야 사건이 일어나고 그래야 갈등이 있는 이야기가 펼쳐질 수 있기 때문이다. 성은영의 소설에도 다양한 인물과 사건이 나온다. 하나하나의 인물이 쉽게 풀리지 않는 응어리를 가슴 속에 품고 있는데, 작가는 개개 인물들이 이러한 응어리를 풀어내는 과정을 찬찬하게 그리고 있다.

「귀가」라는 작품을 먼저 보자. 이 작품은 남편과 아내의 갈등을 중심으로 이야기가 꾸려지고 있다. 주인공 '나'의 아버지는 영종도에서 운영하던 전파사를 정리하고 십여 년 만에 집에 돌아왔지만 엄마와는 각방을 쓰고 있다. 가슴에 맺힌 울화를 엄마는 사나흘에 한 번 꼴로 아버지에게 풀어내지만, 아버지는 침묵으로 일관한다. 두 사람 사이에 대화다운 대화가 없으니 갈등이 해소되는 건 어려워 보인다. 작가는 아버지와 엄마 사이에서 벌어지는 이 갈등을 딸(주인공 '나')의 시선으로 보여준다. '나' 또한 남편과 사이가 좋지 않다. 남편은 은행에서 퇴출당한 후 사진관을 운영하고 있다. 문제는 남편이 사진을 하는 이유가 영혼의 자유와 같은 이상과 이어져 있다는 점에 있다. 그는 시간이 빚어낸 무늬를 흑백 사진에 담아내려고 한다. 집안 경제보다는 예술적 자아실현에 치중하는 남편이니 그를 바라보는 주인공-아내의 시선이 고울 리가 없다.

거기다 남편은 십여 년을 가족과 떨어져 살아온 장인의 삶을 긍정적으로 평가한다. "세상물정 모르는 어린아이"나 "물욕이라고는 없어 보이는 얼굴"로 남편은 장인을 평가하고 있는데, 이것은 한편으로 그가 사진을 통해 이르려고 하는 이상을 표현한 말이기도 하다. 두 사람은 공통적으로 시간의 흔적이 남아 있는 세계에 집착한다. 엄마는 "고물 나부랭이에 미친 위인"으로 아버지를 보고 있고, '나'는 남편이 찍은 사진들에서 "아버지의 고물들"을 느낀다. 한마디로 두 사람은 가족에게 (경제적) 믿음을 주지 못하고 있는 것이다.

성은영은 이렇듯 겉으로 보기에는 화해가 불가능한 이들의 삶에서 우리가 미처 헤아리지 못한 한의 정서를 찾아낸다. 달리 말하면 아버지가 그렇게 살 수밖에 없는 이유를 작가는 아버지의 삶 내부에서 길어올리고 있다. 그것은 다소 뜻밖의 상황으로 나타나긴 하지만, 어차피 우리 인생이란 게 순리대로 풀리는 것은 아니지 않은가.

“이 에미가 할머니 모시고 병수발까지 한 거 니들 이해 못했지. 사실 할머니도 이 에미한테 모질게 군 이유가 있었다. 느이 고모가 태어나던 해에 할아버지가 돌아가셨다. 휴전이 된 뒤에 일어난 사건 때문이었다. 동네 이장이었던 외할아버지가 마을사람들을 인민군에 부역했다고 빨갱이로 밀고하는 바람에 총살당한 사람들이 한둘이 아니었다. 그 중에 할아버지도 끼어 있었다. 에미가 그래서 할머니한테 평생 숨죽여 살았던 거다.”

당연한 말이겠지만, 엄마에게도 가족들이 모르는 아픔이 있을 수 있다. 위 인용문에 나온 대로, 가족에게조차 말할 수 없는 아픔을 가슴에 새긴 채 엄마는 살아왔다. 외할아버지와 할아버지 사이에서 벌어진 살육의 상황은 사실 한국 역사의 비극을 대표한다는 점에서 엄마도 어찌할 수 없는 비극적 사건이라고 하겠다. 그러나 이런 사람들과 몸을 부딪치며 사는 것 또한 인생이라면 인생이다. 원수지간의 사람들이 결혼이라는 제도에 묶여 한 가족이 되는 순간 그 사건을 겪은 사람들에게 가정은 ‘지옥’이 될 수밖에 없다.

할머니의 모진 시집살이를 엄마는 특유의 인내심으로 견뎠고, 아버지는 아버지대로 이리저리 떠돌며 자신에게 주어진 운명을 살아냈다. 외할아버지와 할아버지가 절친한 사이였고, 술자리에서 어린 엄마와 아버지를 혼인시키기로 약속했다는 대목은 여기서 중요하지 않다. 정작 중요한 것은 “시집살이를 하다 뼈가 가루가 되는 한이 있어도 시아버지의 언약을 지키고 싶었다”는 엄마의 한 맺힌 절규에 있다. 억울하게 죽은 시아버지에 대한 연민으로 엄마는 시집살이를 견뎠다. 무책임하게 보이는 아버지도 자신과 상관없이 흘러가는 인생을 중고 가전제품들을 고치는 것으로 묵묵하게 견뎠다. 엄마는 할머니(=시어머니)에게 애물단지였을 것이고, 아버지는 엄마에게 애물단지였을 것이다. 경우는 다르지만 주인공 '나'에게 남편 또한 애물단지이긴 마찬가지다. 어느 누군가는 또 다른 누군가에게 애물단지가 되는 게 인생이다.

성은영은 이러한 애물단지로 살아가는 사람들의 응어리에 주목함으로써 저마다의 사람들이 펼쳐내는 삶의 방식에 주목한다. 아버지는 할머니가 삶을 마감한 후 영종도의 삶을 정리하고 집으로 돌아온다. 질기게 이어졌던 과거의 악연이 할머니의 죽음으로 정리된 것이다. 요컨대 작가는 우리가 애물단지로 '보는' 사람들의 삶에 새겨진 응어리가 결국은 사람들 '사이에서' 생기고, 사람들 '사이에서' 풀리는 것임을 분명하게 이야기하고 있는 셈이다.

애물단지의 미학은 「애물단지」라는 작품에서도 그대로 이어지고 있다. 아흔이 가까운 나이에도 게이트볼을 치고 스쿠터를 타는 한표에게는 "성가시기만 한 등짝의 성난 종기 같은 존재"가 있다. 막내딸 미현이다. 이미 이혼을 한 미현은 아버지 한표의 생일잔치에 남편 없이 아이만 데려왔다. 맏아들 수현과 스무 살 차이가 나는 미현은 유달리 튀는 행동거지로 가족들과 사이가 좋지 않다. 그녀는 식구들을 "세상 사람들이 다 죽어나간다 해도 제 일 아니면 눈 하나 깜짝 안 할 사람들"이라고 비난한다. 특히 미현은 가족들 사이에서 소외당한 채 외롭게 죽은 언니 옥현을 이야기하며 한표의 89번째 생일 잔치를 난장판으로 만든다.

한표의 시선으로 그려지는 이 소설에서 작가는 미현과 옥현의 삶에 드리워진 가족사의 비극을 이야기로 풀어낸다. 비극의 밑바탕에는 남아선호사상이라는 우리 사회의 뿌리 깊은 차별의식이 스며들어 있다. "재수 없는 쌍둥이 망령"이라는 맏아들 수현의 외침에 드러나는 대로, 한표의 가족은 가부장제 사회에 내재된 불합리를 정확히 보여주고 있다. 옥현은 원래 한표의 딸이 아니라 한표 형의 딸이다. 서울에서 공무원 생활을 하던 형은 혼외자식이 밝혀질까 두려워 갓 태어난 아기를 한표에게 맡긴 것이다. 한표 아내가 맏아들 수현을 낳은 지 사흘째 되는 날 밤이었다. 아내는 아기가 딸인 걸 확인하고 이내 "남매 쌍댕이를 하냥 키우먼 상피 붙는다"는 말을 내뱉는다. "남매 쌍둥이를 함께 키우는 걸 금기시하는 풍습 때문에 예사로 딸들을 희생시키던 시절"이었으니 한표 아내가 "근본도 모르는 여자애"를 쉽게 받아들이긴 힘들었을 것이다. 시어머니가 집안의 액을 막아줄 아이라며 옥현을 감싸지 않았다면 옥현의 어린 시절이 더욱 힘들었을지도 모른다.

그런데 이런 옥현이 스무 살 때 그만 임신을 한다(작가는 아이의 아버지가 수현일지도 모른다는 걸 언뜻 내비치고 있다). 마침 한표 아내도 임신을 한 상태였는데, 이로 하여 한표 집안에는 또 한 번의 소용돌이가 몰아친다. 이번에도 시어머니가 나선다. 그녀는 "귀댁의 횡액을 막아"줄 거라는 무당의 말을 듣고 옥현이 낳을 아이 또한 한표의 자식으로 만들려고 한다. 다시 "쌍둥이 망령"이 발동한 것이다. 시간이 흘러 한표 아내가 먼저 몸을 풀었지만 팔다리가 뒤틀린 장애아였다. 직접 아이를 받은 시어머니가 이 사실을 숨기고, 열흘 후 옥현이 낳은 아이를 한표의 자식으로 둔갑시켜버린다. 반 실성한 채 아이를 찾는 옥현의 품에 시어머니는 한표 아내가 낳은 장애아를 안겨준다. 아이는 그 밤을 넘기지 못하고 죽는다. 이후 서울로 떠난 옥현은 미현이 여덟 살이 되던 해 연탄가스 중독으로 사망한다. 한표의 애물단지인 미현은 결국 집안의 비극을 고스란히 물려받은 생명체였던 것이다.

작가는 집안의 체통을 중시하는 사고방식이 한 개인의 삶을 어떻게 망가뜨리고 있는지 세심하게 그려내고 있다. 남매 쌍둥이가 태어나면 '쌍피 붙는다'고 생각하는 아내도 그렇지만, 가족 구성원을 집안의 액을 막는 수단으로 생각하는 시어머니의 발상 또한 개인의 삶을 무시하는 가부장제 사회의 허위의식을 직접적으로 드러내는 예시라고 할 수 있겠다.

소설의 끝부분에서 한표는 "내 새끼덜이 니들 모녀 땜시 동티를 맞을깨비 겁이 나서 그렸던겨"라고 한탄하고 있다. "내 새끼덜"과 "니들 모녀"를 구분하는 한표의 이 말을 우리는 어떻게 받아들여야 할까? 가부장제에 내포된 가족 이기주의를 한표는 분명히 내보이고 있다. 요컨대 집안의 체통이란 무엇보다 이러한 가족 이기주의를 에둘러 이르는 표현이란 걸 작가는 옥현-미현 모녀의 비극에서 이끌어내고 있다. 이렇게 본다면 애물단지란 게 태어날 때부터 이미 정해져 있는 것은 아니라는 말이 된다. 시대의 비극이 겹쳐지는 지점에서 생기는 게 애물단지이다. 그러므로 애물단지들의 가슴에는 쉽게 풀 수 없는 응어리가 맺힐 수밖에 없다. 성은영은 바로 그 애물단지를 서사 세계의 중심으로 불러냄으로써 그들의 소리에 귀를 기울이는 진혼鎭魂의 소설을 쓰고 있는 셈이다.

세상 이치를 꿰고 애물단지를 괴롭히는 불한당들

애물단지들이 풀지 못한 가슴 속 응어리로 하여 고통을 받는 이들로 표현된다면, 불한당들은 애물단지들의 반대편에서 사람들을 끊임없이 괴롭히는 이들로 구현되고 있다. 한마디로 나쁜 놈들이 불한당들이다. 불한당은 다른 사람들의 처지에는 관심이 없다. 오로지 자기 이익에만 관심이 있다. 이를테면「귀향의 끝」에 등장하는 '형배'는 고향에 신공항이 들어서면서 받은 토지 보상금으로 사업(룸살롱)을 하다가 망해서 귀향한 인물이다. 그는 고향에서 별다른 직업 없이 놀고 있는데, 주인공 '나'에게 자꾸 시비를 건다. 몇 해 전 어장 문제로 나와 형배는 드잡이를 벌인 적이 있다. '나'는 그때 형배에게 합의금을 지불했는데, 그 이후로 '나'를 향한 형배의 시비가 점점 늘어나고 있는 것이다. 특히 요즘 와서 그는 장인과 처남 때문에 골머리를 앓는 아내까지 들먹여서 '나'의 심사를 뒤흔들어대고 있다.

어로 작업이 있던 날 일어난 일도 결국은 이러한 형배의 속셈으로 하여 벌어진 사단이었다. (시)어머니에게 돈을 요구하며 막말을 일삼은 장인에게 참다못한 아내가 대들었다. 그런데 흥분한 장인이 쓰러지는 바람에 그 병원비가 고스란히 나의 부담으로 남게 되었다. 그래, 어쩔 수 없이 어로 작업에 나선 '나' 앞에서 술에 취한 형배는 "며느리는 시어머니를 닮는다고 반반한 인물 내세워 남자 신세 망치는 것까지 어쩌면 그렇게 닮았을까"라며 아내를 또 걸고넘어졌다. 인내심에 한계를 느낀 '나'가 형배와 담판을 지으려는 순간, 그가 느닷없이 억, 소리를 내며 갯벌에 푹 고꾸라졌다. 아내가 조새(조개를 따는 데 쓰는 쇠기구)로 형배의 뒤통수를 내리친 것이다. 소설은 여기서 끝나지만 뒷이야기야 뻔하지 않겠는가. 불한당 형배는 어쨌든 속셈을 채우게 될 테니까 말이다.

성은영은 이렇게 애물단지들 옆에 불한당들을 세워 이 세상이 돌아가는 이치를 에둘러 드러내고 있다. 애물단지들은 끊임없이 참고 있는데, 불한당들은 애써 참는 사람들을 끊임없이 벼랑으로 몰아붙인다. 결국 일을 내고 손해를 보는 사람들은 애물단지들이다. 불한당들은 사람들에게 욕을 듣긴 하지만, 그들은 결코 손해보는 일을 벌이지는 않는다. 어찌 보면 나와 아내를 괴롭히는 장인과 처남도 이러한 불한당들에 속한다고 볼 수 있다. 아내는 집안에서는 장인과 처남에게 속수무책으로 당하고, 집밖에서는 형배와 같은 불한당들의 놀림감이 되고 있다.

불한당들은 이렇게 제 목소리를 내지 못하고 참기만 하는 사람들을 표적으로 삼는다. 나와 아내가 형배에게 번번이 당하는 이유는 바로 이 때문이다. 참기만 한다는 것, 제 목소리를 내지 않는다는 것,

그리고 어느 순간 참지 못하고 불한당들이 원하는 그 일을 하고야 만다는 것. 애물단지들이 알지 못하는 사람들의 심사를, 달리 말하면 세상이 돌아가는 이치를 불한당들은 정확히 꿰고 있는 셈이다.

「둠벙」에 나오는 '강 영감' 또한 불한당의 계보를 형성하고 있다. '피뢰침'이라는 별명으로 불리는 그는 "마을의 수문장" 역할을 하고 있다. 말이 수문장이지 실제로는 마을의 모든 일을 자기중심적으로 처리하(려)는 이기적인 인물이다. 비리를 저지른 읍장이 "입막음으로 마을에서 가장 입김이 센 아래뜸 피뢰침의 다랑이논 옆에 둠벙을 파"줄 정도니 마을에서 차지하는 피뢰침의 위상을 알 만하다. 그런 피뢰침이 어느 날 농약을 먹고 죽었다. 이 소설은 피뢰침, 곧 강 영감의 죽음을 둘러싸고 벌어지는 주인공 부부와 마을사람들의 갈등을 핍진하게 보여주고 있다. 마을사람들은 평소 피뢰침에게 불만이 많았다며 주인공 '그'를 피뢰침 살인범으로 의심한다. 지난 봄, 둠벙에서 다랑이논으로 물을 끌어오는 문제 때문에 그는 피뢰침과 각을 세운 적이 있었는데, 그 일이 사단이 된 셈이었다.

문제는 마을에서 그나마 그와 친하게 지냈던 최 목수와 검신댁조차 마을사람들의 의견에 동조하다는 점이었다. "도무지 그들의 표변을 이해할 수가 없었다"는 진술에 드러나는 대로, 그는 마을사람들이 자신을 살인범으로 모는 이유가 무엇인지 전혀 헤아리지 못하고 있다. 사실 마을사람들에게 그는 외지인일 뿐이다. 그는 2년 전 실직자가 되어 아내와 함께 마을로 흘러들어온 이방인이기 때문이다.

둠벙에서 막걸리 병이 발견되면서, 피뢰침이 죽은 그날 밤 삼거리 슈퍼에서 막걸리를 산 그가 더욱 더 의심을 받게 된다. 그날 밤 그는 최 목수의 일을 도와주고 밤 늦게 삼거리슈퍼에 들러 막걸리를 사온 것이었다. 최 목수의 한마디면 의심이 풀릴 만한 상황이었다는 말이다. 하지만 진지하게 그 일을 묻는 형사 앞에서 최 목수는 그와 초저녁에 만났을 뿐이라고 답변한다. 그의 알리바이를 증명해줄 수 있는 유일한 사람이 배신을 한 것이다. 결국 그는 경찰서로 끌려간다. 그리고 다음날 강 영감의 사인이 '심장마비'라는 게 밝혀진다.

「둠벙」에 나타나는 불한당들은 바로 우리의 이웃이라고 말할 수 있다. '우리'와 다르다는 차별의식이 이웃이 이웃을 불한당으로 만들어버린다. 돌려 말하면 모든 사람들의 마음에는 '불한당'의 요소가 스며들어 있다. 우리네 마음 깊숙이 잠재해 있는 차별의식이 의식으로 떠오르는 순간 그것은 현실로 드러난다. 마을사람들의 입장에서 보면 그는 이방인=타자이다. '우리'와는 다른 사람이니, 그에게 죄를 뒤집어씌워도 죄책감은 상대적으로 적을 수밖에 없다. 그는 마을이라는 울타리의 바깥에 존재하기 때문이다. 경찰서에 끌려가면서 그는 "나도 이번엔 호락호락 물러서지 않을 거라고" 외친다. 하지만 마을에서 계속 살려면 그렇게 할 수 없다는 것을 그가 모르지는 않을 것이다. 성질을 죽이고 마을에서 살거나, 아니면 욕을 하며 마을을 떠나는 일 외에 그는 과연 무엇을 할 수 있을까.

작가는 「냉장고」라는 작품에서 「귀향의 끝」이나 「둠벙」에 나오는 인물들과는 다르게 존속살인을 감행하는 인물의 이야기를 꺼내들고 있다. 딸이 아버지를 죽이는 것은 자기 근거를 부정하는 것과 다르지 않다. 주목할 점은 이 소설에 그려지는 아버지가 불한당의 전형을 형성하고 있다는 사실에 있다.

군인 출신의 아버지는 "평생 나라를 위해 몸과 마음을 다 바쳤다"고 이야기하지만, 정작 가정에는 소홀한 사람이었다. 그는 '투철한 애국정신'으로 매일 중학생 오빠에게 '국민교육헌장'과 '국기에 대한 맹세'를 외우게 했고, '애 잡는다'며 말리는 엄마에게는 가혹하게 주먹을 휘두른 위인이었다. 특히 아버지는 엄마를 때리면서 '나'에게 "누가 잘못한 것 같냐?"라는 질문을 곧잘 던지곤 했는데, 그때마다 '나'는 아버지가 무서워 엄마를 지목할 수밖에 없었다. "전쟁터"를 방불케하는 집안이니 가족들이 남아날 수가 없다. 오빠는 엄마의 코뼈가 내려앉은 날 집을 뛰쳐나갔고, 엄마는 "내가 고등학교를 졸업하는 날 쥐약을 삼켰다", '나'라고 예외일까 나는 "엄마 무덤 앞에서 졸업장을 찢어버리고 집을 나왔다".

그런 '나'가 새엄마가 죽은 후 아버지를 돌보기 위해 아이를 데리고 집에 다시 들어왔다. 이십 년에 가까운 시간이 흐른 뒤였다. 하지만 그녀는 지금 아이를 '빨갱이 자식'(아이 아빠가 전라도 태생)이라고 부르는 아버지를 유폐시킬 계획을 짜고 있다. '유폐'라는 말을 썼지만, 실제로는 아버지를 죽이는 계획이다. 계획은 제법 치밀한데, 우선 그녀는 십수 년 만에 집에 돌아온 오빠와 싸우다가 쓰러져 하반신이 마비된 아버지의 눈까지 멀게 해서 집안의 경제권을 차지한다. 그리고 아버지의 악다구니를 휴대폰에 저장해서 아버지에게 전화를 거는 사람들에게 들려준다. 아버지를 안팎으로 고립시키는 작전이다. 관장약을 눈약으로 둔갑시켜 아버지의 왕성한 식욕마저 잡아낸다. 아버지는 이제 눈도 안 보이고, 혼자서 기동하기조차 힘들다. 치매기까지 있어 제정신이라고 할 수도 없다. 드디어 주인공은 집안 규모에 어울리지 않는 커다란 냉장고를 사들인다. 그곳에 아버지를 유폐시키기 위해서다. 아버지를 죽이려는 '나'의 계획은 이렇게 성공하는 듯 보인다.

그런데, 아버지를 냉장고에 밀어넣는 그 장면을 그만 아이가 보고 말았다. 그녀에게 아버지가 불한당이었다면, 아이에게 그녀는 어떤 모습으로 비쳤을까? 작가는 불한당이 불한당을 낳는 역사를 한 가족의 비극을 통해 보여주고 있다. 국가를 명분으로 이루어지는 아버지의 차별의식은 아이를 '빨갱이 자식'으로 폄하하는 장면에서 극에 달하는데, 이것은 그만큼 불한당들이 탄생하는 밑바탕에 '차별의식'이 깊숙하게 자리하고 있음을 암시한다. 차별의식에 젖어 자기중심적인 삶을 산 아버지는 그리하여 오랜만에 본 오빠와 싸우다가 불구가 되었고, 결국은 딸에게 죽임을 당하는 상황에 빠져버렸다.

작가는 아버지의 이러한 비극을 냉정한 시선으로 그려내고 있다. 물론 독자들은 주인공인 딸의 시선에 동조하며 소설을 읽겠지만, 작가는 최대한 인물들과 거리를 두며 사건을 그려가고 있다. 아버지를 죽이는 '나'의 행동이 아이에게 발각되는 상황을 표현하는 대목에서도 인물과 거리를 유지하는 작가의식은 그대로 유지되고 있는바, 이

지점은 무엇보다 인물들이 일으키는 비극의 악순환을 대하는 작가의 문제의식이 분명하게 드러나는 부분이라고 할 수 있겠다. 비극은 자기 대에서 그치지 않는다. 돌려 말하면 '나'가 아버지에게 행사한 폭력은 아버지가 가족에게 행한 폭력과 다르지 않다는 것을, 그리하여 또 다른 비극의 씨앗을 키우는 것이라는 점을 작가는 분명히 이야기하고 있는 것이다.

어차피 인생은, 자기만의 방식으로 살아가는……

그러면 어떻게 해야 할까? 불한당들에게 제 목소리를 내는 도리밖에는 없다. 「해피 투나잇」에 드러나는 대로 외제차를 타는 불한당에게 막말을 하다 보면 답답한 속이 뚫릴 수도 있다. 하지만 이렇게 해도 대리운전기사로 일하는 주인공 '나'가 여전히 대리운전 콜을 생활의 터전으로 삼는 상황은 변하지 않는다. 아이 둘이 있는 이혼녀가 할 수 있는 일이란 게 얼마나 되겠는가. 불한당들에 대한 불만을 표현하는 건 그때일 뿐, 돈이 되는 일이라면 싫은 일도 어쩔 수 없이 해야 되는 게 우리네 서민들이다. 치밀한 계획으로 아버지를 죽이는 일은 현실 속에서는 일상적으로 일어나지 않는다. 서민들은 어차피 불한당들이 만들어놓은 세상에 맞춰 살아갈 수밖에 없다. 대리운전기사의 안전보다는 회사의 이미지를 중시하는 이 사회가 구조적으로 바뀌지 않는 한 서민들의 삶이 나아질 가능성은 전혀 없다고 봐도 좋다. 그러니 벌 수 있을 때 벌어야 한다.

「해피 투나잇」의 주인공은 동료인 단비엄마가 사고로 입원하고,

그것을 안 아이들이 엄마를 걱정하는 상황에서도 대리운전 콜을 포기하지 않고 있다. 작은아이가 우는 소리와 시험이 내일이라는 큰아이의 볼멘소리는 이 콜을 받은 후에 해결해도 되는 일이다. 작가는 이게 서민들의 인생이라고 강조한다. 이에 비한다면 개인의 자존심이란 건 순간의 유희에 불과하다. 자존심을 세운다고 돈이 들어오는 건 아니지 않은가. 불한당들이 세운 돈의 논리에 빠지지 않겠다고 다짐하는 사람들도 '살다 보면' 그렇게 돈의 논리 속으로 빠져든다.

「오해의 시말始末」에 등장하는 나-숙경-재민 또한 이러한 비극의 악순환을 그대로 답습하고 있다. 자긍심에 취해 사는 숙경과 '나'는 여러 면에서 반대의 면모를 지니고 있다. 사귀던 남자친구까지 숙경에게 빼앗기고도 '나'는 같이 일하자는 숙경의 제안을 거절하지 못하는 소심한 인간이다. 상황만 보면 숙경은 분명 불한당에 해당된다. 그럼에도 '나'는 숙경의 약점이 무엇인지 정확히 알고 있다. 다만 그것을 숙경처럼 드러내놓고 이용하지 않을 뿐이다.

'나'는 "숙경의 집념이 무서웠다"고 말하면서도 항상 그녀 곁에서 그녀가 시키는 일을 어김없이 하고 있다. 오죽하면 숙경이 '나'를 '밥실장'이라고 부를까. 이렇게 숙경과의 경쟁을 의도적으로 피하던 '나'가 숙경을 파국으로 모는 과정에서는 결정적인 역할을 수행한다. 숙경의 경쟁심만 자극하면 그녀 스스로 파국에 이르리란 걸 '나'는 정확히 알고 있기 때문이다. 불한당의 심리를 이용하여 불한당을 사지로 내모는 '나'는 불한당일까, 아닐까? 불한당 숙경에 맞서는 '나'의 행동에도 불한당의 논리가 스며들어 있는 걸 우리는 부정할 수 없을 것이다.

인생은 어차피 저마다의 방식으로 사는 거라고 말할 수 있다. 맞는 말이다. 애물단지든, 불한당이든 그들은 그들의 논리대로 세상을 살아간다. 돌려 말하면 애물단지도 아니고, 불한당도 아니라고 생각하는 사람들 또한 그들의 방식대로 세상을 살아간다. 성은영이 펼쳐내는 애물단지와 불한당들의 서사는 이렇게 우리 주변의 사람들이 일구는 삶의 다양한 모습들을 그리는 데 초점을 맞추고 있다. 누구나 그렇게 살 수밖에 없는 이유를 여러 가지 지니고 있게 마련이다. 그렇게 살고 싶어 그렇게 사는 게 아니라면, 누구는 애물단지가 되고, 누구는 불한당이 되는 것 역시 그들만의 문제로 단정할 수는 없을 것이다. 요컨대 불한당의 논리는 사회구조와 연동하여 성립되는 것이라고 볼 수 있다. 불한당들의 세계에서 반복되는 비극의 악순환은 이러한 불한당들의 논리가 사회 구성의 틀이 되는 상황 속에서 이루어지고 있는 셈이다.

다양한 개인들의 서사로 다채롭게 그려내는 '인생의 진리'

이런 맥락에서 우리는 불한당들의 논리에서 한참 벗어난 삶을 살다간 기태 아재를 이야기하는 「제망숙祭亡叔」이라는 작품에 주목할 필요가 있다. 이 작품에 드러나는 기태 아재는 선친의 유언을 따르다 보니 (집안의) 애물단지가 된 인물이다. 이번 소설집에 실린 8편의 작품들 중에서 다소 이질적인 「제망숙」은 사람들이 사는 이유가 얼마나 다양한지를 다시금 보여주고 있는 작품이다. 주인공인 기태 아재는 오직 선친의 유지를 받들어 '나'를 양자로 삼는 일 하나에만 몰두하며 살아왔다. 그는 자신이 애물단지인지도 모른 채 불한당과는 거리가 있는 삶을 산 사람이었다. 어렵게 얻은 아내는 다른 사내와 바람이 나 도망쳤다. 학생운동을 하던 '나'의 도피처를 제공했다가 경찰에 끌려가 모진 고문을 당한 이도 바로 기태 아재였다. 그런 아재가 "모친 새서방이라는 작자가" 예전에 팔아먹은 수렁논을 '나'에게 유산으로 남기고 죽었다. '바보 인물'이라고 기태 아재를 힐난할 이유는 없다. 그는 그가 할 수 있는 최상의 방식으로 살다가 죽었기 때문이다.

작가는 '나'의 친구인 상수의 입을 빌려 기태 아재를 진혼鎭魂하는 노래를 부른다. "여보소 친구네들, 세상사가 허망하네. 자네가 죽어도 이 질이요, 내가 죽어도 이 팔자로다……"는 상수의 노랫소리는 기태 아재를 대하는 작가의 마음을 에둘러 드러내고 있다. 다시 말하지만, 저마다의 사람들에게는 저마다 살아가는 방식이 있다. 누구의 삶은 옳고 누구의 삶은 그르다고 재단할 수는 없지만, 작가는 기태 아재처럼 산 사람들은 진혼을 받는 게 당연하다고 생각한다. 어차피 인생이란 한 번 죽어야 끝나는 것이다. 영혼의 자유를 꿈꾸든, 불한당들의 텃세에 질려 한숨을 쉬든, 그도 아니면 기태 아재처럼 오로지 하나의 목표만 생각하며 '바보'로 살든 인생의 끝이 죽음이라는 것은 분명한 사실이다.

성은영 소설은 이러한 인생의 진리를 다양한 개인들의 서사로 그려내고 있다. 불한당들이 큰소리를 내는 세상에서 그녀는 제 목소리를 내기 위해 분투하는 애물단지들의 삶에 소설적 관심을 집중한다.

불한당들의 이면에는 애물단지가 있다. 그들은 뫼비우스의 띠처럼 하나로 묶여 있다. 애물단지의 서사가 불한당들의 서사로 이어질 수밖에 없는 이유를, 그리하여 애물단지의 아픔이 곧바로 불한당들의 아픔으로 이어지는 세계를 그녀는 소설의 언어로 다채롭게 펼쳐내고 있는 것이다.

작가의 말

어릴 적 나는 엄마가 들려주는 이야기를 듣는 것을 무척 좋아했다. 엄마는 이야기를 좋아하면 가난하게 산다고 일러주면서도 어린 나를 옆에 끼고 흥미진진하게 이야기를 풀어내곤 했다.

무학無學인 엄마는 타고난 이야기꾼이었다. 외할머니는 일찍 돌아가셨고, 어린 나이에 결혼하여 고된 시집살이를 했던 엄마가 어떻게 그렇게 많은 이야기들을 들려줄 수 있었는지 신기했다. 어쩌면 엄마는 이야기를 지어내 어린 딸에게 들려주는 재미로 고단한 삶을 견뎌냈는지도 모른다. 그렇다면 글을 몰랐던 엄마는 구술로 창작을 했고 나는 유일한 청자 겸 문하생이었던 셈이다.

가난한 농사꾼 집안에 부양할 가족이 많았던 부모님은 늘 바빴다. 그러니 엄마의 이야기를 들으려면 나도 같이 바빠야 했다. 엄마가 밥을 지을 때엔 아궁이에 불을 지피면서, 빨래를 할 때엔 우물에 두레박질을 하면서, 이불 홑청을 꿰맬 때는 바늘귀를 꿰면서 열혈 청자가 돼주었다. 칠석이나 동짓날, 모두 잠든 깜깜한 밤에 떡시루를 이고 마을 초입의 냇가로 치성 드리러 가는 엄마의 모습은 그 자체가 황홀한 '이야기'였다. 나는 그런 엄마와 동행하기 위해 졸린 눈을 비비며 아궁이를 지키고 있다가 엄마가 떡시루를 머리에 이면 등불을 들고 사립문을 먼저 나섰다. 바람에 흔들리는 촛불 앞에서 두 손을 모으고 발원發願하는 엄마의 모습은 볼 때마다 새로웠다.

나이 오십이 넘어 첫 소설집을 내게 됐다. 꼽아보니 등단 5년차다. 어린 영혼에 구술로 서사문학의 혼을 심어준 엄마가 작가된 딸을 기특해하는 걸로 이미 절반의 성취감은 맛본 셈이다. 가난한 대신 명이라도 긴 집안에서 태어났으니 오래오래 살아남아 끈질기게 써볼 참이다.

볼품없는 구슬을 꿰어 한 권의 책으로 거듭나게 해주신 도서출판 '북인'과 해설을 써주신 오홍진 선생님께 감사드립니다.

2017년 여름

성은영

성은영 소설집
해피 투나잇

지은이_ 성은영
펴낸이_ 조현석
펴낸곳_ 북인
디자인_ 푸른영토

1판 1쇄_ 2017년 08월 25일
출판등록번호_ 313 - 2004 - 000111
주소_ 121 - 842 서울 마포구 서교동 467 - 4, 301호
전화_ 02 - 323 - 7767
팩스_ 02 - 323 - 7845

ISBN 979-11-87413-18-9 03810

이 책은 인천광역시, (재)인천문화재단, 한국문화예술위원회
지역협력형사업으로 선정되어 발간하였습니다.